林汉达中国历史故事

·两汉·

林汉达 著

山东画报出版社
济南

果麦文化 出品

目录

张良拜师	001	制订朝仪	099
学万人敌	006	缇萦救父	108
揭竿而起	013	晁错削地	116
天下响应	024	李广射虎	121
破釜沉舟	032	张骞探险	130
约法三章	041	再通西域	136
鸿门忍辱	049	通神求仙	142
火烧阿房	057	苏武牧羊	146
韩信拜将	063	大雁带信	152
暗度陈仓	070	霍光辅政	159
鸿沟为界	075	昭君出塞	164
四面楚歌	083	王莽称帝	170
汉王登基	093	绿林好汉	178

赤眉起义	183		外戚专权	252
刘氏举兵	188		天知地知	257
昆阳大战	194		豺狼当道	265
死守黄金	199		跋扈将军	271
豆粥麦饭	204		宦官五侯	276
"铜马皇帝"	208		禁锢党人	280
争先恐后	213		官逼民反	286
攻占两京	218			
得陇望蜀	224			
种地钓鱼	230			
宁死不屈	234			
取经求佛	240			
投笔从戎	244			

张良拜师

秦始皇灭了六国，统一中原以后，经常到各地去视察。公元前218年春天，他带着大队人马到了博浪沙（在今河南省）。车队正在拐弯的时候，突然哗啦啦一声响，不知道打哪儿飞来个大铁槌（chuí），把一辆车捶得粉碎。秦始皇就在前面的车上，半截车档迸（bèng）到他的跟前，差点儿打着他。好险呐！一下子车队全停下来。武士们四面搜查，没费多大工夫就把那个刺客逮住了。

秦始皇一定要手下的人把主使刺客的人查出来，主使的人当然是有的，可是那个刺客就是不说。他骂着骂着，不知不觉地露了点儿口风，又怕他们追问下去，就自己碰死了。

从刺客的话语中，他们推想那个主使刺客的人是从前韩相国（相当于宰相）的儿子。秦始皇立刻下了命令，捉拿那个韩国的公子，韩国那一带更加搜得紧。那位韩国的公子只好更名改姓叫张良，又叫张子房。

张良的祖父、父亲都做过韩国的相国。韩国被灭的时候，张良还年轻，他决心替韩国报仇，就变卖了家产，推说到外边去求学，离开了家。其实他是到外边去找机会暗杀秦始皇。果然，他交上了一个大力士，情愿替他拼命。那个大力士使的一个大铁槌，足足有一百二十斤重（秦汉时期的一斤，只有现在的半斤）。

他们到处探听秦始皇的行动。这会儿探听到秦始皇到东边来，就在博浪沙埋伏着，给了他一大槌。哪儿知道打错了车，刺客自杀了。张良逃啊逃啊，一直逃到下邳（在江苏；邳 pī），躲了起来。他虽然逃难出来，好在身边有钱，就在那边结交了不少朋友，还想替韩国报仇。不到一年工夫，他在下邳出了名。邻近的人都知道他是个很有学问的读书人，可不知道他就是跟大力士在博浪沙行刺的韩国公子。

有一天清早，张良一个人出去散步，走到一座大桥下，瞧见一个老头儿穿着一件土黄色的大褂，搭着腿坐在桥头上，一只脚一上一下地晃荡着，那只鞋拍着脚底心，像在那儿哼歌儿打板眼。真怪！他一见张良过来，有意无意地把脚跟往里一缩，那只鞋就掉到桥下去了。老头儿回过头来对张良说："小伙子，下去把我的鞋捡上来。"张良听了，不由得火儿了。可是再一看那个老头儿，哪儿还能生气呐？人家连眉毛带胡子全都白了，额上的皱纹好几层，七老八十的，就是叫他一声"爷爷"也不过分。他就走到桥下，捡起那只鞋，上来递给他。

谁知道老头儿不用手去接，只是把脚一伸，说："给我穿上。"张良一愣（lèng），觉得又好气又好笑。可是他已经把鞋捡上来了，干脆好人做到底，索性跪着恭恭敬敬地给老头儿穿上鞋。那老头儿这才理了理胡子，微微一笑，慢吞吞地站起来，大摇大摆地走了。这一下可又让张良愣住了，天底下会有这号老头子，人家替他做了事，连声"谢谢"都不说，真太说不过去了。

张良盯着他的背影望着，见他走起路来又快又有劲儿，心想这老头儿一定有点来历。他赶紧走下桥去，跟在后头，看老头儿往哪儿去。约莫走了半里地，老头儿知道张良还跟着，就回过身来，对他说："你这小子有出息。我倒乐意教导教导你。"张良是个聪明人，知道这老头儿有学问，就赶紧跪下，向他拜了几拜，说："我这儿拜老师了。"那老头儿说："好！过五天，天一亮，你再到桥上来见我。"张良连忙点头说："是！"

第五天，张良一早起来，匆匆忙忙地洗了脸，就到桥上去了。谁知道一到那儿，那老头儿正生着气呐。他说："小子，你跟老人家订了约会，就该早点儿来，怎么还要叫我等着你？"张良跪在桥上，向老师磕头认错。那老头儿说：

"去吧，再过五天，早点儿来。"说完就走了。张良愣愣地站了一会儿，只好垂头丧气地回来。

又过了五天，张良一听见鸡叫，脸也不洗，就跑到大桥那儿去。他还没走上桥呐，就狠狠地直打自己的后脑勺（sháo）儿，自言自语地说："怎么又晚了一步！"那老头儿瞪了张良一眼，说："你愿意的话，过五天再来！"说着就走了。张良闷闷不乐地憋（biē）了半天，才拖着沉重的脚步回来，只怪自己不够诚心。

这五天的日子可比前十天更不好挨。到了第四天晚上，他翻来覆去，怎么也睡不着。半夜里，他就到大桥上去，静静地等着。

过了不大一会儿工夫，那老头儿就一步一步地迈过来了。张良赶紧迎上去。老头儿一见张良，脸上露出慈祥的笑来，说："这样才对。"说着，拿出一部书来交给张良，说："你把这书好好地读，将来能够做一个有学问的人。"张良挺小心地把书接过来，恭恭敬敬地道了谢，接着说："请问老师尊姓大名。"老头儿笑着说："你问这个干吗？"张良还想再问个明白，那老头儿可不理他，头也不回地走了。

等到天亮了，张良拿出书来一看，原来是一部《太公兵法》（太公，就是周文王的军师姜太公）。张良白天读，晚上读，把它读得滚瓜烂熟。他一面钻研《太公兵法》，一面还留心着秦始皇的行动。

学万人敌

博浪沙的大铁槌并没把秦始皇吓唬住,他还是经常到各地去视察。国内还算平静,可是北方的匈奴很强,老是侵犯中原。公元前215年,秦始皇拜蒙恬(tián)为大将,发兵三十万去打匈奴。匈奴是北方的游牧部族,经济、文化都比中原地区差。他们老到河套一带进行掠夺,还把那些地区的青年男女抓去当奴隶。这会儿中原大兵一到,他们纷纷逃去。蒙恬就这么收复了河套地区,建立了四十四个县,把内地的囚犯大批地送到那边,让他们住下来开荒耕种。

为了秦朝边防的长远打算,秦始皇下了决心,除了三十万大军以外,又送去几十万民夫,把过去秦、赵、燕三国的长城连接起来,西边从临洮(在甘肃;洮táo)起,翻山越岭一直到东边的辽东,造一道万里长城。因为大儿子扶苏反对他焚书坑儒,秦始皇生了气,就派他到北方去监督蒙恬的军队。

中原的大批士兵和民夫正在北方造长城的时候,南方岭南一带的部族又向中原打过来了。岭南在那时候又叫南越(就是现在的广东、广西地区)。那些地区的部族,生产很落后,文化还不发达,老从中原地区掠夺财物和青年男女。秦始皇把中原的囚犯全都免了罪,作为防守南方的军人,又叫民间的奴仆和一些小贩商人一起去服役。将军、士兵、囚犯、奴仆、小贩商人等合在一起,一共有二十来万人,终于把南方的部族打败了。秦始皇就在那边建立郡县,让那二十来万人留在那儿防守,又从中原迁移了五十万贫民到那边去居住,开荒。为了运输粮草,秦始皇叫水工开了一条水道叫灵渠,沟通湘江和桂江之间的交通,使长江流域的粮草物资等可以由水道运到南方去。这许多中原的军民长住在那儿,修建水利,改进农具,发展生产,岭南一带就这样初步安定下来了。

公元前210年,秦始皇又到东南去视察。这回跟着他出去的,除了左丞相李斯以外,还有他的小儿子胡亥和中车府令(掌管皇帝车辆的官)赵高。那时候,胡亥也有二十岁了,他要求跟他父亲一块儿去,好开开眼界。秦始皇挺喜欢他,就答应了。他们到了江南,越过浙江,到了会稽郡的吴中（会稽郡包括今江苏省东部和浙江省西部；吴中，就是今江苏省苏州市的吴中区和相城区；会稽 kuài jī）城里。街道两旁挤满了人。车队过来了。秦朝的旗子多用黑色，马车一辆接一辆地连着，正像一条大乌龙在陆地上游。拿着长戟的卫士和带着各种刀枪的武士，在马前车后一批一批地过来，真是威风凛凛，杀气腾腾。老百姓一听说皇上来了，大伙儿踮（diǎn）着脚尖要瞧一瞧这位灭六国、统一中原的大皇帝。秦始皇干脆打开车上的帷（wéi）子，让老百姓瞧个够。

正在这时候，人群里忽然挤出一个二十来岁的小伙子。他身材魁梧，浓眉大眼，后面跟着一个年过半百的大汉。两个人分开人群，要把秦始皇看个明白。一会儿，车队到了跟前，只见秦始皇端端正正地坐在车里，果然十分威严。街道两旁的老百姓都静静地站着。这个小伙子可一点儿不害怕，两个眼珠子闪闪发光，看着看着，嘴里还嘀咕起来。他说："这有什么了不起！谁都可以取代他！"背后的大汉听见了，连忙捂住他的嘴，咬着耳朵说："你不要命啦！"说着赶紧拉着小伙子从人群里溜了。

这个小伙子是中国历史上很出名的一个人物，叫项羽。他背后的大汉是他的叔父项梁。项羽是下相县（在今江苏省）人，从小死了父亲，全仗他叔父项梁把他养大成人。他祖父就是楚国的大将项燕。项家祖祖辈辈都做楚国的大将，曾经封在项城（在今河南省），就姓了项。公元前223年，秦始皇派王翦攻打楚国，项燕打了败仗，自杀了。楚国被秦国灭了以后，项梁老想恢复楚国，替父亲报仇，可是秦国这么强，自己又没有力量，只好忍气吞声地等待机会。

项梁瞧见侄儿项羽挺聪明，亲自教他念书。项羽学了几天就不愿意再学下去了。项梁看项羽学文的不行，就教他练武。他先教他学剑。项羽学了一点儿又扔下了。这可把项梁气坏了，直骂他没出息。项羽可有自己的想头。他说："念书有多大的用处呐？学会了，不过记记自己的姓名。剑学好了，也不过跟别人对打对打，有什么了不起的？要学就学一种真本领，能敌得过上千上万的人（文言叫'学万人敌'），那才有意思。"

项梁觉得这小子口气倒不小，心里也实在喜欢，就说："你有这种志向也不坏。我教你兵法，好不好？"项羽高兴得连连说："好，好！请叔叔教我吧。"项梁就把祖传的兵书拿出来，一篇一篇地讲给他听。项羽才学了几天，只略略懂得了一个大意，又不肯再深入钻研了。项梁见他这个样儿简直没法治，只好由他去。

后来项梁被人诬告，关在监狱里，气极了。他一出监狱，就去找那个仇人，三拳两脚把仇敌揍死了。这下子可闯了祸了。他就带着项羽逃到吴中，隐姓埋名躲避他的仇家。可是他又不愿意安安静静地躲在家里，没有多少日子，就跟吴中人士结交起来。吴中人士见他能文能武，才干比他们都强,大家伙儿把他当作老大哥看待。每回吴中碰到有大的官差或者丧事、喜事,总请他做总管,大家愿意听他的。项梁趁着机会暗暗教他们兵法。

一班青年子弟见项梁的侄儿项羽长得相貌堂堂,一表人才,个儿又高,力气比谁都大,连千斤重的大鼎(一种器具,有三条腿、两个耳朵,用铜或铁铸成)也举得起来,都很佩服他,喜欢跟他来往。这次他在吴中街上信口乱说,急得项梁连忙把他拉回家里,还怕他再出岔(chà)子,一连几天不让他出去。直到项梁听说秦始皇已经离开了会稽,才放了心。

秦始皇离开会稽,在路上身子很不舒服,到了平原津(在今山东省平原县西南)就病倒了。随行的医官给他看病进药,全不见效。七月里,他到了沙丘(在今河北省),病势越来越重。他嘱咐李斯和赵高说:"快写信给扶苏,叫他立刻动身回咸阳。万一我好不了,叫他主办丧事。"

李斯和赵高写好了信,给秦始皇看。他迷迷糊糊地看了看,叫他们盖上印,打发使者送出。他们正商量着派谁去的时候,秦始皇已经晏驾了(皇上死了,从前叫"晏驾")。

丞相李斯出了个主意,说:"这离咸阳还有一千六百多里,不是一两天就能赶到的,要是皇上晏驾的消息传了出去,里里外外可能引起不安。不如暂时保守秘密,赶回京城再作道理。"他们就把秦始皇的尸体安放在车里,关上车门和车窗,放下帷子,外面的人什么也看不见。随从的人除了胡亥、李斯、赵高和几个近身的内侍以外,别的人全不知道秦始皇已经死了。文武百官照常在车外上朝,每天的饮食也像平日一样由内侍端到车里去。

那封信存在赵高那里,李斯叫他把信送出去,请长公子扶苏赶回咸阳。赵高藏着秦始皇给扶苏的信,偷偷地先跟胡亥商议篡(cuàn)夺皇位的事。赵高是胡亥的心腹,跟扶苏和蒙恬都有怨仇。扶苏要是即位,一定会重用蒙恬,他必然吃亏。为这个,他要帮着胡亥夺取扶苏的地位。不用说,胡亥是求之不得,完全同意。他们又逼着李斯加入他们。李斯一来怕死,二来怕将来不能再做丞相,也同意了。这么着,三个人就假造了遗嘱,立胡亥为太子。另外又写了一封信给扶苏,说他在外怨恨父皇,蒙恬和他是同党,都该自杀,兵权交给副将王离,不得违命。当时就派心腹把信送去,还逼着他们二人自杀了事。

赵高和李斯催着人马日夜赶路。可是一千多里路程,一时怎么赶得到?再说夏末秋初的天气,尸首搁不住,没有多少日子,车里发出臭味来了。赵高派士兵去收购鲍鱼,叫大臣们在自己的车上各载上一筐。鲍鱼的味儿本来挺冲,现在每一辆车都载上一筐,沿路臭气难闻,秦始皇车里的臭味也就不足为奇了。

他们到了咸阳,还不敢把秦始皇的死信传出去,直到扶苏和蒙恬都被逼死了，才给秦始皇发丧，立胡亥为二世皇帝。朝廷上别的大臣只知道这是秦始皇生前的命令，谁也不敢反对。丞相以下的大臣一律照旧，只有赵高升了官职，特别得到二世的信任。实际上，赵高的权力比李斯的还大。他就跟二世两个人商量着要按照他们的意思管理天下，首先是杀害老臣，大兴土木，加重税捐，屠杀人民。那还不把国家弄成一团糟才怪呐！

揭竿而起

赵高要大规模地安葬秦始皇。二世听了他的话，从各地征调了几十万囚犯、奴隶和民夫，把秦始皇的坟墓修理一下。秦始皇在世的时候，已经在骊山（在今陕西省西安市临潼区，秦岭支脉；骊lí）下开了一块很大的平地作为坟地。这坟地不但开得大，而且挖得深，然后把铜化了灌下去，铸成了一大片十分结实的地基。在这上面修盖了石室、墓道和安放棺材的墓穴。地上挖出江河大海的样子，灌上水银，还有别的花样，说也说不完。这许多建筑物合成了一座大坟，把秦始皇葬在这儿。大坟里面不但埋着无数的珍珠、玉石、黄金，还埋了不少宫女。为了防备将来可能有人盗坟，墓穴里安了好些杀人的机关，不让别人知道。一切安葬的工作完成以后，二世下令把所有做坟的工匠全都封在墓道里，没有一个能出来。最后又让人在大坟上堆上土，种上花草、树木，这座大坟就成了一座山。

二世胡亥葬了他的父亲以后，怕篡夺皇位的事泄露出来，别人来跟他争，就开始屠杀自己的哥哥和大臣。大哥扶苏死了，二世可还有十多个哥哥。这些公子们，还有一些大臣暗地里免不了说些抱怨的话，二世和赵高就布置爪牙，鸡蛋里挑骨头，捏造证据，把十多个公子和十来个公主，还有一些比较难对付的大臣一股脑儿都定了死罪，杀个精光。二世以为这么一来，没有人抢他的皇位，从此可以享乐一辈子了。他想起秦始皇曾经盖了一个阿房前殿，太小，他就下一道命令，大规模地建造阿房宫。

上次骊山修大坟，征调了几十万人，其中有囚犯、奴隶和民夫，已经扰得天下百姓怨声载道。这次建造阿房宫，又要从各郡县里抽调民夫，人民的怨恨就更大了。那时候，中原的人口大约不过两千万，被征发去造大坟、修阿房宫、筑长城、守岭南和干其他官差的合起来差不多有二百万人。这样大规模地强迫使用人力，老百姓怎么受得了？

这里忙着盖阿房宫，北方局势又紧急起来了。所谓北方，地区很大，除了驻扎在一定地区的军队以外，还得从内地押送大批的农民到那边去防守。公元前209年七月，阳城

（在今河南省）的地方官接到上级的命令，要他征调九百名壮丁送到渔阳（在今天津市北部）去防守北方。地方官派差役到乡里，挨门挨户去抽壮丁。有钱的人出点财物，还可以免了，穷人没有钱行贿（huì），只好给征了去。为这个，每回送到北方去防守的壮丁总是贫苦的农民。

　　阳城的地方官派了两名军官，押着强征来的九百名贫民壮丁，动身到渔阳去。军官从壮丁当中挑了两个个儿高、能办事的作为屯长，叫他们管理其余的人。那两个屯长一个叫陈胜，阳城人，是个扛活的；一个叫吴广，阳夏（在今河南省太康县）人，也是个贫苦农民。

　　陈胜年轻的时候，跟别的雇农一块儿给地主耕地。他们都苦得很，在地头一歇下来就怨天怨地地叹着气。有一天，大伙儿在地头上休息，又互相诉起苦来了，陈胜听着听着，独个儿想开心事了。他想：我年纪轻轻，身强力壮，这么成天给别人做牛做马总不是个出路。要是有一天我能干出一番大事业来，我一定要帮助这班穷朋友，让他们也都有好日子过。他越想越兴奋，不觉眉飞色舞地对大家说："咱们将来富贵了，大家伙儿别忘了老朋友啊！"大伙儿笑着说："你给人家扛活，给人家耕地，哪儿来的富贵？"陈胜叹口气，说："唉！不能这么说，一个人总得有志向啊。"

　　陈胜和吴广本来并不相识，现在碰在一块儿，都是受苦人，很快做了朋友。他们只怕误了日期，天天帮着军官督促这一大批壮丁往北赶路。

他们走了几天,才到了大泽乡(在今安徽省宿州市),正赶上下大雨。大泽乡地势低,水淹了道,没法走。他们只好扎了营,暂时停留下来,准备天晴以后再赶路。秦朝的法令非常严,误了日期就得杀头。雨又偏偏下个不停,急得这伙壮丁好似热锅上的蚂蚁,不知道怎么办才好。走又走不成,逃又逃不了,他们只能愁眉苦脸地叹着气,私底下说些抱怨的话。

陈胜偷偷跟吴广商量,说:"这儿离渔阳还有几千里地。就算雨马上就停,路上也不好走。算起来,怎么也赶不上日期。难道咱们就这么白白地去送死吗?"吴广说:"那怎么办?咱们逃走吧。"陈胜摇摇头,说:"逃到哪儿去?给官府抓回去,也是个死。逃,是个死;不逃,也是个死。反正是个死,不如起来造反,推翻秦朝打天下,即使被打死了,也比到渔阳去送死强。老百姓吃秦朝的苦头也吃够了。咱们借着楚将项燕的名义号召天下,这儿原来是楚国的地界,准会有很多的人出来帮助咱们的。"

吴广也是个有见识的好汉。他完全赞成陈胜的主张,情愿豁出性命跟着陈胜一块儿干。他们相信这九百壮丁和他们一样,都会跟着他们一起干的。为了使大伙儿相信跟着陈胜造反一定会成功,他们又仔细商量了一些办法,分头去干。

第二天,陈胜叫两个心腹到街上去买鱼。伙夫剖鱼的时候，在一条大鱼的肚子里剖出一块绸子。鱼肚子里有绸子，这已经够新鲜的了，绸子上面还有"陈胜王"三个字。一下子这个新闻就传开了，大伙儿跑到陈胜跟前报告这件怪事。

陈胜故意说："鱼肚子里哪儿能有绸子？你们可别说出去，要是给军官听到了，我还有命吗？你们平日跟我好，别害我啊！"众人听他这么一说，谁都不愿意叫陈胜为难，只好不再开口了。到了晚上，大伙儿怎么也睡不着。仨（sā）一群儿，俩（liǎ）一伙儿，躺在一块儿咬着耳朵，还聊着鱼肚子里出的怪事。

大伙儿正瞎聊着，忽然听到外面好像有狐狸叫的声音，一下子全都竖起耳朵静静地听着。狐狸叫着叫着，叫出人的声音来了。第一句是"大楚兴"，第二句是"陈胜王"。大家不约而同地用手捂着耳朵沿，再仔细听去。那狐狸还是"大楚兴，陈胜王"，"大楚兴，陈胜王"，不停地叫着。其中有十几个壮丁也不管天黑路湿，一块儿出去要看个明白。他们顺着声音走去，才听清楚那声音是从西北角一座破祠堂里传出来的。三更半夜，荒郊破祠堂里，狐狸说着人话，多吓人呐。有的撒腿就跑，有的还想再走过去。可是等他们一走近，那狐狸又不叫了。他们又是害怕又是纳闷儿，只好回来睡了。过了一会儿，吴广也从外面回来了。他的胆儿格外大，单人儿出去，比别人晚回来，什么都不怕。

鱼肚子里有"陈胜王"三个字，有眼睛的都看到了；祠堂里的狐狸叫唤着"陈胜王",有耳朵的都听到了。只有那两个军官,天天喝酒、睡觉,要么就打人,别的什么也不管,队伍里的事情都交给两个屯长。两个屯长见大伙儿这几天特别尊敬他们,也就更加待大伙儿好。这么着,陈胜、吴广跟大伙儿更加亲密,完全打成了一片。

一天早晨,雨淅淅沥沥下个不停。壮丁们肚子里不饱,身上穿得又单薄,大伙儿憋在帐篷里又冷又饿,又愤愤地抱怨开了。陈胜一看时机不可失,就叫了吴广一起去见军官。大伙儿说给他们助助威,也一齐跟了去,等在营帐外面听消息。

两个人进了营帐,吴广对军官说:"今天下雨,明天下雨,我们怎么能到渔阳去呐?误了期,就要被杀头。我们特意来跟你们商量,还是让我们回去种地吧。"这几句话真说到大伙儿的心坎儿里去了,大伙儿屏着气,听军官怎么说。一个军官瞪着眼睛,骂吴广说:"什么话!你敢违抗朝廷吗?谁要回去,先把他砍了!"外面的人听了,气呼呼地真想冲进去。吴广一点儿不害怕。他冷笑一声,说:"你敢?"另一个军官也不说话,拔出宝剑就向吴广砍去。陈胜眼疾手快,一个飞腿,啪的一声,把那把宝剑踢下来,连忙捡起,顺手把他杀了。头一个军官马上拔出刀来要跟吴广对打,吴广一个箭步上去,一把夺过他的刀,把那个军官的脑袋劈开。两个军官就这么被杀了。这时候,外面的人也拥进营帐来了。

陈胜大声地对众人说:"弟兄们!咱们为了活命,不得不把两个军官杀了。大伙儿说,现在咱们该怎么办?"人群静了一小会儿,立刻爆发出各种喊声。有的喊:"咱们听您的!"有的喊:"咱们回家!"也有的喊:"咱们造反!"吴广从人群里挤出来,跳上土堆,对大伙儿说:"弟兄们!咱们要是回家,官吏就会把咱们一个一个抓起来杀头。要活命只有跟着陈大哥,千万不能散伙!"

他刚说完,人群里又跳出两个大汉,一个叫葛婴,一个叫武臣。葛婴抢上一步,大声说:"弟兄们!吴广兄弟说得对。咱们要干就干到底,半途散伙不算好汉!"武臣接着说:"弟兄们想一想,这十几年来,咱们过的是什么日子!修阿房宫,造皇陵,守边疆,打仗,劳役、兵役,接连不断。多少人家妻离子散,多少人家田地荒了没人耕种。还有,苛捐杂税比牛毛还多,差役官吏比老虎还凶,多少人家被逼得家破人亡。这种日子咱们怎么过得下去?咱们与其被逼死、累死、饿死,不如拼着一个死造反,自己找活路。"这几个人的话,早已把大伙儿心里的火苗儿点着了,大伙儿齐声喊:"对呀!咱们不能散伙,咱们造反!"陈胜等他们喊声一停,立刻接着说:"弟兄们!大伙儿说得对!男子汉大丈夫不能白白地死。死,也得有个名堂。谁都是爹娘生的,我们为什么要为他们白白去送死!"好几百人一齐大声地说:"对呀!听您的!"大伙儿围着陈胜,情愿听他的指挥。这时候雨也停了,天上露出太阳来,大伙儿的心里也像这时候的天空一样,又开朗又舒畅。

陈胜叫弟兄们在营外搭了个台,做了一面大旗,旗上写了斗大的一个"楚"字。大伙儿对天起誓,同心协力,替楚将项燕报仇。他们公推陈胜、吴广做首领。陈胜就自己称为将军,称吴广为都尉。这么着,九百条好汉一下子就把大泽乡占领了。

大泽乡的农民一听到陈胜、吴广出来反抗秦朝,都说:"老天爷有眼睛,这可有了盼头啦!"都拿出粮食来慰劳他们。青年子弟纷纷拿着锄头、铁耙、扁担什么的,到陈胜、吴广的营里来投军。人多了,一下子要这么多的刀枪、这么多的旗子,哪儿来呐?他们就砍了许多木棍做刀枪,砍了许多竹子,梢儿上留着枝子,当作旗子。陈胜、吴广带领着这么一支农民起义军"揭竿而起"(揭竿,举起竹竿),浩浩荡荡地从大泽乡出发去打县城。

陈胜、吴广起义的消息像长了翅膀,比他们的军队还跑得快。没多久,临近大泽乡的老百姓都在传,楚国的大将项燕的大军到了。县城里的官兵们一听到楚国的大军到了,吓得逃的逃,降的降。陈胜的起义军一下子就打下了五六座城。

这几年来,各地的老百姓被秦朝的官吏压迫得难过日子，好像又热又闷的伏天憋得人喘不过气来似的，谁都盼着来阵狂风，下阵大雨。陈胜、吴广一声号召，好像天空中打个响雷，带来了一阵暴风骤雨，真叫人感到说不出的痛快。为了这个缘故，各地的老百姓和投降的士兵赶着车马纷纷来投奔陈胜，愿意听他的指挥。不到一个月，陈胜已经有了六七百辆战车，一千多名骑兵，好几万农民。他带着这些人马打下了陈县（在今河南省淮阳县）。陈县是个大城，陈胜打下了陈县，声势就更大了。除了大批起义的农民以外，有些一向不得志的文人、武士和原六国贵族等，也都来了。陈胜一一收用，队伍就扩大了。

陈胜召集了陈县的父老共同商议大事。陈县的父老一见陈胜的军队不抢东西，不伤害老百姓，个个喜欢。他们说："将军替天下百姓报仇，征伐暴虐的秦国，这功劳多么大啊！可是没有王，谁能号令天下去征伐秦国呐？我们都是楚国人，请将军做楚王吧。"陈胜就在陈县做了王，国号"张楚"（张大楚国的意思）。因为他在陈地为王，历史上就称他为陈王。陈王派吴广带领一部分人马去打荥阳（在今河南省；荥 xíng），派周文带领另一部分人马往西去打京城咸阳，又派了几路人马去接应各地的起义。派到各地去的军队得到当地农民的拥护，原来六国的地盘好多都被起义军占领，起义军没到的地方也纷纷有人起兵响应，秦朝的统治眼看就被起义军推翻了。

起义军虽然节节胜利，占领了大片的地方，可战线越拉越长，号令不能统一，有好多地方反倒给旧六国贵族占了去。这些六国的后代并不像起义的农民那样首先要推翻秦朝，他们只想借着机会恢复以前的局面，为自己抢地盘。陈胜起兵不到三个月，赵国、齐国、燕国、魏国都有人自立为王，只剩一个韩国还没有王。这些王自己带着军队，占据自己的地盘，谁也不去支援吴广、周文他们。吴广和周文两支军队开始很顺利，沿路打了胜仗。后来吴广在荥阳碰上了秦国的大将李由，周文碰上了秦国的大将章邯（hán），就抵挡不住了，接连向陈王讨救兵。陈王手下的将士已经被派到各地去了，自立为王的将军们又不听他的指挥。吴广、周文打了败仗，都死了。

陈胜做了陈王以后，有不少从前跟陈胜一块儿种过庄稼的老朋友，听到他做了大王，都跑来看他。他们见了陈胜，高兴得了不得，一开口就陈胜哥长、陈胜哥短，都叫得很亲热。陈王左右的大臣都说他们这些人太没规矩，污辱了大王，应当处死！陈胜把从前的志向也忘了，穷朋友也不要了。他也讨厌他们这样提名道姓的，听了这些大臣的话，把几个老朋友杀了。这一来，这些来投奔他的老朋友都走了。连陈胜的老丈人也说："陈胜变了，一个好好的庄稼人当上了王，把我也看作个老废物！我不愿意再住在官里受这份气！"他就离开陈胜，回到农村去了。有不少跟陈胜一同起义的庄稼人也走了。

秦朝大将章邯打败周文以后，领着大军向陈县进攻，很快把陈县包围了。陈胜又振奋起来，带着大伙儿抵抗。可是起义军打仗的经验太少了，武器又差，怎么也打不过秦军。陈胜只好退出陈县，往东边撤退。到了下城父（在今安徽省涡阳县）这个地方，手下人越打越少。陈胜的车夫庄贾看他没了势力，就起了歹心，把他杀死，投降了秦朝。

陈胜、吴广虽然都死了，可是由他们点起来的反抗秦朝的那把火并没有熄灭，而且越烧越厉害，还引出了不少英雄好汉。

天下响应

陈胜、吴广起义以后,在吴中的项梁和侄儿项羽也起来响应。他们杀了会稽郡守,占领了会稽郡。那时候,项羽是个二十多岁的青年,年龄跟他差不多的青年都乐意跟着他干,不到几天工夫,就组成了一支八千人的队伍。因为这些青年都是当地的子弟,就称为"八千子弟兵"。

项梁、项羽带着这八千子弟兵渡过大江,很快打下了广陵(就是现在的扬州),接着渡过淮河,继续往北进军。沿路有不少英雄好汉带着人马跟项梁联合起来,等到了下邳,项梁就有六七万人了。将士当中有几位是很出名的,像季布、锺离昧、虞子期、英布等,还有一个蒲将军。他们一路打胜仗，占领了不少地方。大军到了薛城（在今山东省枣庄市）驻扎下来，大伙儿准备商议一下以后行军的计划。

就在这个时候，从丰乡（在今江苏省沛县西）来了一位起义军的头领，叫刘邦，带着一百多名随从来投奔项梁。

刘邦是沛县丰乡人，做过泗水亭长（秦朝十里一亭，亭长是管理十里以内的小官；泗水亭在沛县）。亭长主要的职责本来是管管当地老百姓打官司，抓抓小偷，遇到重大的事情才上县里去报告。可是在秦朝暴虐的统治底下，亭长主要的工作成了抓壮丁和押壮丁到咸阳或者骊山去做苦工。他好几次到过咸阳，有一次还看见了秦始皇出行的场面。那威风劲儿让他忘不了，跟旁边人说："哎呀，大丈夫就该像这个样子才行呐！"

有一次，他押送一批民夫到骊山去。路那么远，他们一天天地赶路，每天晚上总有几个人逃走。这么下去，到了骊山怎么交差呐？刘邦挠着头皮，想不出办法来。最后，他下了一个决心。

那天下午，他一步懒似一步地走着，到了一个地方，虽然还早着，他叫壮丁们休息休息，准备过夜。看见有卖酒的，他就买了十来斤，坐在地下，一声不响地喝着。喝了一阵儿，天快黑了。他突然站起来对众人说："你们到了骊山就得做苦工，不是累死就是被打死。就算不死，也不知道哪年哪月才能回乡。这不是去送死吗?我现在把你们都放了,你们自己去找活路吧。"说着,他把拴着每一个人的绳子都解开。他低着头,闭着眼睛,挥了挥手,说:"去吧!"众人感动得直流眼泪。他们说:"那您怎么办呐?"刘邦说:"反正我也不能回去了。逃到哪儿是哪儿,走着瞧吧。"其中有十几个壮士情愿跟着他一块儿去找活路。其余的人谢过刘邦,感激涕零地走了。

那天晚上,刘邦他们不能再住客店。刘邦又喝了不少酒,这才醉醺醺地带着这十几个人往沛地那边走去。刘邦东倒西歪地走得慢,有三五个人跟着他落在后头。走了一阵子,月亮出来了。他们不敢走大路,就拣小道走。不知道怎么着,前面的人忽然撒腿往回跑,吓得后面的人还以为碰到了官兵。这一下子倒把刘邦的酒吓醒了。他跑上一步,着急地问:"出了什么事儿啦?"他们说:"前面有条大蛇横在道儿上,大极了。咱们还是走别的道儿吧。"刘邦听说是条蛇,倒放心了。他说:"壮士走道儿,还怕蛇吗?"他就跑在头里,拔出宝剑,提在手里,过去一瞧,果然是一条挺大的白蛇。他举起宝剑来,一下子把那条蛇剁成两截。大伙儿这才继续往前走去。

跟随刘邦的那些人后来就编了一段故事,说刘邦斩了白蛇以后,有人从那边经过,瞧见一个老婆子在那儿哭着说:"我的儿子是白帝的儿子,变成一条蛇,拦住道儿,给赤帝的儿子杀了。"那个人再要问她,老婆子忽然不见了。这个故事一传开,有人附和着说:白帝是指秦朝,赤帝的儿子杀了白帝的儿子,这就是说,世上出了真命天子,秦朝的天下长不了啦。跟随刘邦的人把这个故事传了出去,好叫大伙儿相信刘邦是真命天子。

刘邦斩了白蛇以后,同那十几个壮士逃到芒砀山(在今河南省永城市芒山镇;芒砀 máng dàng)躲了起来。别的无路可走的人也跑来入伙,日子不多,芒砀山上就聚集了一百多人。他们跟沛县的文书萧何和监狱官曹参都有来往。

赶到陈胜、吴广打下了陈县,号召天下推翻秦朝统治的时候,萧何就打发樊哙(fán kuài)去叫刘邦回来。樊哙是个宰狗的,他的妻子和刘邦的妻子是姊妹。刘邦和樊哙带着芒砀山一百多条好汉到了沛县城外,城里的百姓已经杀了县令,开了城门,把刘邦他们接到城里去。这么着,刘邦做了沛公。这时候,他已经四十八岁了。

沛公刘邦举行了一个起兵的仪式。他还真把自己当作赤帝的儿子,旗子的颜色都是红色的。萧何、樊哙他们分头去招收沛县的子弟。没有几天工夫,就来了两三千人。沛公带领这两三千人占领了自己的家乡丰乡。他派一部分人马守在那儿,自己又去进攻别的县城。不料把守丰乡的将军叛变了。沛公得到了这个消息,气呼呼地要去攻打丰乡。可是自己的兵力不足,就到别处去借兵。到了留城(在今江苏省沛县东南），正碰到张良带着一百多人想去投奔起义军。他们两个一谈，挺合得来。沛公觉得相见恨晚，把他当作老师看待。张良看刘邦很能干，就跟他在一起了。

刘邦和张良一商量，决定到薛城去投靠项梁，向他借兵。项梁见沛公也是一个人才，就拨给他五千人马、十个军官。沛公得到了项梁的帮助，打下了丰乡，把丰乡改为丰县，筑了城墙防守起来。他刚把家乡的事情安排好，忽然接到项梁的通知要他到薛城去开会。沛公就带着张良到薛城再去拜见项梁。

这时候，陈胜、吴广、周文等几个主要的起义军领袖已经死了，赵、齐、燕、魏的那些原来六国的贵族各抢各的地盘，已经跟农民起义军分道扬镳（biāo）了。其他各地小股的起义军彼此孤立，力量分散。另一边，秦将章邯、李由等兵精粮足，把起义军一个一个地击破。就在这个紧要关头，项梁在薛城召开会议，要把起义军重新组织整顿一下，准备再作斗争。

在会议当中，项梁对大伙儿说："我打听到陈王确实死了，楚国不能没有王。因此，请各位共同来商议，要不要公推一位楚王。"有的说："请将军决定吧。"有的说："就请将军为楚王吧！"项梁正在犹豫不决的时候，忽然军营外面来了一个七十来岁的老头儿，名叫范增，说是来献计策的。项梁早就听说范增是个有名的谋士，赶紧把他请了进来。范增好像知道项梁他们正在商议立王的事，对项梁说："秦灭六国，其中受委屈最大的是楚国。怀王受骗，死在秦国，楚人一直替他抱不平。您是楚国名将的后代，如果依从楚人的愿望，立楚怀王的后人为王，楚人就一定会向着您。"项梁和将士们听范增说得很有道理，都同意了。

他们就派人到各处去找楚怀王的后代。果然，他们在看羊的孩子里面找到了楚怀王的一个孙子，才十三岁，单名一个"心"字，也叫"熊心"。大伙儿就立他为楚王。因为楚人还想念着以前的那个楚怀王，所以就立熊心为楚怀王。

张良趁着这个机会央告项梁说："现在楚、齐、赵、燕、魏都有了王了，单单韩国还没有王。在韩公子当中，要数横阳君韩成最贤明。要是将军立他为韩王，他必定感激将军，亲楚抗秦。"项梁就打发张良带着一千人马去立韩成为韩王，拜张良为韩国的司徒（权力相当于丞相）。韩司徒张良这就跟沛公刘邦分手了。

起义军在薛城开了大会，立熊心为楚怀王以后，将士们勇气倍增，声势大大地增加了。项梁打发张良去进攻韩地，自己率领大军，直奔亢父，在东阿大破秦军，紧紧地追赶秦大将章邯。同时，项梁派项羽和刘邦合起来，去打城阳。他们打下了城阳，杀了不少敌人，接着往西，又大破秦军。秦军逃到濮阳，死守在那儿。项羽和刘邦就一直往西打过去，碰到了秦将李由。李由是秦朝丞相李斯的儿子,在荥阳打败吴广的就是他。他可没碰到过项羽,这会儿碰上了他,一交战就丧了命。

李由因为不敌楚军被项羽杀了。赵高借这个机会,要杀李斯,自己掌大权。他就造谣说李斯私通敌人,让二世下令,把李斯一家灭了门,自己接替李斯做了丞相。

这时候,项梁从东阿赶到定陶(在今山东省菏泽市),再一次大破秦军,占领了定陶。项梁接连打了胜仗,就得意起来,认为秦军不过如此,章邯也不是他的对手,这么着,就对敌人放松了。刚巧下了几天雨,他就趁着机会休息休息,在帐篷里喝喝酒,准备天一晴再进攻。哪儿知道章邯是个用兵的老手,他看准机会,在一个晚上,趁着项梁不作准备,突然率领全部兵马像山洪暴发似的一下子冲过来。楚兵正睡得香,连抵抗都来不及,一下子死的死,伤的伤,逃的逃,哪儿还像支军队!项梁这一支军队全被打垮,连项梁自己也被杀了。

项羽和八千子弟兵听到这个消息,一时放声大哭,刘邦和别的将士也都流泪。刘邦跟项羽和范增他们商量说:"武信君(就是项梁)刚去世,军营中人心不定,不如暂时退兵去守彭城。"他们都同意了。

项羽他们到了彭城,驻扎下来。楚怀王也到了彭城。大家小心防守,准备等章邯到来,再作抵抗。不料章邯另有计划，他知道项梁一死，楚军打了败仗，已经大伤元气，就暂时撇开黄河以南这一头，率领大军到黄河以北，进攻赵国去了。楚怀王听到章邯往北攻打赵国去，就准备调兵遣将往西去打咸阳。

破釜沉舟

楚怀王召集将士们,想叫他们往西去进攻京城咸阳。可是秦军挺强,楚军新近打了败仗,他怕将士们不愿意打到关里去,就说:"谁先打进关里,就封谁为关中王。"项羽先开口,说:"我叔父被秦人杀了,这个大仇,我非报不可!请大王派我去。"刘邦说:"我也愿意去。"楚怀王就叫他们准备起来,挑个好日子发兵攻秦。项羽和刘邦都出去了,还有几个大臣留在楚怀王身边。他们议论说:"项羽性子太暴躁,每次攻下城后,杀人太多。沛公年纪大,阅历深,是个忠厚长者。大王不如派他去打咸阳。"恰巧赵国派使者来求救兵。楚怀王就打算叫项羽往北去救赵国,让刘邦往西去打咸阳。

第二天，项羽、刘邦向楚怀王请示出兵的日期，赵国的使者还正哭诉着呐。他说："章邯三十万大军围困巨鹿快一个月了，要是大王再不去救，赵地的老百姓必定遭到屠杀。请大王可怜可怜吧。"楚怀王问他："燕国、齐国、魏国离赵国都比我们楚国近得多，赵王为什么不去向他们求救，反倒老远地派你到这儿来呐？"使者说："章邯实在厉害，他派王离、苏角、涉间三个将军围攻巨鹿，自己把大军驻扎在南边，谁要去救，就先打谁。燕王、齐王已经派兵来了，可是都驻扎下来，守着阵地，不敢跟秦兵交锋。我们的大王和将军这才派我到这儿来。"

赵国的使者在楚怀王面前这么一五一十地哭诉着，项羽已经听得火儿了。他要替叔父报仇，正想跟章邯拼个死活，就对楚怀王说："要是连巨鹿都救不了，怎么还能灭秦呐？我们应当马上发兵去救。"楚怀王说："将军能去，再好没有，可是还得有别的大将一块儿去，我才放心。"

原来楚怀王和大臣们已经商量好了。他们怕项羽势力太大，不容易管束，就拜另一个叫宋义的大臣为上将军，还加上一个挺美的称号，叫"卿子冠军"（卿子，相当于公子；冠军是第一等上将的意思），拜项羽为副将，还封他为鲁公，范增为末将，率领二十万大军往巨鹿去救赵国。

公元前207年，卿子冠军宋义率领着救赵的楚军，到了安阳（在今河南省），一打听，知道秦军十分强大，就在安阳停下来了。这一停就停了十多天,急得项羽跑到宋义跟前,央告他说:"救人如救火,咱们还是打过去吧。"宋义说:"现在秦军攻打赵军,双方都有力量,让他们先去消耗兵力。要是秦军打赢了,他们就算死伤不大,也够累了。我们趁着他们疲劳的时候打过去,就有把握打个胜仗;要是秦军打不赢,那我们更能把他们打败了。我们不如先等秦军和赵军决战以后再说。"他又笑了笑,对项羽说,"穿着铠甲,拿着兵器跟敌人交锋,我比不上你;坐在帐篷里出个计策,那你可比不上我了。"

这位卿子冠军下了一道命令,说:"上下将士尽管像老虎那么猛,如果不服从命令,都得砍头。"这个命令分明是对项羽说的。宋义在安阳继续按兵不动,成天在帐篷里跟将军们喝酒作乐,好像没把救赵的事情搁在心上似的。

这时候已经快冬天了,天气很冷,又碰到下大雨,士兵们受冻挨饿,都抱怨起来。项羽对他们说:"现在军营里粮食不够,可是渡过河去(指漳河),打败了秦兵,粮食有的是。"士兵们都说:"对呀,请将军再跟上头去说说。"

第二天,项羽又去见宋义,对他说:"秦军多么强啊,新立的赵国怎么打得过秦军?秦军要是灭了赵国,就更强了,哪儿会疲劳呐?再说咱们的军队新近打了败仗,武信君(就是项梁)死了,怀王坐立不安,这会儿把国内的军队交给了将军,不光为了救赵,实在为了灭秦。国家兴亡,在此一举。将军老在这儿待着,按兵不动已经四十六天了。您也该听听将士们的意见!"

宋义拍着案桌,怒气冲冲地说:"你反了吗?怎么敢不服从我的命令!"项羽本来就不服宋义,这会儿见他动了怒,自己也火上心头,趁势拔出宝剑来就把他杀了。项羽出来对将士们说:"宋义违背大王的命令,按兵不动。我奉了大王的密令,已经把他处死了。请诸君不要多心。"上下将士本来就不满意宋义做上将军,这会儿听说项羽把宋义杀了,就说:"首先立楚国的,原是将军一家。现在将军把背叛的人处死了,就该代替他为上将军,统领全军。"项羽就做了代理上将军,打发人去报告楚怀王。楚怀王只好立项羽为上将军。

项羽杀了宋义,派英布和蒲将军带领两万人马渡过漳河。章邯听到楚军渡河,就派两个将军,一个叫司马欣,一个叫董翳(yì),带领几万士兵前去拦阻。那两个秦将不是英布和蒲将军的对手,一交锋就打了败仗,急忙后退。项羽看英布和蒲将军已经占领了对岸,就率领所有的军队都渡过河去。等到全军都渡过来了,他吩咐士兵,各人带上三天干粮,把军队里做饭的锅都砸了,把船都凿沉了(文言叫"破釜沉舟";釜fǔ,就是锅)。他对将士们说:"成败在此一举。这次咱们打仗,只准进,不准退;三天里头一定把秦兵打败!你们看行不行?"将士们举起拳头,一齐嚷着说:

"行！行！"

围攻巨鹿的秦将叫王离。他一见楚军渡了河，把军营扎在河边，忍不住哈哈大笑，说："楚将不懂兵法。河边扎营没有退路，打了败仗都挤到水里，非全淹死不可。"他留着苏角、涉间继续围住巨鹿城，自己带着一支兵马迎了上去。王离笑楚军不留退路，哪儿知道人家正因为有进无退，才下了决心，拼着命打过来。结果两下一交战，王离的兵马就败得很惨，死伤了不少人。王离不敢再笑，只好哭丧着脸逃到章邯那儿请示办法。

章邯听到楚军破釜沉舟，要跟秦军决一死战，已经跟将士们商议了迎敌的计策。这会儿见王离打了败仗回来，他就说："项羽十分厉害，我们不可小看了他。你们把所有的人马分作九路，一路接着一路布置好阵势。我先去跟他对敌，引他进来。你们每一路先后接应。等到楚军进入我们最里面的阵地，九路人马一齐上来把他们围住，准能叫他们全军覆没。"章邯吩咐九个大将分头把九路人马布置停当，自己领着一队精兵迎了上去。

章邯首先碰到的正是项羽。仇人相见，分外眼红。项羽咬牙切齿地直奔章邯。章邯本来打算假装被打败，把项羽引进来。哪儿知道楚兵英勇非凡，越打越有劲儿。他们一个人抵得上秦兵十个，十个就抵上一百个，项羽的那支画戟更是神出鬼没，七上八下地一来，就戳倒了无数人马。他骑的那

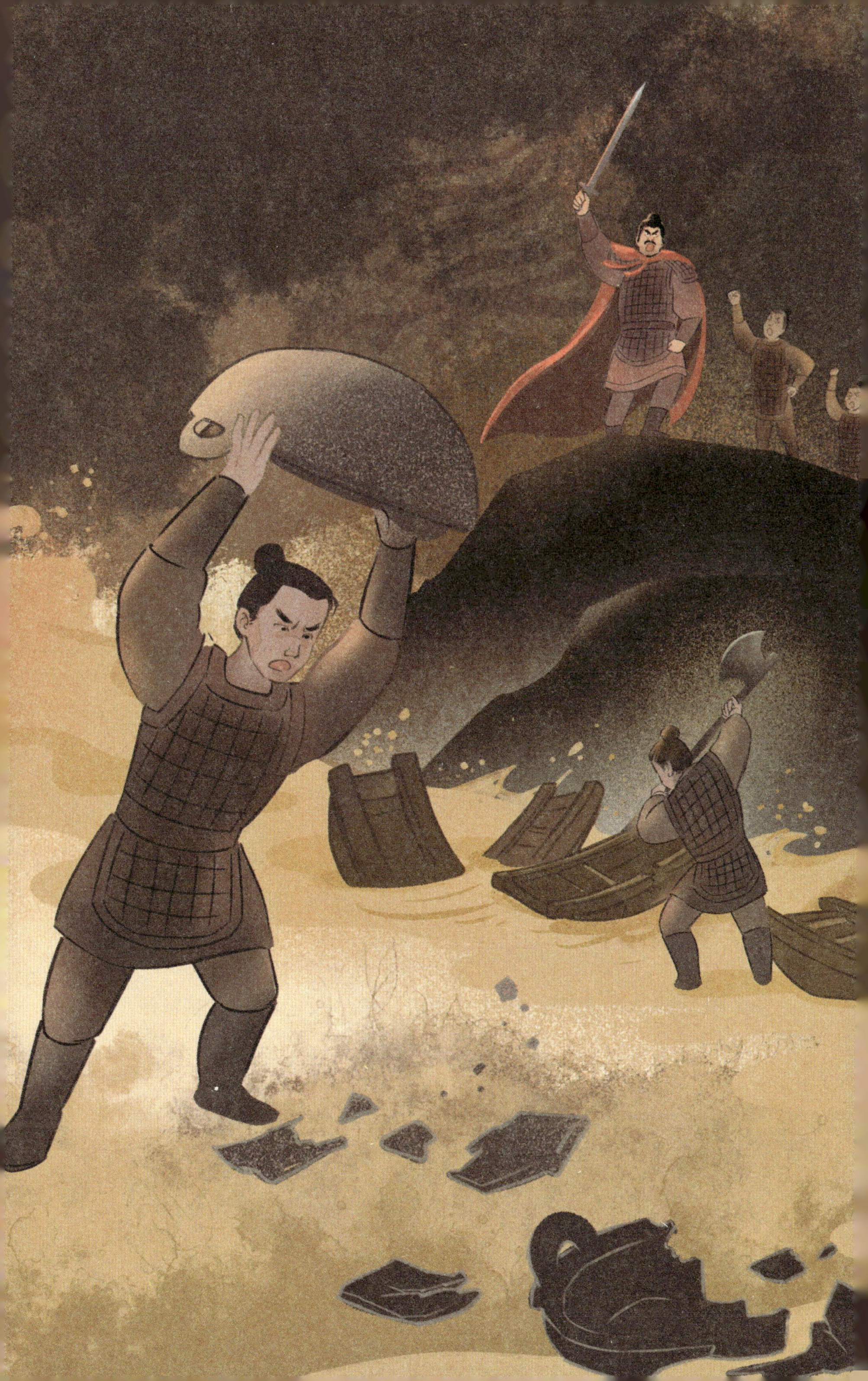

匹乌骓（一种黑色的千里马；骓 zhuī）像飞一样地追赶着逃兵。章邯的这支军队不是有计划地假装被打败，而是争先恐后地乱跑乱窜，反倒把后面几路接应的军队都冲乱了。章邯自己也逃了。

项羽的士兵杀到秦军的第二路、第三路，喊杀的声音好像山崩海啸，震动天地。秦军再也抵挡不住，就哗啦啦地垮下去了。楚军所向无敌，三天里面连着打了九场胜仗。秦将王离边打边退，偏偏项羽那匹乌骓"的溜溜"的一声叫，欢蹦乱跳地追上去，逼得王离只好鼓着勇气再跟项羽对打一下。项羽见他一枪刺来，就抽出钢鞭，向上一抡，当的一声，王离虎口发麻，握不住枪杆，那支枪脱手飞出。王离还想逃命，项羽已经把他从马背上抓过来，扔在地下，叫士兵们绑了。这一场大战真是非同小可，杀得天昏地黑，秦国的士兵四散逃命。大将苏角死在乱军之中。另外几个秦将也有给杀了的。大将涉间一见王离活活地给逮去，九路兵马都被打得秋风扫落叶一样，觉得性命难保，就放了一把火，把军营烧了，自己也被烧死在里面。

在这次大战当中，秦兵死伤了一半。按说各路诸侯总该一齐加入战斗了吧。可是他们都没出来。当时各路诸侯前来救赵的就有十几队兵马，他们早被王离吓唬住，不敢跟秦军作战。这会儿各路诸侯听见楚军喊声震天，都挤在壁垒（军营周围的墙）上看热闹。一见楚军都像老虎似的，朝着秦兵扑过去，大伙儿吓得睁着眼睛，连气都喘不过来，哪儿还能出来打仗？直到项羽打败了秦兵，请各路诸侯和将军到大营里相见，他们这才清醒过来。

他们到了项羽的军营，见了项羽，谁也不敢抬起头来。项羽请他们坐下，他们还跪着、趴着不敢坐呐。当中有个胆儿大一点儿的咽了口唾沫，开口说："上将军神威真了不起，从古到今没有第二个。我们情愿听从上将军的指挥！"其余的诸侯一齐像背书似的说："情愿听从上将军的指挥！"他们就公推项羽为诸侯上将军，各路诸侯和军队全由他统领。项羽说："承蒙诸公见爱，我也不便推辞。但愿咱们同心协力，早日灭秦。今天请诸公暂且回营，以后有事，还要请过来一同商量。"大家伙儿擦了擦脑门子上的汗珠，都出去了。

项羽准备去追赶章邯，谋士范增拦住他说："章邯还有一二十万人马，一时不容易消灭。赵高这么专横，二世这么昏庸，这回章邯打了败仗，他们一定不会轻易放过他的。不如把军队驻扎下来，等他们内部争吵起来，我们直打过去，准能大获全胜。"

果然不出范增所料。章邯把秦军打败仗的情况报告上去，请二世再派兵来。赵高就说章邯他们无能，请二世查办败将，不能轻饶。章邯手下的将军们听说了以后，一个个气得要命。司马欣就劝章邯向项羽投降。章邯只好派司马欣到楚营里去向项羽求和。范增劝项羽不要计较过去的仇恨。项羽同意了，还跟章邯订立盟约，封他为雍王，立司马欣为秦军上将军，董翳为副将，叫他们带着二十万投降的秦兵走在头里。项羽自己带着章邯，率领着各路诸侯，浩浩荡荡地往西打过去。

章邯投降的消息传到了咸阳，二世和大臣们都着慌了，可是赵高并不着慌。他早已有了打算：只要把一切过错都推在二世身上，把二世杀了，然后投降项羽，他还能做个关中王。他怕还有一些大臣不服，就牵着一只鹿到朝堂上，在大臣们面前指着这只鹿对二世说："这是一匹好马，特来献给皇上。"二世笑着说："丞相别说笑话了，这明明是一只鹿，丞相怎么说是马呐？"赵高把脸一绷，说："怎么不是马？众位大臣都在这儿，请他们说吧。"二世就问大臣们。当时就有不少人说："是马！是马！"有的不开口，只有少数大臣说："是鹿。"没几天工夫，那几个说是鹿的大臣，有暗地里被杀了的，也有被借个罪名治死了的。宫内宫外大小官员谁还敢反对赵高？连二世都怕他了。

约法三章

不久,各路诸侯攻破了武关(在今陕西省商洛市),离咸阳不远了。二世吓得直打哆嗦,慌忙派人叫赵高发兵去抵抗。赵高不能再等下去,就派心腹把二世杀了。赵高还想自己即位,可是又怕大家不服,只好另外立个王。他召集大臣们议事,对他们说:"始皇帝灭了六国,统一天下,开始称为皇帝。现在六国都已经恢复了,秦国也应该像以前那样改称为王。我看公子婴(子婴的身份,有二世的侄子、叔叔、堂兄等说法)可以立为秦王。你们看怎么样?"这批大臣们已经上了"指鹿为马"那一课,都说:"丞相的主意错不了。"赵高就请子婴斋戒(古人在祭祀之前先使自己身心安静一下的准备措施叫斋戒，一般包括沐浴、吃斋、不跟家里人住在一起等）五天，准备在庙堂祭祀一番，正式即位。

子婴对他的两个儿子和一个心腹说："赵高杀害二世，想自己做王，又怕大臣们和诸侯反对，假意立我为王。这是他的诡计。听说他跟楚军有了来往，约定灭了秦国，让他做关中王。现在他叫我斋戒，我推说有病。到即位那天，他一定自己来催，来了就杀了他！"他们很小心地做了准备。到了那天，赵高派人去请子婴来，自己在庙堂上等着，大臣们都鸦雀无声地伺候着赵高。不一会儿，使者回来说："公子说今天不舒服，不能来。"赵高火儿了，瞪着眼说："病了也得来！"他就气冲冲地亲自去请子婴。

赵高进去一瞧，子婴趴在几案上好像打盹似的，连头也不抬。赵高责备他说："你呀，真太不识好歹！今天叫你即位，大臣们都等着，你还不去？"子婴抬起头来，突然从帐幔里跑出来三个人，两个使刀，一个使枪，连砍带刺，立刻把赵高宰了。子婴这才到了庙堂，宣布赵高的罪状。大臣们都说他早该死了，就很高兴地拥立子婴为秦王。秦王子婴马上发兵五万去守峣关（在今陕西省商洛市西北；峣 yáo）。

赵高杀二世和子婴杀赵高的信儿传到了楚营，项羽要趁着秦国内部混乱，赶快打进去，就催动大军连夜进军。那些投降的秦兵在私底下议论起来，说："咱们的父母妻子都在关中。咱们打进关去，受灾遭难的还是咱们自己。要是打不进去,诸侯把咱们带到东边去,咱们的一家老小还不给朝廷杀光了吗?"有的说:"章将军投降也许是个计,也许咱们还有出头的日子呐。"

有的楚将听到了这些私底下抱怨的话,挺着急,就向项羽报告。项羽说:"投降的秦兵还有二十多万,他们心里不服咱们,就不好指挥。要是到了关中,他们叛变起来,那咱们可就要吃亏了。"英布和蒲将军说:"可不能让他们先下手。"项羽说:"为了全军的安全,不如光带着章邯、司马欣、董翳一同进关,其余的就顾不得了。"他们就这么定了计划,起了杀心。大军到了新安城(在今河南省西部)南,楚军把投降的二十多万秦兵缴了械,都给屠杀了,埋在大坑里。打这儿起,项羽的残暴出了名,秦人把他看作宰人的屠夫。

项羽安抚章邯、司马欣和董翳说:"我们发觉你们营里的士兵正准备着叛变,只好忍痛除了后患。这事跟你们三位不相干,请你们放心。"他们三个人还是可以做将军,这才放心了。项羽杀了投降的秦兵,毫无顾虑地往西进军,沿路也没有什么阻拦,一直到了函谷关(在今河南省),才瞧见关上有兵守着,不能进去,可是守关的不是秦军而是楚军。楚军怎么不让楚军进去呐?项羽也不明白,叫英布去问问。

英布朝关上大声地说:"我们是诸侯上将军的军队。快开城门,让我们进去!"守关的将士说:"我们奉了沛公的命令守在这儿。沛公下了命令:不论哪一路军队都不准进来！"项羽这一气非同小可，他可不明白，刘邦怎么反倒先进了关呐？

原来项羽跟着卿子冠军宋义往北去救巨鹿，在安阳就停留了四十六天，打败了王离的军队以后，又跟秦军的主力三番五次地展开了血战。刘邦这时候奉楚怀王命令，就从南路往西进军。他到了高阳（在今河南省杞县），得到了一个谋士叫郦食其（lì yì jī）。郦食其是高阳人，他遇见了刘邦手下的一个骑兵，也是本地人，就对他说："听说沛公傲慢得很，可是挺了不起的。我倒愿意去帮助他。请你替我说：'我有个老乡郦先生，六十多了，是个读书人，很有学问，可以帮助您成一大事。'你推荐我，我忘不了你。"那个骑兵摇摇头，说："不行，不行！沛公最不喜欢读书人。他老说读书人没出息，您还去见他呐？"郦食其说："你就说我是高阳酒徒，去说说吧。"

那个骑兵跟刘邦学说了一遍，刘邦答应见郦食其。郦食其去了，就有人领他进内室去见刘邦。他进了内室，瞧见刘邦正在洗脚。郦食其也不下跪，光作了个揖，开口就说："您打算帮助诸侯打秦国呐，还是打算帮助秦国打诸侯呐？"刘邦骂他说："书呆子！天下吃秦国的苦头也吃够了，各路诸侯才联合起来打秦国。你怎么说我帮助秦国打诸侯呐？"郦食其说："要是您真打算联合诸侯去灭暴虐的秦国，对年长的人就不该这么傲慢！"刘邦接受了批评，连脚都来不及擦,就这么趿着鞋,整了整衣服,向他赔不是,请他坐上座,恭恭敬敬地说:"请先生指教!"

郦食其说:"将军的兵马还不满一万,就要去进攻强大的秦国,这是从老虎嘴里掏东西吃。不行!依我说,不如先去占领陈留。陈留是个好地方,四通八达,来往方便,秦国的粮食有不少堆在那儿。用我的计策准能把陈留拿下来。"刘邦正愁营里粮食不够,连忙说:"请问先生有何妙计?"郦食其说:"我跟陈留的县令有点交情,将军派我去劝他投降,大概可以成功。要是他不答应,我就把他灌醉,在里面接应,将军从外面打进去,准能把陈留拿下来。"刘邦就派他先去把县令缠住,自己偷偷地带着兵马埋伏着。这么里应外合地一来,陈留被夺下来了,粮食也有了。刘邦很信任郦食其,封他为广野君。

郦食其有个兄弟叫郦商,他带了四千人也来归附刘邦。刘邦立他为将军,叫他带领这四千人和陈留的兵马跟着他一同去。刘邦急于往西走,沿路遇到不容易打下来的城,不愿意去跟守城的秦兵死拼,宁可绕个弯儿往前走。他打了几场胜仗,到了颍川(郡名,在今洛阳市东南一带;颍 yǐng)。颍川一带是张良打游击的地区。当初张良从项梁那里得到了一千人马到了韩国,立了韩成为韩王,打下了几座城。没想到秦国的军队一到,又把这些城夺回去了。张良和韩王成兵马不够,只好来回打游击。这会儿张良听说刘邦到了,就带着韩国的士兵去见他。两支兵马合在一起,由张良带道,很快地打下了韩地十多个城。

刘邦请韩王成留在韩国,守住阳翟(今河南省禹州市;翟 dí),要求他让张良一同往西去打咸阳。韩王成说:"我派张良送将军进关。等到将军灭了秦国,请吩咐他马上回来。"刘邦满口答应。他拜谢了韩王成,就和张良带领三万人马去进攻南阳。南阳郡守打了败仗,投降了,刘邦封他为殷侯。郡守投降了还可以封侯,西路几个城的郡守等楚军一到,也都一个个投降了。军队有了粮食,沿路又不抢劫,老百姓都很喜欢,刘邦的兵马就越来越多了。

公元前207年秋天,刘邦进了武关。就在这个时候,赵高杀了二世,派人来求和,说只要让赵高做关中王,他愿意把秦国献给刘邦。刘邦怕他欺诈,没答应。没有几天工夫,秦王子婴杀了赵高,派了五万兵马守住峣关。刘邦用了张良的计策,派兵在峣关左右的山头插上无数的旗子,作为疑兵,又吩咐大将周勃带领全部人马绕过峣关正面,从东南侧面突然打进去,杀了主将,消灭了这一支秦军。

刘邦的军队进了峣关,一路跑去,到了霸上(在今陕西省西安市东),迎面来了一个好像送殡的仪仗队,是秦王子婴带着大臣前来投降了,车马好像戴孝一样都用白颜色。子婴脖子上还套着带子,表示准备被勒死,手里拿着皇帝的大印、兵符和节杖,哈着腰候在路旁。樊哙对刘邦说:"砍了他算了！"刘邦说："当初怀王派我来，就因为相信我能宽容人。再说，人家已经投降了，再杀他，也不吉祥。"他就收了大印、兵符和节杖，把仅仅做了四十六天秦王的子婴交给将士们看管起来。

刘邦的军队进了咸阳。将士们乱纷纷地争着去找库房，各人都拣值钱的东西拿。萧何可不稀罕这些东西。他首先进了丞相府，把那些有关国内户口、地形、法令等的图书和档案都收管起来。这些文件是将来治理国家不能少的，他认为比金银财宝更有用。

刘邦进了阿房宫。一见宫殿这么富丽，幔帐、摆设好看得晃人眼睛，宫女们这么漂亮，他就进了内宫，甜丝丝地躺在龙床上，好像躺在云端里似的，那么舒坦。樊哙进来了，问刘邦："怎么啦？沛公要打天下呐还是要做富家翁？这些享受的东西使秦亡了，您要这些干吗？还是快点回到霸上去吧！"刘邦对他说："你出去！让我歇歇。"恰巧张良也进来了。樊哙气呼呼地向他说了。张良对刘邦说："忠言逆耳利于行，良药苦口利于病。请您听从樊将军的吧！"刘邦只好皱着眉头，把这服苦口的良药喝下去。他起来，吩咐手下人封了库房，自己回到霸上的军营里去。

刘邦召集了关中的父老，对他们说："你们吃秦朝的苦头已经吃够了。批评朝廷的就得灭族，一块儿谈论的就得处死，这种日子叫人怎么过呐？今天我跟诸位父老约法三章（就是订立三条法令的意思）：第一，杀人的偿命；第二，打伤人的办罪；第三，偷盗的办罪。办罪的轻重视犯罪的轻重而定。除了这三条以外，其余秦国的法律、禁令一概废除。官员们和老百姓安心做事，不必害怕。"刘邦就叫各县的父老和原来秦国的官吏到各县各乡去宣布这三条法令。

老百姓听到了刘邦约法三章，高兴得了不得，都谢天谢地地感激刘邦，只怕刘邦在关中待不长。刘邦也只怕不能久留关中，就担心项羽进来。

有一个谋士瞧出了刘邦的心事，对他说："关中比别的地方富裕十倍，地形又险要，真是个好地方。可惜项羽他们正从东路赶过来。他们一进来，将军的地位可就保不住了。依我说，一面立刻派兵去守函谷关，别让诸侯的军队进来，一面招收关中的壮丁，扩大自己的军队。这样才可以抵抗诸侯。"这一番话正说在刘邦的心坎儿上，他就派兵去守函谷关，不准项羽的军队进来。

这会儿，项羽带着军队被挡在函谷关外面。他这一气非同小可，连眼珠子都努出来（凸出的意思）了。他派英布和蒲将军攻打函谷关。没用多大工夫，他们就打进了关。项羽的大军接着往前走，什么挡头都没有。最后他们到了新丰鸿门（在今陕西省西安市临潼区东），人马也乏了。项羽一面把大军驻扎下来，让士兵们吃一顿好的，一面召集将士们商议怎么去惩罚刘邦。

中文分级阅读六年级导读

亲爱的家长朋友：

您好！您打开的是中文分级阅读的六年级图书。也许您纯粹出于好奇，也许您家里正有一位六年级的小朋友。

六年级阶段的儿童一般在 11-12 岁，处于小学生涯的最后阶段，往往既有少年期的叛逆，也有青春前期的萌动。他们一方面需要亲密的关系，另一方面又渴望独立。这一阶段的儿童，需要阅读有丰富情感和思想深度的作品，以满足他们的精神和认知能力。

这套由亲近母语和果麦文化联合打造的中文分级阅读文库，针对这一阶段的孩子专门配备了适宜的阅读套餐。亲近母语有着近 20 年的儿童阅读研究的专业积累，果麦文化有着优秀的出版品质和行业口碑。这套文库，基于亲近母语研发的中文分级阅读标准，根据 6-15 岁儿童的认知与心理特点，以及儿童阅读能力和素养发展的要求，共 9 个级别，108 本经典作品。为每一个孩子，择选更适合的童书。

六年级从这个阶段儿童的语言、阅读和心理特点出发，精选了 12 本优秀的童话、小说、科幻、科普和戏剧作品。

六年级阶段的儿童依然需要童话，但这些童话，都有一定的思想深度和哲学意味。《小王子》，不仅是一部给孩子的童话，更是对纯真童年的守望。我们为孩子们择选了著名翻译家、法语翻译泰斗柳鸣九先生的译本，翻译流畅且富有童趣，很好地传达出了原作的神韵。日本国民作家宫泽贤治的《银河铁道之夜》，用独特的语言表达营造出一种令孩子们着迷的幻想世界，同时富含深邃的思想和浪漫的意境。

纽伯瑞儿童文学奖金奖作品《银顶针的夏天》，其中的小主人公加特妮在河床上发现了一枚银顶针，从此，整个夏天总会有各种惊奇的事情发生。这个故事教会孩子保有对生活的热爱与好奇，让平凡的生活充满奇迹。儿童小说《汤姆·索亚历险记》中的主人公汤姆·索亚自由活泼，充满正义，他的冒险经历极富传奇色彩，能带给孩子欢快的阅读体验。《查理和我的旅行》是一部生命主题的小说，用独特的叙述手法，讲述了一个关于善良和追寻的感人故事，结局出人意料又在情理之中，让人动容。

《林汉达中国历史故事·两汉》是一部经典的历史通俗读物。林汉达先生用口语讲史，将西汉和东汉的历史娓娓道来，既浅显易懂又引人入胜。这本书巧妙地将历史性、知识性、文学性和故事性融为一体，让孩子在轻松愉快的阅读中，不仅吸收到丰富的历史知识，还培养了正确的历史观。法布尔的《昆虫记》，是世界公认的儿童科普经典。从中我们精选了120多种中国人耳熟能详的昆虫，60余幅写实插画精准还原每个细节，为孩子开启另一个世界的神秘之门。六年级阶段的孩子需要阅读一些有一定深度的作品。《呼兰河传》是萧红创作的一部自传体的长篇小说，文字鲜活，思想深刻，不动声色中道尽人性。

曹文轩的《像鹰一样滑翔》书写了童年中的孤独与苦难，展现了人性的丰富和坚韧。我们还选入了两本经典的科幻作品。《时间机器》这部小说第一次以时间旅行为题材，在一个大尺度的时空观里探讨了人类的命运。《海底两万里》是法国科幻大师凡尔纳的代表作，描绘了一个充满冒险与奇幻色彩的海底王国。

同时我们特意选择了兰姆姐弟改写的《莎士比亚戏剧故事集》。这是公认的让孩子阅读莎士比亚戏剧最好的启蒙作品。作者以浅显易懂的故事叙述方式，生动还原了莎翁原著的精华和神韵，让孩子在戏剧故事的阅读中，感受人物情绪的变化，体会人性的丰富，体味莎士比亚戏剧语言永恒的魅力。

这里我们也提醒大家：分级阅读的初衷在于为各年龄段的孩子们择选适合阅读的书籍，但分级的概念并不是绝对的。只有您最了解自己的孩子，您可以根据孩子的阅读兴趣和能力，挑选书籍，如果他有足够的阅读能力，您也可以跨级择选。

在《像鹰一样滑翔》中，三个农村少年在看到城市少年潇洒地玩滑板之后，也萌发了滑板之梦，他们在日日苦练之后，终于都能像鸟儿一样顺着山坡畅快滑翔。希望六年级的这些图书能打开少年的视野与格局，滋养少年敏感多思的内心，让每一位少年都能像鹰一样自信舒展，自在滑翔！

每一个此刻，都有适合的童书。

期待每一个孩子的成长之路上，都有这套中文分级阅读文库的陪伴！

亲近母语 × 果麦文化

《银顶针的夏天》

鸿门忍辱

谋士范增对项羽说:"我听说刘邦原来又贪财,又好色。这会儿他进了关,不贪图财物和美女,可见他的野心不小哇。今天不消灭他,将来一定后患无穷。"

正在这个时候,来了一个使者,说是刘邦手下的左司马曹无伤派来报告机密的。那个使者传达曹无伤的话说:"沛公要在关中做王,对那个秦王子婴,不但没办罪,听说还要拜他为相国。皇宫里的一切珍宝,他都占为私有。我虽然被拨在沛公部下,到底是楚国的臣下,因此特地派人前来奉告上将军。"

项羽听了,瞪着眼睛骂道:"可恨刘邦目中无人。天下人恨透了秦王,他反倒要拜秦王为相国,还跟我作对。明天一早我就领兵打过去,看他逃到哪儿去!"此时,项羽兵马四十万,号称一百万,扎在鸿门;刘邦兵马十万,号称二十万,扎在霸上。两军相距不过四十里地。项羽一发动,说话就到。哪儿知道项羽营里有人把这个消息泄漏出去了。

那个泄漏消息的人正是项羽的另一个叔父,叫项伯。项伯曾经杀过人,逃到下邳投奔张良。张良把他收留下来,跟他做了朋友。这会儿张良正在刘邦营里。项伯怕张良受牵连,连夜骑着快马跑到刘邦营里,私底下见了张良,说了一个大概,就要拉他一块儿走,别跟着刘邦一起死。张良说:"韩王派我送沛公进关,现在人家有了急难,我独自逃走,太没有情义了。我要走也得去说一声。请您等一等,我马上出来跟您一块儿走。"

张良进去把项伯的话都告诉了刘邦。刘邦听了,吓得连话都说不利落了。他着急地说:"这,这怎么办呐?"张良问:"将军真要抗拒项羽吗?"刘邦皱着眉头,说:"有人叫我派兵去守关,不让诸侯的兵马进来。"张良又问:"将军自己合计合计,能不能抗拒项羽?"刘邦说:"本来就不行啊,现在可怎么办呐?"张良替他想个计策,告诉他怎么去结交项伯,替他从旁帮忙。

张良出来,见项伯还坐在那儿,就要求他去见刘邦。项伯只好跟着他进去。刘邦很恭敬地请他坐在上位,还摆上酒席，一次次地给他敬酒，很小心地说："我进关以后，什么都不敢拿，什么都不敢做主，只把秦国的官员和老百姓安抚了一下，封了库房，一心一意地等候着鲁公（就是项羽）来。为了防备盗贼和别的可能发生的情况，这才派些将士去守关。我日日夜夜盼着鲁公到来，哪儿敢背叛鲁公啊。请您在鲁公面前替我分辩几句，我对鲁公始终忠诚，绝不辜负他的恩德。"张良又从旁请项伯帮帮忙，项伯答应下来了。

刘邦还不大放心，要求和项伯结为亲家，把他女儿许配给项伯的儿子。项伯也答应了。张良就替他们斟酒道喜。项伯说："我回去就替亲家说去。可是明天一早，您自己快去向鲁公赔不是。"刘邦说："当然，当然！我一定去。"

项伯回到鸿门，已经三更天了，项羽可还没睡。他瞧见项伯进来，就问："叔父去哪儿了？"项伯说："我有个朋友叫张良，他曾经救过我的命。现在他正在刘邦营里。我怕明天打仗，张良也保不住，特意叫他来投降。"项羽也知道张良，就问："他来了吗？"项伯摇摇头，说："他不敢来。他说刘邦并没得罪将军，将军反倒去打他，未免有失人心。"他就把刘邦的话说了一遍，还说："要是刘邦不先打下关中，咱们怎么能够那么容易进来呐？人家有了功劳，还要去打他，这是不合情理的。他说他明天亲自来赔不是。我说人家既然愿意听从指挥，不如好好儿待他。"项羽点点头，可没说话。

第二天，天刚蒙蒙亮，刘邦带着张良、樊哙、夏侯婴等几个心腹和一百来个人上鸿门来了。到了营门前，刘邦一看项羽的军营威武森严，心里就有几分害怕。有个将军传令，说："不准多带随从的人，只准带文官或武将一名。"刘邦只好带着张良硬着头皮进去。

刘邦见了项羽，不敢像过去那样行平辈礼。他趴在地上行大礼，说："刘邦拜见将军，静候吩咐。"项羽杀气腾腾地问他："你有三项大罪，知不知道？"刘邦说："我只不过是个沛县的亭长，听了别人的话兴兵伐秦，才得投在将军的旗下，听从将军指挥，丝毫不敢冒犯将军。不知道什么地方得罪了将军。"项羽说："天下痛恨秦王，你自作主张把他放了，还要重用他，这是第一项。就凭你一句话，随便改变法令，收买人心，这是第二项。你抗拒诸侯，不准他们进关，这是第三项。犯了这三项大罪，怎么还说不知道？"

刘邦回答："请将军允许我表明心迹，再办我的罪。第一，秦王子婴前来投降，我不敢自作主张，只好暂时把他看管起来，等候将军发落。第二，秦国法令苛刻，老百姓像掉在水里火里一样，天天盼着有人来救他们。我急于约法三章，就为了宣扬将军的恩德，好叫秦人知道：进关的先锋都能这么爱护百姓，主将就更不用说了。第三，我怕盗贼未平，秦军的残余可能作乱，不能不派人守关，哪儿敢抗拒将军呐？"项羽听到这儿，眼珠子转了转，脸色缓和多了。

刘邦接着说:"将军在河北作战,我在河南作战,虽说军队分作两路,同心协力可是一样的。托将军洪福,我进了关,能在这儿见到将军,真够高兴的了。哪儿知道有人从中挑拨,叫将军生气,这实在太不幸了。还请将军体谅我的苦衷,多多包涵。"项羽连想都没想,就挺直爽地说:"就是你们的左司马曹无伤说的。要不然,我怎么会发火呐?"说着,他扶起刘邦,请他坐下,还留他喝酒。

项羽和项伯是主人,坐了主位,范增作陪;刘邦坐了客位,张良作陪。五个人喝着,吃着,聊着,帐外吹吹打打奏着军乐。项羽和项伯殷殷勤勤地劝酒,刘邦可提心吊胆地不敢多喝。范增和张良各有各的心事,再说都是陪客,不便多说话。范增早已劝过项羽及早杀了刘邦,免得以后吃他的亏,这会儿见项羽对刘邦这么宽容,急得什么似的。他拿起身上佩着的一块玉玦(腰带上拴着的一块玉;玦 jué),用眼神示意项羽,叫他下个决心,杀了刘邦。项羽明白了。可是人家到这儿来赔罪,怎么能害他呐?项羽瞧了瞧范增,不理他,只管喝酒。过了一会儿,范增又拿起玉玦来向项羽做暗号。项羽向范增有意无意地点了点头,还是不听他的,心里想:"人家自己上这儿来,就这么谋害他,还像个大丈夫吗?再说已经和好了,就该好下去。要是容不下一个刘邦,怎么容得下天下呐?"他反倒向刘邦劝酒。

范增第三次拿起玉玦来,连连向项羽递眼色。项羽当作没瞧见。范增实在忍不住，借个缘由出去了。他叫项羽的叔伯兄弟项庄过来，对他说："鲁公太厚道了，不愿意自己动手。你快进去给他们敬酒，完了就给他们舞剑，瞧个方便，杀了刘邦。要不然，咱们将来都要做他的俘虏呐。"项庄就进去给他们敬酒。项庄敬过了酒，说："军营里的音乐没有多大的味儿，请允许我舞剑，给诸公下酒。"说着就拔剑起舞。舞着，舞着，慢慢儿舞到刘邦前面来了。项羽只顾喝酒，不说话，刘邦吓得脸都变白了，张良直拿眼睛看项伯。项伯忙起来说："一个人舞不如两个人对舞。"项羽说："叔父有兴头，请吧。"项伯也就拔剑起舞。可他老用身子挡住刘邦。张良也像范增那样向项羽告个便儿出去了，留下项羽和刘邦两个人喝酒。项羽看着项庄和项伯舞剑，刘邦可直擦鼻子上的汗珠，浑身有气无力。

　　张良到了军门外，樊哙就上来问："怎么样了？"张良说："十分紧急。项庄舞剑，意在沛公。"樊哙跳起来，说："要死死在一块儿！我去！"他右手提着宝剑，左手抱着盾牌，直往军门冲击。卫兵们横着长戟，不让他进去。樊哙拿盾牌一顶，就撞倒了两个卫兵。他们还没爬起来，樊哙已经进了中军，用剑挑起帘子，冲到项羽面前，拿着宝剑，挂着盾牌，气呼呼地一站，连头发都向上直竖，两只眼睛瞪得连眼角都快裂开来了。

　　项庄、项伯猛然见这么一个壮士进来，不由得都收了剑，呆呆地瞧着。项羽按着剑，问："你是什么人？到这儿干吗？"张良已经跟了进来，抢前一步，替他回答说："他是沛公的参乘（驾车的）樊哙，前来讨赏。"项羽说："好一个壮士。"接着回过头去，说，"赏他一斗好酒，一只肘（zhǒu）子。"底下的人就给他一斗酒，一只生的肘子。樊哙站着，一口气喝完了酒，蹲下来把盾牌覆在地下，把生猪肉搁在盾面上，用剑切成几块，就这么把生肘子吃下去了。

项羽说："壮士还能喝吗？"樊哙说："我死都不怕，还怕喝酒？"项羽觉得这个大老粗说话实在鲁莽，可是挺好玩儿的，就说："你干吗要死？"樊哙说："秦王好像豺狼虎豹一般，只知道杀人、压迫人，才逼得天下都起来反抗。怀王跟将士们约定，谁先进关，谁就做王。现在沛公先进了关，可他并没称王。他封了库房，关了宫室，把军队驻在霸上，天天等着大王来。派士兵去守关也是为了防备盗贼，防备秦人作乱，沛公这么劳苦功高，大王没封他什么爵位，没给他什么赏赐，反倒听了小人的挑拨，要杀害有功劳的人，这跟秦王有什么两样？我不懂大王是什么心意。"项羽不回答他，光说："请坐。"樊哙一屁股坐在张良旁边。项伯也归了座，项庄站在旁边伺候着项羽。项羽还是叫大伙儿喝酒。他喝多了，闭着眼睛想着樊哙的话，好像在打盹儿似的。

过了一会儿，刘邦起来要上厕所去，张良向项伯低声地告个便，带着樊哙跟了出来。刘邦要溜回去，嘱咐张良留下代他向项羽告辞。张良问他:"您带来什么礼物没有?"刘邦说:"我带来一对白璧,想献给鲁公;一对玉斗(相当于后来的玉杯),想送给亚父(项羽尊范增为亚父)。因为他们生气了,我不敢拿出来,请先生代我献给他们。"

刘邦只带着樊哙、夏侯婴从小道跑回霸上去了。他一回到营里,就把曹无伤斩了。项羽见刘邦好久没回来,就派谋士陈平去请他。张良跟着陈平进去,向项羽赔不是,说:"沛公醉了,怕失礼,叫我奉上白璧一双,献给将军;玉斗一双,献给亚父。"项羽说:"沛公呐?"张良又向他行个礼,说:"他怕将军的部下跟他为难,先走了,这会儿大概已经快到霸上了。我们留在这儿等候处分。"项羽也不介意,很大方地说:"你们都好好地回去吧。"回头又对自己人说,"你们也散了吧。"他们都出去了。

一会儿范增进来,见项羽把玉璧搁在几上,一声不吭地瞅着,又是恨他又是疼他。项羽一见范增进来,就有气无力地指着玉斗对他说:"这是沛公送给亚父的。"范增过来,拿起玉斗扔在地下,拔出剑来把两只玉斗都打破了,自言自语地说:"唉!真是个小孩子,没法替他出主意。"他见项羽不动声色地坐着,就明明白白地对他说:"夺将军天下的一定是刘邦。我们等着做他的俘虏吧!"项羽一向很尊重范增,这会儿也明白他是向着自己,可是他自己有自己的主意。

火烧阿房

过了几天,项羽率领诸侯进了咸阳,刘邦很小心地也跟了去。项羽首先得决定怎么发落秦王子婴。子婴仅仅做了四十六天秦王,有多大的罪过呐,况且又投降做了俘虏。可是在六国诸侯和五十多万士兵的眼里,他代表着秦国历代暴君。项羽一开口:"怎么处理秦王?"大伙儿一齐嚷着:"有仇报仇,有冤报冤!"就有好多将士拿起刀来准备向子婴砍去。项羽拿手一比画,大伙儿七手八脚地早把子婴剁了。

当时又有人哭嚷:"坑害六国的不光是秦王,还有秦国的贵族、文武百官,他们哪一个没杀害过我们的父母兄弟!哪一个不把我们扔在水里火里!"项羽下令:"秦国的公子、贵族和不法的官吏都交给你们吧！"范增连忙补上一句说："可别杀害老百姓！"

霎时，楚人杀了秦国贵族八百多人，文武官员四千多人，杀得咸阳街上全是尸首和污血。秦人看了怎么会不害怕、不伤心呐？在秦人的眼睛里，项羽成了新的暴君，刘邦跟秦人约法三章，这会儿全让项羽给破坏了。项羽怕城里太乱了，就吩咐各路诸侯在城外扎营，自己带着八千子弟兵进了秦宫。

秦宫库房虽说封着，可是值钱的东西早已没了。项羽和子弟兵见了阿房宫，引起了心头仇恨。阿房宫，是由各郡县拉来的民夫建成的，在楚人看来，变成了血泪宫，五步一楼，十步一阁，是几十万壮丁的白骨架成的。八千子弟兵见到这些，愤怒的烈火在胸脯里烧着，眼里发出报仇的火苗。项羽说了一声："烧吧！"大伙儿惊天动地地嚷嚷："烧吧！烧吧！趁早烧了吧！"楚人分头烧去。可是阿房宫这么大，房子这么多，不是十天八天烧得完的。天天烧，夜夜烧，烧得火焰冲天，咸阳城全都罩在火光和浓烟底下。

阿房宫被烧成了一堆堆的瓦砾（lì），楚人发泄了历年积压在心头的仇恨。各路诸侯和将士跟着项羽进关，灭了秦国，都希望项羽封他们爵位，赏他们土地。项羽跟范增商议下来，准备重新划分封地，按功劳大小分封诸侯。

有个谋士叫韩生，向项羽献计说："关中是个好地方，

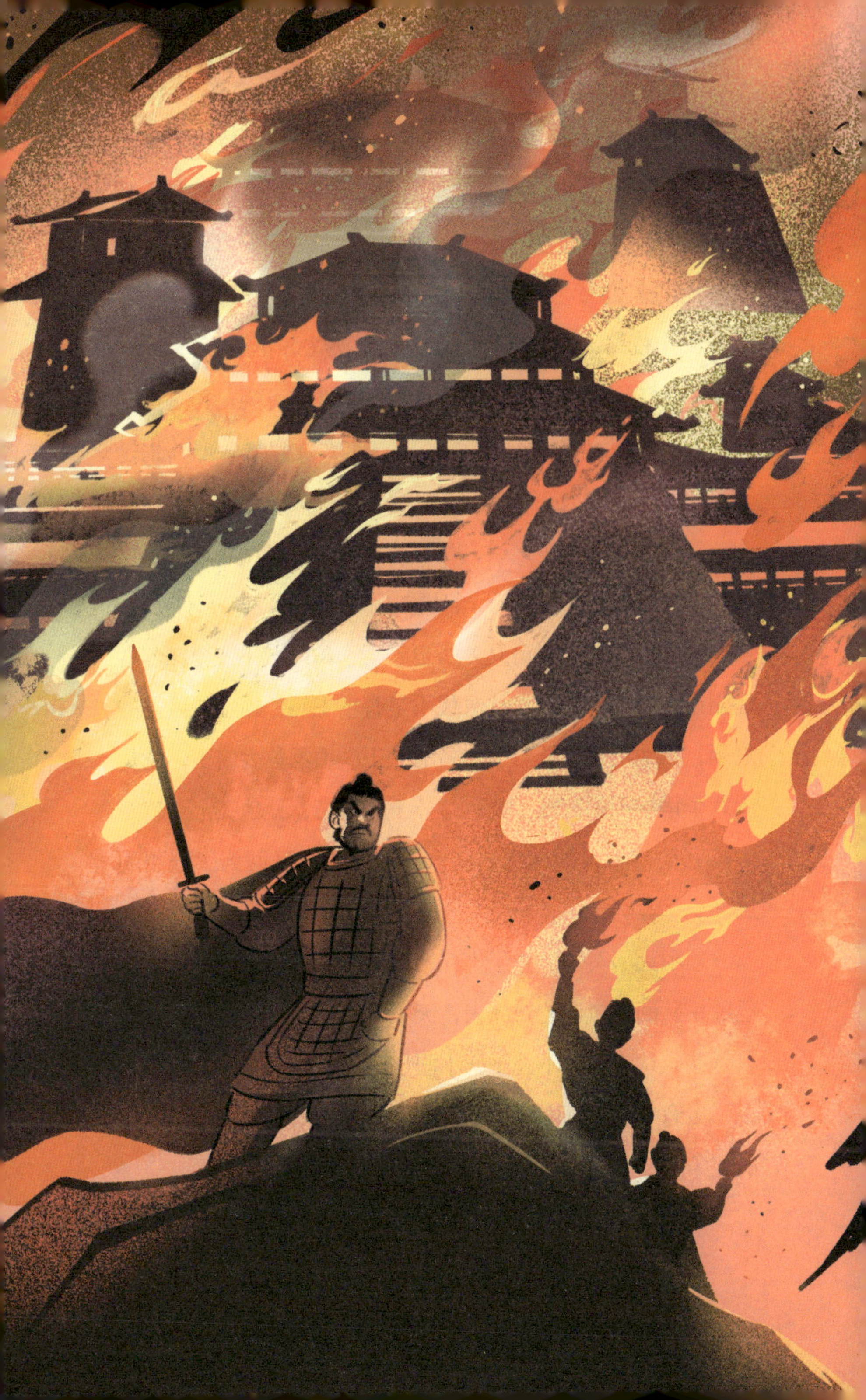

地势险要，土地肥沃，四面都有关口，进可以攻，退可以守。将军占了关中，可以建立霸业。"项羽可不这么想。他知道这儿的人对他没有好感，再说宫殿都烧了，将士们又都希望回到东边去。他就说："富贵不归故乡，正像穿着绣花的衣服走夜路，谁知道呐？"韩生退下去，挺瞧不起项羽。他说："人们说楚人是戴帽子的猴儿，愚蠢可笑。真是这个样儿！"这话传到项羽的耳朵里，他大发脾气，把韩生杀了。项羽宁可把关中封给别人，自己非回到东边去不可。

项羽封了十八个诸侯，都称为王，其中最出名的有：汉王刘邦、雍王章邯、塞王司马欣、翟王董翳、九江王英布、常山王张耳等。项羽自立为西楚霸王，拿彭城（在今江苏省徐州市）作为都城。春秋时代不是有霸主吗？霸主是诸侯的首领，在他上头可还有个挂名的天王。项羽称为霸王，就是十八个诸侯王的首领。他尊楚怀王为义帝，让他在上头就好像挂名的"天王"一样。这么一来，国家又回到了分裂的局面。

项羽灭了秦国，封了十八个诸侯王以后，他们都带着自己的军队回到自己的封地去，天下不就太平了吗？哪儿知道有好些人认为封赏不公平，不服气。还有的立了功却没被封王，更有气。推翻秦朝的战争刚刚结束，诸侯之间争夺地盘的战争又发生了。

第一个不服气的是汉王刘邦，第二个是齐将田荣，别的人也有对霸王不满意的。汉王先进了关,没当上关中王,已经不乐意了,还把他送到汉中和巴蜀(刘邦的封地。汉中,在今陕西省西南,秦岭的南边;巴蜀,在四川一带)去。汉中巴蜀比起关中差多了,到这种地方去,简直是充军,他哪儿肯罢休呐?齐将田荣早在项梁手下的时候就不听命令,这回又没跟着楚军一同进关来打秦国,分封诸侯没有他的份儿。他就轰走了霸王所封的齐王,自立为王。昌邑(在今山东省金乡县西北)人彭越占据着巨野(在今山东省菏泽市东),也有一万多人马,可他还没有主人。田荣就拉拢他,拜他为将军,叫他去夺取邻近的县城。还有一个旧贵族叫陈余,他认为自己跟常山王张耳原来地位相等,现在张耳封了王,自己连个侯爵也捞不到,就向田荣借些兵马,打败了常山王张耳,占领了赵地,把赵地分成赵、代两国,立赵歇为赵王,自己做了代王。

田荣这么一来,齐国、赵国先背叛了霸王。霸王饶不了田荣,可是最不放心的还是刘邦。所以在分封诸侯的时候,开始只把巴蜀封给他,让他住在西南偏僻角落里。后来项伯得了刘邦的礼物,在项羽面前给他说情,项羽才又把汉中封给他。为了防备刘邦回到东边来,项羽把关中地方划分为三处,封章邯、司马欣、董翳三个投降的将军为王,叫他们镇守关中,挡住刘邦那一头,不让他出来。

汉王刘邦动身到自己的封地去了。张良送他到褒中(在今陕西省汉中市南郑区西北；褒 bāo），临走时对他说："从这儿往前去都是栈道（在山腰里用木头和木板架成的道儿），请大王走一段烧毁一段。"汉王说："那不是断绝了我的归路吗？"张良说："烧毁栈道不但使别的诸侯不能进去侵略大王，还可以叫霸王放心。"汉王这才明白过来。

张良回来对霸王说："汉王烧毁栈道，不愿意再回来了。田荣背叛大王，倒不能不去征伐。"霸王果然放松了汉王这一头，回到彭城，准备发兵去征伐田荣。

汉王到了南郑，拜萧何为丞相，曹参、樊哙、周勃等为将军，养精蓄锐，准备将来再跟霸王争夺天下。可是士兵们不愿意在这种山地里过活，差不多天天有人逃走，急得汉王连饭都吃不下去。他正憋得慌，有人来报告："萧丞相逃走了！"这可把汉王急坏了。他立刻派人去追。到了第三天早晨，萧何才回来。汉王又是高兴又是恨，气呼呼地问："你怎么也逃了？"萧何说："我怎么敢逃？我是去追逃走的人的。"汉王就问："你追谁呀？"大伙儿也都纳闷儿，到底丞相追的是谁呀？

韩信拜将

萧何追的是淮阴（在今江苏省淮安市）人韩信。韩信小时候也读过书，拜过老师，文的武的都有一套。后来父母双亡，一向很穷。他没有事情做，老在淮阴城下钓鱼。钓到了鱼，卖几个钱；钓不到鱼，就饿肚子。有个老太太经常在那边洗纱，一出来，总是带着饭篮，干一天活儿。韩信见她吃饭，两只眼睛不由得瞧着她的饭碗。老太太就省了些饭给他吃。韩信也顾不得害臊，大口地吃了，才说："我将来一定重重地报答您。"没想到这句话反倒叫老太太生气了。她说："大丈夫不能自食其力，已经没出息了。我可怜你，才给你吃点儿。谁要你报答！"韩信只好说了声"是"，很难为情地走开了。

韩信虽然穷,可也像一般的武士、侠客那样,身上挎着一把宝剑。淮阴城里的一班少年老取笑他。他们对他说:"韩信,你文不像文、武不像武,像个什么啊?你还是把宝剑摘下来吧。"其中有个屠夫的儿子,特别刻薄,他说:"你老带着剑,好像有两下子,我可知道你是个胆小鬼。你敢跟我拼一拼吗?你敢,就拿起剑来杀我;不敢,就从我的裤裆底下钻过去!"说着,他又开两条腿,在大街上来个骑马蹲。韩信把他上下端详了一会儿,就趴下去,从他的裤裆底下爬过去了。大伙儿全乐开了,韩信也只好附和着咧嘴笑了一下。打这儿起,人家给了他一个外号,叫"钻裤裆的"。

赶到项梁渡过淮河,路过淮阴的时候,韩信带着宝剑去投军,就在楚营里当个小兵。项梁死了以后,韩信又跟着项羽。项羽见他比一般士兵强,叫他做了个执戟郎中。韩信好几回向项羽献计,项羽都没采用。一个小兵怎么能参与大将的计划呐?鸿门宴上,韩信拿着长戟站岗,看到沛公刘邦低声下气地对着鲁公项羽,真有点像自己钻裤裆的滋味。他对沛公就有了几分同情,而且认为沛公将来准能成大事。后来沛公做了汉王,被霸王逼到汉中去。韩信认为投奔一个失势的人准能得到重用,就下了决心去投奔汉王。

他带着宝剑和干粮,拣小道往西走去。头两天,白天躲着,晚上赶路。他知道栈道已经被烧毁了,别的道他又不知道。反正方向不错,爬山越岭也干。他在树林子里请教一个砍柴的老大爷,问他往南郑去的路。那老大爷挠着头皮,说:"以前是有一条,是走陈仓(今陕西省宝鸡市东)的,那可不是路,不好走,还有大虫(老虎),已经多年没有人走了。"韩信请他详细说一说,他就说了一大串。韩信一一记住,拜谢了老大爷,向陈仓那面走去。

"天下无难事,只怕有心人。"韩信终于从陈仓找到了南郑,进了汉营。可是怀着天大的希望只捞到了一个芝麻绿豆官,人家仅仅给了他一个挺平常的职务。

后来韩信见了萧何,跟他谈了谈。萧何认为韩信的能耐可不小,又专门跟他谈了几次。韩信从天下形势谈到刘、项两家将来的胜败,萧何这才知道他是数一数二的人才,就在汉王跟前尽力推荐他,还把他的出身说了一遍。

汉王听了可不觉得怎样。他把话岔开去,说:"难道咱们一辈子待在这儿吗?什么时候才能打回去呐?"萧何说:"只要有了大将训练兵马,率领大军,就能够打回去。"汉王说:"哪儿来这样的大将?"萧何说:"只要大王肯重用,大将已经找到了。"汉王急切地问:"谁呀?在哪儿?"萧何说:"淮阴人韩信,就在这儿,可以拜为大将。"汉王皱着眉头,说:"哎,钻裤裆的还能做将军吗?"萧何又说了一大套话,汉王只是摇头。

第二天,萧何又去见汉王,对他说:"大将有了,请大王决定吧。"汉王眉开眼笑地说:"那太好了。谁呀?"萧何很坚决地说:"淮阴人韩信!"汉王马上收了笑容,说:"要是拜他为大将,不但三军不服,诸侯取笑,就是项羽听到了,也准小看我们。请丞相别再提了。"

萧何一连几天碰了钉子,只好不去说了。可是萧何不去,汉王又去找他,对他说:"咱们的家小都在山东,士兵们很不安心,天天有人逃走,怎么办呐?"萧何说:"总得先拜大将啊。"汉王说:"又是韩信,是不是?老实对你说,不行!你想想,从沛、丰跟着我出来的将士们立了多少大功,他们能服气吗?周勃、灌婴、樊哙他们能不说我赏罚不明吗?"萧何说:"自古以来,英明的君王选拔人才,主要是看他的才能,不计较他的出身。我知道韩信的才能,可以拜为大将,才三番五次地劝大王重用他。沛、丰来的将士都有大功,可是他们不能跟韩信比。"汉王说:"叫韩信安心点,有机会我一定提拔他。"萧何只好出来,把汉王将来一定重用的话告诉了韩信。

韩信左思右想,越来越苦闷。他准备些干粮,第二天天一亮,带着宝剑,骑着一匹马出东门走了。手下的人慌忙跑到丞相府,报告说:"韩信出了东门,不知道到哪儿去了。"萧何跺着脚,说:"哎呀,真给他走了!那还了得?"他立刻骑上快马,带了几个随从,赶到东门,问了问,马上加鞭,急急地又追上去。到了中午,路过一个村子,打听下来,才知道韩信已经过去了。

萧何一路问，一路追，直到天黑了，还没追着韩信。人也累了，马也乏了，明天再追吧。可是到了明天，不是更追不上了吗？他一瞧，月儿这么明，道上好像洒满了水银似的。凉风吹着，汗也收了，他就在月亮底下又赶了一阵。转过山腰，下了坡，前面是一条雪亮的河。远远望见有个人牵着马在河边来回溜达。那不是韩信是谁呀？萧何使劲地加上两鞭，大声嚷着："韩将军！韩将军！"他跑到河边，下了马，气呼呼地说："韩将军，咱们总算一见如故，够得上朋友。你怎么不说一声就这么走了？"

韩信向他行个礼，掉下了眼泪，可不说话。萧何又说了一大篇劝他回去的话。韩信说："我这一辈子忘不了丞相的情义，可是汉王……"他又停住不说了。这时候，滕公夏侯婴也赶到了。两个人死乞白赖地非把韩信拉回去不可。他们说："要是大王再不听我们的劝告，那我们三个人一块儿走，好不好？"韩信只好跟着他们回来。

到了第三天，他们才回到了南郑。汉王听见丞相追的是韩信，又生气了。他骂萧何说："胡说！逃走的将军也有十来个了，没听说你追过谁，独独去追一个钻裤裆的？这明明是骗我。"萧何说："将军有的是，像韩信那样独一无二的人才到哪儿找去？大王要是准备一辈子躲在汉中，那就用不着韩信；要是准备打天下，那就非用他不可。大王到底准备怎么样？"汉王说："我就依着丞相，让他做个将军，怎么样？"萧何说："叫他做将军，他还得走。"汉王说："那拜他为大将？"萧何说："这是大王的英明，国家的造化。"

汉王当时就叫萧何去召韩信来，马上要拜他为大将。萧何很直爽地说："大王平日太不注意礼貌了。拜大将是件大事，不是小孩子闹着玩儿似的，叫他来就来。大王真要拜韩信为大将，先得造一座拜将台，择个好日子，还得亲自斋戒，然后隆重地举行拜将的仪式。这样才能让全体将军士兵都听从大将的指挥，正像听从大王的指挥一样。"汉王说："好，我都依你，请你去办。"

汉营里几个主要的将军一听到汉王择日子要拜大将，一个个高兴得眉开眼笑，都认为自己能力强，功劳大，心里说："不拜我为大将，拜谁呐？"赶到汉王上了拜将台，拜的是韩信，全军都愣了。汉王举行了拜将的仪式以后，请韩信坐在上位，拱拱手，说："丞相屡次推荐将军，将军一定有好计策，请将军指教！"韩信回个礼，说："不敢当！"接着韩信问："大王打算向东出去，是不是要跟霸王争天下？"汉王说："是啊。"韩信又问了一句："大王自己估计估计，比得上比不上霸王？"汉王不作声，过了一会儿，说："比不上。"

韩信向汉王道贺，说："我也以为比不上。大王自己觉得比不上，拿这一点说，就该祝贺大王。我曾经在霸王手下做过事，我知道他。他这个人呐，吆喝一声，能够吓坏千百个人，多么勇啊；可是他不能任用有本领的将军，这叫作匹夫之勇。霸王对人很恭敬，看见别人有病，他会流眼泪，心眼儿多么好哇；可是对于有功劳的人应当封爵的，他不肯封，即使封了，还把印子拿在手里横摸竖摸，舍不得交给人家。他这个好心眼儿只是婆婆妈妈的好心眼儿。霸王虽然做了诸侯的首领，看起来好像很强，实际上并不强。他所到过的地方没有不被毁坏的，天下都怨他，老百姓不向着他。他名义上是个霸主，实际上已经失了人心。所以我说，他的强很容易会变成弱的。"

汉王听了，心里很高兴。他说："可是我不行啊。"韩信说："大王跟他不一样。大王所到的地方，什么都不侵犯。进了武关，废除秦朝残酷的刑法，跟秦人约法三章，秦人都向着大王。再说三秦的三个将军，章邯、司马欣、董翳，欺骗了自己的士兵，投降了霸王，到了新安，霸王把投降的士兵坑害了二十多万，单单留下这三个秦将，还封他们为王。他们欺压三秦的子弟已经几年了，也不知道杀害了多少人。秦国的父兄痛恨这三个人都痛恨到骨头里去了。大王发兵往东去，只要发个通告，三秦就能平定。"

汉王越听越高兴，只后悔没早点拜他为大将。他这么信任韩信，全体将士也不得不服从韩信的指挥。韩信就开始操练兵马，准备跟霸王作战了。

暗度陈仓

韩信当了大将，马上调配将士，编排队伍，操练兵马，宣布纪律，没费多少日子，就训练出一支很整齐的军队。过去勉勉强强听他指挥的将士们，这会儿看他真有本事，都高高兴兴听他指挥了。韩信就跟汉王、萧何先商议好，然后把东征的计划告诉了夏侯婴、曹参、周勃、樊哙等人，嘱咐他们保密，分头去干。公元前206年夏天，汉王和韩信率领大军静悄悄地离开南郑，叫丞相萧何留在那儿管理政事，收税征粮，供应军饷。韩信下令，吩咐樊哙、周勃他们带领一万人马去修栈道，限他们三个月完工。

樊哙、周勃他们督促一万士兵修栈道。栈道不修好，大军就过不去。可是烧毁的栈道接连有三百多里，高低不平，地势险恶。有的地方必须架桥，有的地方还得开山。一万人马修了十几天，只不过修了短短的一段。限期又紧，口粮又少，士兵们个个抱怨。樊哙管不住小兵，自己也火儿了。他说："这么大的工程，就是用十万壮丁修它一年，也没法完工。"士兵们听到监工也这么说，干活儿就更没劲儿了。

过了几天，上头又派来了三五个工头，还押来了一千名民夫。他们传达汉王的命令，说樊哙、周勃口出怨言，要撤职处分，把他们调回去了。新的工头果然比樊哙他们强，天天督促士兵、民工运木料，送粮草，吵吵嚷嚷，闹得鸡飞狗上屋。栈道没修多少，汉王要兴兵东征的警报早已到了关中。

雍王章邯听到这个消息，一面派探子去打听修栈道的情况，一面调兵遣将作拦截汉军的准备。他听了探子们的报告，知道汉军的大将原来是钻裤裆的淮阴人韩信，汉王的将士们都不服气；修栈道的士兵和民夫天天有逃走的，别说三个月，就是一年两年也修不到这边来。栈道不修通，就算汉军长了翅膀也不容易飞到关中来，汉王可早就嚷着"东征"，真是雷声大、雨点小，把行军大事当作闹着玩儿。话虽如此，章邯是个有经验的将军，没事也当有事看。他派兵马到西边去守住栈道的东口，以防万一，还天天派人打听汉军的动静。

有一天，突然来了个急报，说："汉王大军已经过了栈道，夺去了陈仓，向这边打过来了！"章邯还有点半信半疑，栈道并没修好，汉军怎么能过来呐？他哪儿知道当初韩信投奔汉王压根儿就没走栈道，他是听了砍柴人的指点，绕到陈仓走小道到南郑的。这会儿韩信用了一个计，叫作"明修栈道，暗度陈仓"。章邯只知道派兵守住栈道那一带，人家可不走那条道，暗地里攻占了陈仓，大军已经到了跟前了。

章邯亲自带领军队赶到陈仓那边去抵抗汉军。可是他哪儿挡得住归心如箭的汉军？章邯打了败仗，死伤了不少人马，急忙逃回，向司马欣和董翳讨救兵。这两个人只怕汉军进来，自顾不暇，没敢发兵去救。韩信可早就侦察了地形，定下了攻城的计划。他先派樊哙、周勃、灌婴他们去进攻咸阳。赶到这边韩信引水灌城，章邯兵败自杀，那边樊哙他们也已经进了咸阳了。

三秦的首领章邯一死，咸阳给汉军占领，司马欣和董翳更加孤立了。秦人对"约法三章"的汉王本来就有好感，一见汉军到来，大多不愿意抵抗。董翳、司马欣打了几场败仗，都先后投降了。

不到三个月工夫，三秦变成了汉王的地盘。这可把霸王气得鼻孔喷火，头顶冒烟。齐王田荣、代王陈余的叛变已经够叫他生气了，还有彭越仗着田荣的势力，不断地扰乱梁地（在今河南省开封市一带），威胁他的后方。项羽认为陈余、彭越跟他作对，全是由于田荣给他们撑腰，只要把田荣消灭，东边和北边就都可以安定下来。可是汉王刘邦夺去了三秦，也不能不去征伐。这么着，他又要向西去攻打刘邦，又得向东去攻打田荣，不能同时进攻两头。正在左右为难的时候，张良给他一封信，劝他去征伐田荣。

张良不是帮着韩王成吗？怎么会替汉王说话呐？原来霸王因为韩王成从来没出过力，把他降了一级，改封为侯。韩王成大发牢骚。霸王说他不识好歹，干脆把他杀了。张良哭得死去活来，一定要替韩王成报仇。他就逃到汉王那边，替汉王出了个主意，写信给霸王，大意说："汉王只想收复三秦，在关中做王，依照怀王的前约就心满意足了。倒是齐、梁、赵、代等地不及时平定，田荣必定来打西楚。到了那时候，天下将不堪收拾了。"

霸王和范增明知道这是张良替刘邦出的缓兵之计，可是又一想，平定了齐、梁、赵、代，单单关中一个地区，回头再去收拾也不太难；要是现在先去对付刘邦，那么往后齐、梁、赵、代就更没法收拾了。倒不如将计就计，卖个人情，就决定先去进攻齐王田荣。

霸王通知魏王豹、殷王司马卬（áng）等小心防备汉兵，又叫九江王英布发兵一同去征伐齐王田荣。英布存心自己独霸一方，推说有病不能到远处去，派了个将军带着几千兵马去敷衍霸王。霸王就另外给英布一道秘密的命令，嘱咐他暗杀义帝。霸王曾经请义帝搬到长沙去,义帝不乐意,经过几次催促,他还慢吞吞地在路上磨蹭着。英布打发一班心腹扮作强盗,追上义帝的船,在江面上把他杀了。英布派人回报霸王,霸王去了一件心事,就专心去打齐、梁。

鸿沟为界

公元前205年开春，霸王亲自带领大军打到齐国。齐王田荣连着打了败仗，逃到平原。他强迫平原的老百姓供给粮草，慢一步的还得挨揍。平原的老百姓气愤不过，一下子聚集了成千上万的人，杀了田荣。霸王另外立个齐王，齐人不满意新王，霸王就杀了一大批人，又拆毁了一些齐国的城墙，免得齐人再不服从命令。齐人大失所望，等霸王一走，他们就叛变了。田荣的兄弟田横趁着这个机会激发齐人保卫父母之邦，鼓励他们抵抗外来的兵马。田横很得人心，夺取了城阳，立田荣的儿子田广为齐王，自己做了将军。霸王再去打齐国。齐人尽力把守城阳，弄得霸王一时没法打进去。

这时候，汉王可从西边打过来了。

汉王收复了三秦以后，下了一道命令，把以前秦国的林园一律开放，让农民耕种。三秦的老百姓更加向着汉王了。他又派张良去劝河东的魏王豹投降。魏王豹见汉军强大，听了张良的话，投降了。汉王就这样占领了河东，派韩信向朝歌（在今河南省淇县）进攻。镇守朝歌的殷王司马卬打了败仗，连着向霸王求救。霸王派项庄、季布带着一队兵马去救朝歌。他们还没赶到，司马卬已经投降了汉王。项庄、季布回来报告，霸王大发脾气，责备他们不该在路上走得这么慢，又把都尉陈平狠狠地骂了一顿，因为司马卬原来是由陈平收过来的。陈平心里很不高兴，觉得自己成了受气包。他想起汉王手下也有他的朋友，就偷偷地逃出楚营投奔汉王去了。汉王把他当作谋士，十分信任。

霸王一心想先把齐国打下来，回头再去收拾汉王，就这样被汉王钻了空子。汉王趁着霸王跟田广、田横相持不下的时候，一直往东打过来，夺下了西楚的都城彭城。霸王一听到彭城也给夺了去，连忙扔了齐国这一头，赶回来在睢水（在今安徽省；睢 suī）上跟汉军打了一仗。汉军大败，掉在水里淹死的不知道有多少，连睢水都被堵住了。被俘的也不少，汉王的父亲太公和夫人吕氏也都做了俘虏，被押在楚营里。诸侯一见楚军打了大胜仗，有的就离开汉王归附霸王去了。魏王豹因为汉王把睢水的失败说成他的过错，怕汉王办他的罪，就背叛了汉王。汉王恨透了他，可也没有办法。

　　汉王收集散兵，守住荥阳，又从关中调来一批士兵，重新整顿队伍。韩信也带着他的一支军队来会汉王，汉军又振作起来了。汉王采用以攻为守的办法，一面自己守住荥阳，一面派韩信去征伐魏王豹，收复河东。韩信带着曹参、灌婴他们到了魏地，大破魏军，逮住了魏王豹。他派使者到荥阳向汉王报告，还说他打算往北去攻打燕、赵，等收服了燕、赵，再往南进攻齐地，然后前后夹攻，包围楚军。汉王完全同意这个计划，还派张耳去帮韩信。韩信真叫厉害，只两个多月工夫，就大破赵军，杀了代王陈余，平定赵地，顺手又收服了燕地。

　　韩信在北边连打胜仗，汉王可被楚军在荥阳压得不能活动了。谋士陈平献计说："霸王手下不过范亚父（范增）、锺离昧他们几个算是人才。霸王为人猜忌，容易听信谣言。要是大王肯交给我大量的黄金，我就有办法收拾他们。"汉王说："黄金有什么稀罕的，你就多拿些去吧。你爱怎么使，都听你的。"

　　陈平领了黄金，拿出一部分来交给他的心腹，叫他们打扮成楚兵，混到楚营里去。不到几天工夫，楚营里就三三两两议论开了。有的说："范亚父和锺离昧有这么大的功劳，什么好处也没得着。"有的说："要是他们在汉营里，早已封了王了。"这些背地里议论的话传到霸王的耳朵里，他不免起了疑，以后有重大的事情就不再跟范增商量了。他甚至怀疑范增私通汉王，对他很不客气。

　　汉王派使者去向霸王求和。霸王因为粮食老供应不上，也愿意讲和，就派使者去回报。使者到了汉营，陈平出来招待。他的那股子热心劲儿真叫使者大受感动，不说别的，光是吃食，就有牛羊猪肉摆了一大席。陈平问使者："亚父可好？有没有他的亲笔信？"使者说："我是霸王派来的，为什么要带亚父的信？"陈平故意显出纳闷儿的神情，说："哦，哦，这是个误会。我们还以为您是亚父派来的。真对不起，请等一等。"他就出去了。立刻进来了几个手下，七手八脚地把酒席撤下去。过了一会儿，进来一个人，端来了一点儿吃的。使者一看，比普通的饭菜都不如，气得他一赌气就跑回去了。使者指手画脚地向霸王报告，说范增果然私通汉王。霸王更加相信了。

　　范增看出来了，就对霸王说："天下大事已经定了，愿大王自个儿好好儿干吧。大王看我年老体衰，让我回老家去吧。"霸王答应了，还派人护送他回到本乡养老去。范增一路走，一路叹气，伤心得哭都哭不出来。他已经七十四了，哪儿受得了这么大的委屈？就在路上害了病，脊梁上长个毒疮，受折磨死了。

　　范增一死，更没有人替霸王出主意了。汉王拿少数的兵力，在荥阳、成皋一带牵住霸王的大军，叫彭越在楚军的后方打游击，截断运粮的道儿，又让韩信去夺取北边和东边的许多地方。汉王就这么守的时候多，打的时候少，败的次数多，胜的次数少，跟霸王相持了两年多。韩信独当一面，打下了赵、燕，又打齐国，杀了齐王田广，轰走齐将田横，攻下了齐地七十多个城。

这时候，汉王盼着韩信早点回来，一则他老被楚军围困在荥阳、成皋一带，没法打出去；二则韩信的兵力越来越强，只怕他不受管束。汉王几次派人去催，哪儿知道韩信按兵不动，倒打发使者送了一封信来，大意说："齐国虽然打下来了，可是齐人多诈，反复无常，南边又接近楚地，难免不会再发生叛变。可不可以让我做个假王（假在这儿是代理的意思），暂时代理一下？不然的话，我怕镇压不住齐人。"

汉王看了信十分气愤，说："岂有此理！我困守在这儿，日夜盼望他来，他不来帮我，反倒要做起齐王来了。"张良、陈平在旁边，不约而同地拿脚尖踢了踢汉王的脚。汉王多么机灵啊，立刻体会了他们的意思，就装出挂了火儿，当着使者的面骂道："真是岂有此理！大丈夫平定诸侯，就该做真王，干吗要做假王啊？真是！"他就派张良去送大印，封韩信为齐王，一面又派人去劝说九江王英布脱离霸王，封他为淮南王。韩信当然高兴了，英布也答应了，可是他们还不马上发兵攻打霸王。

公元前203年，汉王突围出去，退到广武（在今河南省荥阳市东北），楚军马上追到了。广武东西山头各有一座城，中间夹着一条溪涧，东边的叫东广武，西边的叫西广武。汉军守住西广武，楚军占领东广武。两军相对，彼此还可以通话。霸王在阵前吓唬汉王要杀太公。汉王在阵前数落霸王的罪状，说他不讲信义，杀害义帝，屠杀人民，等等。霸王听得火儿了，用戟向后一挥，后面的弓箭手冲上来，一齐放箭。汉王赶快回马，胸口已经中了一箭，受了重伤，差点从马背上掉下来。他忍住了疼，扑在马鞍上，故意用手摸摸脚，说："贼人射中了我的足趾，好疼啊。"左右扶着他进了内帐，立刻叫医官替他医治。汉军听说汉王中箭，受了重伤，都着了慌。楚军眼看汉王中了箭，但等他一死，全力进攻。就在这紧要关头，张良劝汉王勉强起来。汉王叫医官用布帛扎住胸脯，勉强上了车，到各军营巡查一遍。大伙儿这才安定下来。汉王马上回到成皋养病去了。

　　霸王听说汉王没死，还亲自到各军营去巡查，大失所望。又听说自己运粮的道儿也给彭越截断，更加着急起来。张良就对汉王说："目前楚军正缺乏粮食，不能不回去。抓住这个机会去跟霸王讲和，要求他把太公和夫人放回来，我们就撤兵回到关中去。我想他是不会不答应的。"汉王就派使者去见霸王，呈上求和的信。信的大意是这样的："我刘邦跟你霸王打仗打了七十多次，双方都死了不少人马，弄得老百姓叫苦连天，难过日子。要是再打下去，怎么对得起天下的人呐？我特地派使者前来求和，建议楚汉两方拿荥阳东南的鸿沟为界，鸿沟以东属楚，鸿沟以西属汉，各守疆土，彼此不再侵犯。这样，双方停止战争，恢复兄弟的情义，不但你我二人可以共享富贵，就是老百姓也能过太平的日子。"

霸王认为这么划定"楚河汉界"倒也不错，就同意了。钟离昧和季布竭力反对，劝霸王别上汉王的当。亚父范增的话霸王都不听，钟离昧他们的更不必说了。霸王就和汉王订了约，交换了合同文书，还把太公和吕氏放了回去。接着霸王带着军队往彭城撤退。

汉王跟霸王讲和，说要回去，原来是个缓兵之计。现在霸王的大军退了，太公、吕氏又被放回来了。张良和陈平就劝汉王说："如今咱们已经有了大半天下，项羽没什么力量了，应该追上去，灭了他，别错过了机会。不然的话，等他缓过气，又要大乱了！"汉王就打发使者分头去约韩信、彭越、英布发兵会齐，共同去进攻楚军。汉王自己领兵先到了固陵（在今河南省太康县南），把军队驻扎下来，一面派使者去催韩信、彭越、英布进兵，一面向霸王下了战书。霸王气得直瞪眼睛，大骂刘邦反复无常。当时就带着钟离昧、季布、桓楚等大将，发兵三十万，猛一下子向固陵打过去。汉王慌忙应战，又打了个大败仗，只好扔了固陵，往后退兵。楚军也不追赶，又向彭城撤退。

汉王对张良说："我总觉得韩信、彭越、英布老不得劲儿。我屡次三番地叫他们快发兵来，可他们都按兵不动。这是什么意思啊？"张良说："虽然大王已经封韩信为齐王，英布为淮南王，可是那仅仅是个空头衔，您没给他们土地。彭越屡次立大功，更是什么也没拿到。他在名义上是魏相国，这是不够的。现在魏王豹已经死了，彭越也想封王。俗语说，重赏之下，必有勇夫。大王不给他们重赏，难怪他们不肯卖力气。"

汉王说："先生的话一点儿没错。请先生告诉他们，等到他们打败了项羽，我就把临淄一带的郡县全封给齐王韩信，一切租税钱粮等项供他支用；大梁的土地全归彭越；淮南的土地全给英布。烦先生分头去封他们吧。"

果然，韩信、彭越、英布得到了分封土地的甜头，没有多久都发兵来会汉王。汉王不用说多么得意了。

四面楚歌

汉王见韩信、彭越、英布等各路兵马先后都到了,就准备跟项羽决战。各路兵马从四面八方尾追楚军,彭城也被攻破了。霸王得知归路断了,只好带人朝南边逃跑。这时候,相连几百里地都是汉兵。汉军这会儿真是兵多粮足,声势十分浩大。

公元前203年冬天,霸王退到垓下(在今安徽省灵璧县东南;垓 gāi),只剩下十几万人了。汉军几路人马都赶过来,把楚军团团围住。韩信就布置了十面埋伏,要把霸王引到一个适当的地方,准备把他围困起来。他故意拿话去激霸王,把他气得鼻孔喷火、头顶冒烟才好。他编了四句话,叫士兵冲着楚营叫喊：

人心都背楚，天下已属刘；韩信屯垓下，要斩霸王头！

霸王听了，骂着说："这个钻裤裆的叫花子，想必活得不耐烦了。我立刻出兵，先斩了韩信这小子再说！"霸王好强，受不了人家的讥笑，火绒子性子，一点就着。他率领十万大军一直冲出来，可没碰着韩信。他把军队驻扎下来，一看四面全是汉兵，忍不住瞪着眼睛，抖着双手，大声嚷着："哎……呀呀！我军进了重围了！"大伙儿都吓了一大跳。霸王只好对将士们说："今天汉兵声势浩大，咱们已经中了计，被敌人围在垓下了。可是咱们只要守住阵营，汉兵粮草接不上，必然会退的。"

霸王这个说法并不错，可是他没想到自己的粮道早已给汉兵截断了。一连十来天，霸王只叫将士坚守，不准出战。将士们进来报告说："三军没有粮，战马没有草，士兵们暗地里抱怨，同心协力杀出去，总比待在这儿等死强。"虞子期和季布说："八千子弟一向跟随大王，英勇非凡。大王不如带着他们杀出去。如果能够打开一路，我们各人带领本部人马保护娘娘，就可以紧接着跑出去了。"

锺离昧、桓楚他们情愿跟着霸王先去打一阵。霸王就带领一支人马向前冲过去。楚军尽管大批地死伤，可是霸王的一支画戟，谁也抵挡不住。他见了韩信，更不肯放过。韩信只能一边作战，一边后退。霸王追赶了好几里地，杀散了沿路的汉兵，可是打退一批，又来了一批，杀出一层，还有一层。一支画戟究竟对付不了韩信的十面埋伏。楚兵死伤了快一半，那边汉兵又围上来了，四面八方全是敌人。霸王只好转过身来，跑回垓下大营，吩咐将士们小心防守，准备瞅个机会再出战。

霸王进了营帐。他的妃子虞姬（虞子期的妹妹）伺候他坐下，见他闷闷不乐的，故意露出笑容来安慰他，说："胜败乃兵家常事，何必这么烦恼。咱们还是喝几杯提提神吧。"霸王不愿意伤了她的心，就说："你跟着我在军中这些年了，没享过福，我还老给你添麻烦。"虞姬打断他的话，说："大王别说这些个。喝几杯，休息休息吧。"

虞姬劝了霸王几杯酒，伺候他睡了，自己守着营帐，心里挺不踏实。到了定更时候，只听见一阵阵的西风吹得树枝子"沙啦沙啦"直响，好像有人抽抽噎噎地哭似的。虞姬听了，一阵阵地直起鸡皮疙瘩。她正想躲进内帐里去，忽然听到风里好像还夹着唱歌的声音。深更半夜，哪儿来的歌声？她慢慢地走到外边，仔细一听，不是唱歌是什么？歌声是由汉营里出来的，唱歌的人还真不少，唱的净是楚人的歌。这是怎么回事啊？

她连忙进了内帐，叫醒了霸王。霸王出来，两个人仔细一听，四面全是楚歌。这一下可让霸王愣住了。他张着嘴，瞪着眼，说不上话来。他拉着虞姬进了营帐，没着没落地对她说："完了，这一下可真完了！难道刘邦已经打下了西楚吗？怎么汉营里能有这么多的楚人呐？"他光知道刘邦的士兵大多是关中人，韩信的士兵大多是齐、赵、燕、代那些地区的人，压根儿没想到英布的九江兵是临近汉水的老乡，是会唱楚人的歌儿的。张良就叫他们教会了汉兵，大伙儿唱起楚歌来。他料到楚兵听了军心一乱，必然会大批地逃亡，嘱咐汉兵不准阻拦逃出来的楚兵。

楚人的歌声传到了楚营，楚营里的楚人听了家乡的歌，都想起家来了。他们眼看着内无粮草、外无救兵，早就不安心了。这会儿，父母、妻子、家乡、邻里，全给这歌声勾起来，谁还愿意待在这儿等死！开头，还只是三三两两地开小差，后来干脆整批地溜了。连跟着霸王多年的将军，像季布、锺离昧他们也暗地里走了。这还不算，就是霸王自己的叔父项伯，也偷偷地投奔张良去了。大将一走，小兵一哄而散。留下的大将只有虞子期、桓楚他们几个人，士兵只剩了千儿八百的子弟兵。楚军就这么自己垮了。

虞子期和桓楚进来，对霸王说："士兵已经散了。大王不如趁着天黑冲杀出去。"霸王叫他们在外边等一会儿，准备在天亮以前一块儿突出重围去。

霸王这时候心里像刀子扎着似的。他什么也不计较，可是败在刘邦手里他是死也不服气的。他什么也不留恋，可是要突围出去就没法保护虞姬，叫他怎么扔得下？他要突围出去，还得依靠那匹骑了多年的战马乌骓。他叫手下的人把马牵来，一面抚摸着那匹千里马，一面说："你辛苦了这些年，弄得这么个下场。唉，咱们的命运太坏了！"虞姬见霸王这么难受地对着战马说话，就叫人把它拉开，可是那匹马瞅着霸王，就是不走。霸王再也忍不住了，喊了一声后，用最伤心的调子唱起歌来了：

力气拔得起一座山，
气魄压倒了天下好汉；
时运不利乌骓不走，
可叹哪，可叹！
乌骓不走由它去，
虞姬呀虞姬，你可怎么办？

左右几个人都哭得抬不起头来，虞姬早已变成泪人儿了。虞子期进来说："天快亮了，咱们走吧。"霸王还是不愿意离开虞姬。虞姬催着他，说："大王快走吧！看，那是谁？"霸王一回头，说时迟，那时快，她拔出剑来往脖子上一抹。霸王和虞子期赶快去救，已经来不及了。虞子期一见他妹妹死了，也自杀了。霸王两手捂住脸，眼泪像泉水一样

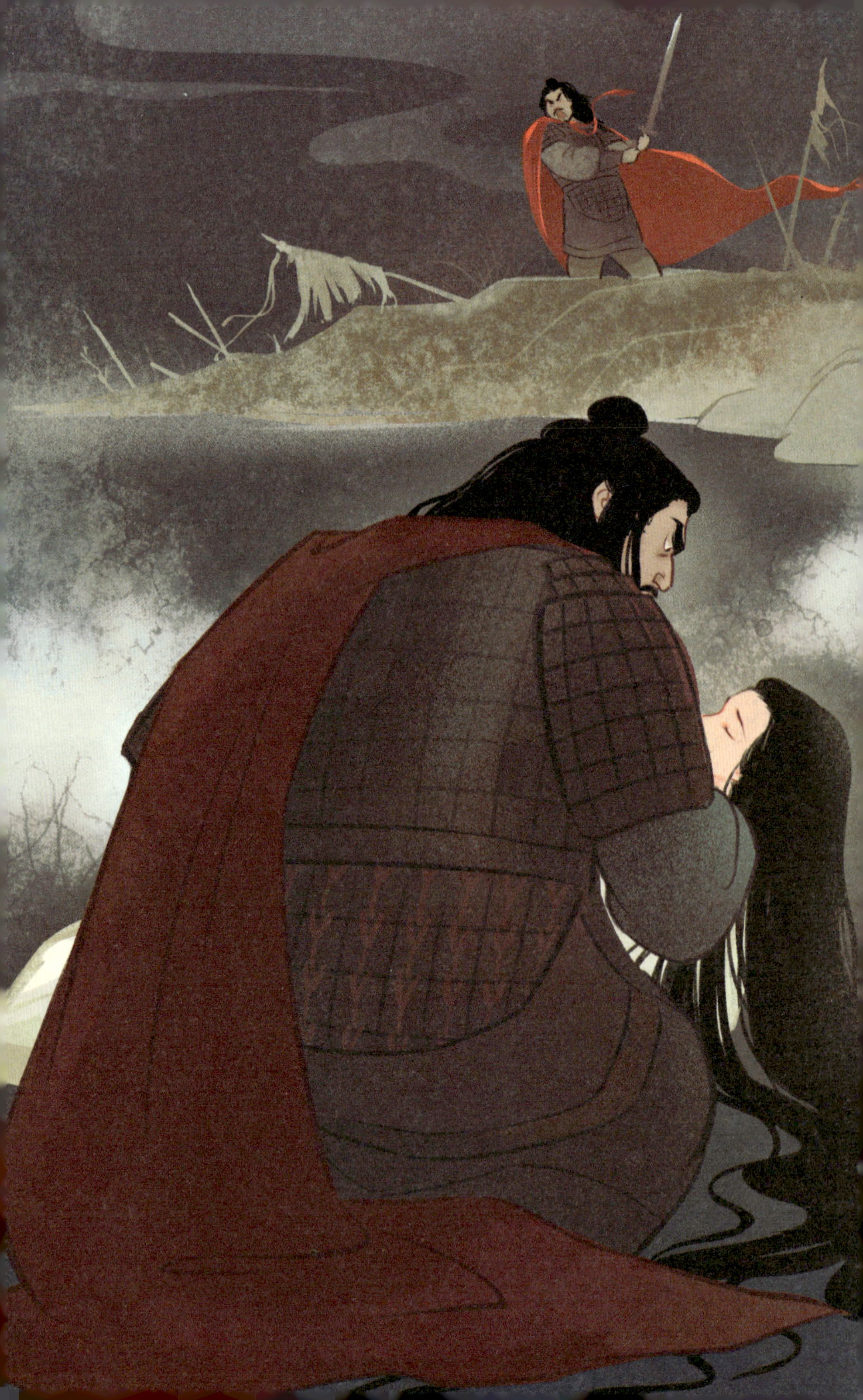

从眼眶里涌出来。桓楚听见帐里一片乱哄哄的,进去一看,也止不住直掉眼泪。他刨了两个坑,把他们兄妹俩的尸首分别埋了。霸王跨上乌骓,带着八百子弟兵,直冲出去,谁也来不及阻挡,谁也阻挡不了。

霸王突出重围,往南跑下去。他打算渡过淮河再往东去。霸王和八百子弟兵沿路杀散汉兵,桓楚阵亡。韩信、英布、周勃、樊哙他们分头追赶。霸王拍着乌骓,使出了平生的劲儿,飞一样地直跑,把汉兵撇在后面。赶到霸王渡过淮河,到了南岸,才瞧见有一百多个子弟兵都快马加鞭地赶到了。他们抢着渡过淮河,跟着霸王又跑了一程,迷了道儿。霸王四面一望,全是小河沟和小道儿,可不知道哪一条道儿可以通到彭城。再一看后面,又起了一阵尘土,汉兵远远地还追着呐。

霸王到了三岔路口,瞧见一个庄稼人,就向他问路。那个庄稼人不愿帮他,就说:"往左边儿走。"霸王跟一百多个子弟兵就往左跑下去,越跑越不对头,跑得连道儿都没了,前边只是一片水洼地。他们的马陷在泥泞里,连蹄子都不好拔出来。霸王这才知道受了骗,走错了道,赶紧拉转缰绳,再回到三岔路口,可汉兵已经追到了。

霸王往东南跑,到了东城(在今安徽省淮南市东),点了点人数,一共才二十八个骑兵。追上来的人马有好几千,好像蚂蚁抬螳螂似的都围上来。霸王觉得这可没法脱身了,就带着这二十八人上了山岗,摆下阵势,对他们说:"我从起兵到现在八年了。亲身作战七十多次,没打过一次败仗,就这么当上了天下的霸主。今天在这儿被围,这是天数,不是我不会打仗。我已经不想活了,可是我要和诸君一起痛痛快快地打这最后的一仗。就在这种情况下,我还能够打三阵,胜三阵,突出重围,斩杀敌人的将军,砍倒敌人的旗子,让诸君知道这是天要我死,不是我不会打仗。"

霸王到了这步田地,还不知道自己的过错在哪儿。他始终认为只有他一个人力气最大、最能打仗、最能杀人,所以天下的人都应当听他的。到了这会儿,跟着他的只有二十八个人了,他还不肯认输,一定要再杀一些人让他们瞧瞧。他把二十八个士兵分成四队,说:"我给诸君先杀他们一个大将。诸君分四路跑下去,到东山下会齐。"他就大喊一声,向一个汉将直冲过去。那个汉将仗着人多,想活捉霸王,就跟霸王对打起来。霸王拿画戟猛力一刺,就让他送了性命。汉兵一见,纷纷退了下去。霸王到了山下,山下的汉将、汉兵又把他团团围住。可是乌骓冲到哪儿,哪儿就又成了一个缺口。

霸王到了东山下,那四队二十八个子弟兵全都到了。汉兵赶来,又展开血战。霸王专挑汉兵多的地方冲杀。他就一手拿画戟,一手拿宝剑,左刺右劈,又杀了汉军的一个都尉和不少士兵。汉军将士不敢逼近楚兵,远远地嚷着、躲着。

霸王点了点自己的人数，仅仅短了两个。他笑着对他们说："诸君看怎么样？"他们都趴在马鞍子上行着礼，说："大王真是天神！大王说得一点不错。"

霸王杀退了汉兵，带着二十六个子弟兵一直往南跑去，到了乌江（在今安徽省和县东北）。恰巧乌江亭长荡着一只小船等在那儿。他知道来的是霸王，就催他马上渡河。他说："江东虽小，可也有方圆一千多里土地、几十万人口，大王还可以在那边做王，再和刘邦争天下。这儿只有我这只船，请大王赶快渡过河去。"

霸王原来打算到了彭城再回到会稽去，还没想过到了会稽怎么办。这会儿一听到乌江亭长提起"江东"来，反倒戳疼了他的心。他笑着对亭长说："我到了这步田地，渡过江去有什么意思？当初我带着江东子弟八千人渡过江来，往西去打天下。到今天他们全都完了，我哪儿能一个人回去呐？就说江东父兄同情我，立我为王，我哪儿有脸见他们呐？他们尽管不说，我心里多么害臊哇。"他接着又说，"这匹马，我最喜爱，曾经一天跑过一千里地。我舍不得把它杀了。我知道您是个忠厚长者，很感激您一片好意，这匹马就送给您吧。"

他下了马，叫亭长把马拉去，那匹马拉也拉不走，净回过头来瞧着霸王。霸王掉了几滴眼泪，拿手一扬，吩咐亭长快拉它上船，渡过江去。亭长只好把乌骓拉到船上。船一离开岸，那匹马就跳着叫着，差点儿把那只小船闹翻了。亭长放下桨，正想把它拉住，想不到它望着霸王使劲地一蹦，蹦到江里去了。

霸王眼看自己的马被波浪卷了去，低着头直擦眼泪。赶到他抬起头来往后一瞧，大队的汉军已经追到了。他和二十六个子弟都拿着短刀，步行着跟汉兵交战。他们杀了许多汉兵，也一个一个地倒下。末了儿只剩下霸王一个人。他身上也受了几处伤。

有十几个汉将，一齐冲到霸王跟前。霸王拿眼神向他们一扫，瞧见其中有个将军，是个同乡。霸王说："你不是吕马童吗？老乡也在这儿，正巧。"吕马童不敢正视霸王。他耷拉着脑袋，说："是！大王有何吩咐？"霸王说："听说汉王出过赏格，情愿出一千斤黄金、封一万户买我的头。我把这个人情送给你吧。"说着，他就自杀了。死的时候他才三十一岁。

霸王一死，西楚差不多都平了。汉王听了张良的劝告，用安葬鲁公的礼节，把霸王的尸首埋了，还亲自祭祀他。

汉王登基

汉王灭了霸王，平定西楚以后，马上跑到齐王韩信的军营里，把兵权夺过来。他对韩信说："将军功劳大，我忘不了你。可是目前天下已经平定，将军还统领着大军，这对将军并没有好处，别人可能会妒忌或猜疑。万一出了些不愉快的事，叫我怎么对得起将军呐？为了保全咱们之间的情义，我再三考虑，觉得楚地已经平定了，义帝没有后嗣，将军又是淮阴人，我就封你为楚王，继承义帝，你还是回到楚地去吧。"楚地没有齐地那么大，兵权又给接收了去，韩信当然不大高兴，可是富贵归故乡，也很不错。他就交出了齐王的印，回到楚地，做了楚王。

楚王韩信首先派人去找洗纱的老太太和叫他钻裤裆的那个少年。在楚王自己的地界里，这两个人很快就都被找来了。韩信再一次谢过那个给他饭吃的老太太，送她一千金（汉以黄金一斤为一金）。老太太欢天喜地地回去了。那个屠夫的儿子一进来就跪在地下直打哆嗦，请楚王韩信办他的罪。韩信叫他起来，对他说："年轻人闹着玩儿的事总是有的，何必认真呐？你就在我这儿做个中尉（在王国内捉拿盗贼的武官）吧！"那个人感激得说不出话来，谢过韩信，含着眼泪出去了。韩信对左右说："当初他侮辱我的时候，我何尝不能把他杀了。可是杀了他，有什么意思呐？我就忍受着。他倒是督促我上进的一个人。"

第二年，就是公元前202年，汉王登基，做了皇帝，建立了汉朝。他就是汉高祖，也称汉高帝。汉朝一开始建都洛阳。有一天，汉高祖召集大臣们开了一个庆祝会。大伙儿喝着酒，有说有笑的，很热闹。汉高祖对大臣们说："今天咱们欢聚一堂，我要问问各位，请你们照实说，不必忌讳。我为什么能得天下？项羽为什么失了天下？"大伙儿有这么说的，有那么说的，反正都是些奉承的话。王陵说："皇上派将士去打仗，打下了城邑，有封有赏，所以人人都肯卖力气，替皇上打下了天下。项羽不肯把地方封给有功劳的人，所以人人不肯尽力，那还不失了天下？"

汉高祖乐了乐，说："你们只知其一，不知其二。要知道，成功失败全在用人上。坐在帐帷里订计划，算得到千里之外的胜利，论这一点，我不如子房（就是张良）。治理国家，安抚百姓，运送军粮，源源不绝地供应军队，做这些事情，我怎么也比不上萧何。统领百万大军，开仗就打胜仗，攻城就攻下来，论这一点，我怎么也不如韩信。这三个人都是当世的豪杰，我能够信任他们，他们帮我得了天下。项羽连一个范增都不能用，怪不得被我灭了。"大伙儿听了，都说汉高祖说得对、说得透，不得不佩服他。

汉高祖灭了项羽，总该很满意了吧，可是他还不怎么舒坦，喝酒反倒不如平日那么痛快。有人问他："皇上为什么不敞开量多喝几杯？"他说："齐王田横躲在海岛上，项羽的大将锺离昧还在暗中拉拢咱们的人。这两个人活着，就好像项羽还没死一样，我怎么能放下心去？"

田横是齐王田荣的兄弟，田荣的儿子田广死了以后，田横接着做齐王。他被韩信打败，差不多全军覆没，只带着亲随的心腹五百多人逃到东海，躲在一个海岛上。汉高祖派使者去叫他来，对他说："你来，大可以封王，小可以封侯；如果不来，就发兵征伐，一个也逃不了。"田横就带着两个门客，跟五百多个壮士分别，跟着使者动身了。到了离洛阳三十里的地方，田横又不想见皇帝了，对他的两个门客说："我跟汉王本来肩膀一边齐，现在他得了天下，我们去投降，多臊得慌。今天他高兴了，封你为王，封你为侯；一不高兴，就砍你的头。我何苦自投罗网呐？"他就自杀了。两个门客哭了一场，也自杀了。

使者向汉高祖报告。汉高祖叹息了一会儿，把他们的尸体都埋了，还用王礼给田横做了一座坟，就是"田横墓"（在今河南省洛阳市偃师区西）。接着再派使者去叫田横手下的人都回来。五百多个壮士每人只带着一把护身的宝剑，都来了。他们在田横墓上祭祀了一番，唱了一支悲哀的歌儿，就都自杀了。

汉高祖越想越担心。田横手下的人这么死心眼儿向着田横，项羽手下的大将保得住不替项羽报仇吗？尤其是项羽的大将锺离昧，本领大，这个人非找到不可。有人暗地里向汉高祖报告说："锺离昧逃到下邳，躲在韩信那里。"汉高祖听了，脸色都变了。在他看来，韩信加上锺离昧，好像老虎添了翅膀，那还了得？非把他们都收拾了不可。

他正想召集几个主要的大臣商议这件事，从陇西来了个献计的人，叫娄敬，他说："洛阳四通八达，不是用武之地，不如迁都关中。万一山东（指崤山函谷关以东）有乱，关中可守得住。"汉高祖问了问左右，他们大多是山东人，谁也不愿意再到关中去。汉高祖决定不下，特地请张良进来问问他的意见。正好张良进来辞行。他说身子不好，不能再跟着皇上，现在天下已经统一，他从此不愿再过问朝廷的事，要云游天下去了。

汉高祖对于带兵的将军确实不大放心，可是对于张良，他一直像对待老师那样对待他，怎么也不能让他走。汉高祖就对张良说："先生看在我们一见如故的情分上，再帮我几年。小的事情我也不来麻烦您，大的事情非向您请教不可。刚才娄敬劝我迁都关中，这是件大事，将士们都不愿意去，我也决定不下。您要是走了，叫我跟谁商量去。"张良见他这么诚恳，只好留下了。他想了想，回答汉高祖说："洛阳四面受敌，真不是用武之地。关中三面险要，都是天然的屏障，独留东路一面控制诸侯，进可以攻，退可以守。而且土地肥沃，物产丰富，自古被称为金城千里、天府之国。娄敬说得很对。"

汉高祖就决定迁都关中，把秦朝的咸阳改名为长安（现在的咸阳和长安是两个城市），当作都城。因为长安在西边，洛阳在东边，历史上就把汉朝拿长安做都城的这一个时代叫"西汉"，也叫"前汉"。后来王莽夺走了西汉皇位，另立朝廷，刘秀又重新建汉朝，拿洛阳做都城，历史上叫它"东汉"，也叫"后汉"。

汉高祖决定迁都长安，先派萧何去修理宫殿，接着就派人去探查韩信和锺离昧的行动。公元前201年，他采用陈平的计策，出去巡游云梦（在今湖北省中部），通知受封的功臣到陈地相见。韩信得到了通知，不能不去，可是他收留着锺离昧，害怕汉高祖追查，又不敢去，急得像热锅上的蚂蚁一般。末了，他只好向锺离昧直说，说不能再庇护他了。锺离昧恨恨地说："是我错投了人！不过今天我死，明天就会轮到你。"说完就自杀了。

韩信拜见汉高祖。汉高祖说："事情被发觉了，你才来自首，已经晚了。"他吆喝一声，武士们上来把韩信绑了。韩信愤愤不平地说："古人说：'狡兔死，走狗烹；飞鸟尽，良弓藏；敌国破，谋臣亡。'现在天下已经平定，我也就该被烹了。"

有人劝汉高祖看在韩信过去的功劳上，从宽处分，也好让别的功臣安心。汉高祖想了想，韩信究竟还没造反，要是把他办重了，怕别人不服，就免了他的罪，可取消了他的王号，降低一级，改封为淮阴侯。

在汉高祖看来，田横和锺离昧简直跟项羽一样重要。这两个主要的敌人已经消灭了，汉高祖总该把枕头塞得高高的，安心睡觉了吧。万没想到完全不是那回事。他正为了三件大事操心呐。管理国家的制度还没有订出来，长城外的匈奴常来侵犯，有些分封的诸侯王存心割据地盘。这三件大事不办妥善，他是睡不着觉的。

制订朝仪

汉高祖的一批功臣，尤其是从沛、丰起兵一向跟着他的那一帮人，原来都是不分彼此的哥们儿。他们大多举止豪爽，言语耿直。对于读书人或者官员们讲究的那些礼貌，他们不但不习惯，有些根本不懂。在宫里宴会的时候，大伙儿一谈起打仗来，各个都夸耀自己的功劳。一不高兴，就争吵起来；高兴了，又拔剑起舞。经常有人拿着刀剑，大呼大叫地砍柱子，斩案桌，闹得朝堂快变成战场了。汉高祖看了挺不高兴。

大臣当中有个出名的读书人叫叔孙通。他原来是秦朝的博士（官名，掌管书籍文典），投到项梁门下，项羽打了败仗，他投降了汉王刘邦。那时候，刘邦最瞧不起读书人，叔孙通就摘下儒生的头巾，脱去长袍，穿上短褂，打扮得像刘邦的同乡人模样，得到了刘邦的信任。这会儿刘邦做了皇帝，他就献计说，应该到礼仪之邦的鲁地去召集儒生，拟订上朝的仪式。汉高祖同意了，说："可别太难了，要让我也学得会的才好。"叔孙通就根据秦朝尊敬皇帝、抑制臣下的精神，制订了一整套的朝仪（上朝的仪式）。汉高祖下令，吩咐文武大臣都听叔孙通的指挥，到城外去练习朝仪。练了一个来月，都熟了，才请汉高祖去检阅。汉高祖看了，满意地说："这我也会。"

公元前200年（汉高祖七年）十月，萧何已经修好了长乐宫。大臣们在长乐宫正式朝贺。殿中早已布置了仪仗，严肃整齐。大臣们按官衔大小，各就各位，按照一定的仪式俯伏、起立、行礼、就座，连喝酒、敬酒都有一定的规矩。汉高祖一看，往日乱哄哄的朝堂居然井然有序，跟以前砍柱子、斩案桌的情形相比，大不相同。而且文武百官见了他，都毕恭毕敬，连大气都不敢透一口，心里更加高兴。他得意忘形，不觉脱口而出："我今天才知道做皇帝的尊贵了！"

新年庆祝刚过去，北方的匈奴又来侵犯。汉高祖亲自率领三十多万大军往北去抵抗。那一年天气特别冷，又下着大雪，有的人被冻得连手指头都掉下来，士兵们没到过这么冷的地方，作战很困难。匈奴人假装被打败，把汉高祖带领的一支军队引到平城（在今山西省大同市），围在白登山（在今山西省大同市东北）上。汉朝的大军还没全到。汉高祖的一支军队成了孤军，在白登山上死守了七天。实在太危险了，总算用了陈平的计策，买通匈奴内部，他们才退兵。汉高祖为了专心对付国内，此后对匈奴贵族采取了"和亲政策"，挑了个后宫的女子嫁给匈奴王，跟匈奴结为亲戚。

汉高祖叫萧何订了一套规章制度，把国家管理得像个样子；又跟匈奴和亲，使北边暂时得到了安宁。可是那些带兵镇守四方的诸侯王还不服从朝廷的命令，天下还是太平不了。这些诸侯王过去在战争中都立过大功。他们虽然不是旧的六国贵族，可是还梦想回到秦始皇统一中原以前的时代里去，梦想割据一块土地自立为王，有人甚至认为：刘邦可以做皇帝，我何尝不可以做皇帝？

白登之围以后第三年（公元前197年），代国相陈豨（xī）造起反来，自立为代王，一下子夺去了常山二十多个城。汉高祖吩咐淮阴侯韩信和梁王彭越一同去征伐。可这两个大将都推说有病，汉高祖只好自己带兵去了。

汉高祖还在跟陈豨对阵的时候，家里出了事。韩信手下的人上书告发，说陈豨造反是韩信出的主意，他们还秘密约定里应外合，共取天下。皇上不在家，吕后慌忙请丞相萧何想个办法。他们商议以后，使个计，故意派个心腹打扮成军人模样，偷偷地绕道到北边，然后大大方方地回来报告，冒充是皇上派来报信的,说陈豨已经全军覆没,皇上快回来了。大臣们听到了捷报,都到宫里去贺喜。只有韩信仍旧推说有病,不出来。

萧何亲自去看韩信,对他说:"大臣们都去贺喜,你不去,恐怕给人家说闲话。还是去吧。"韩信只好跟着萧何一块儿到宫里来。宫里早已埋伏着武士,韩信一到,武士们一拥而上把他绑了。韩信回过头来叫萧何,萧何已经避开了。吕后数落韩信不该跟陈豨谋反。韩信当然不承认。吕后就叫出证人来,说陈豨早已招供了,跟着吩咐武士们把韩信杀了。

吕后杀了韩信,才派人向汉高祖报告。汉高祖想起韩信的功劳,有点儿可惜。可是韩信死了,去了他一件大心事,他当然欢喜。

韩信被杀以后不到三个月,就有梁王彭越的手下人告发彭越谋反。汉高祖因为彭越推说有病,不跟他一同去打陈豨,心里已经很不高兴。这会儿他杀了陈豨,平定代地回来,听了这个消息,自然更加生气,就派人把彭越带到洛阳,下了监狱。一来因为刚杀了韩信,二来彭越究竟还没有造反的真凭实据,汉高祖不愿意人家说他杀戮功臣,就免了彭越的死罪,把他罚作平民,叫他搬到蜀中去住。

彭越总算捡了一条命,到蜀中去就到蜀中去吧。他走到郑县(在今陕西省渭南市华州区),正碰到吕后从长安到东边来。见了面,彭越就向她哭诉说:"我实在没有罪!我对皇上始终是忠诚的。现在我不要求别的,只求求皇上让我住在本乡昌邑,就是皇上和皇后的大恩大德了。"吕后点点头,把他带回洛阳。

汉高祖直怪吕后不该让彭越回来。吕后反倒怪汉高祖太糊涂。她说:"彭越是个壮士,您把他送到蜀中去,这是把老虎送到山里去,自讨麻烦。把他杀了,不是更干脆吗?"汉高祖听了吕后的话,就加了个罪名,把彭越杀了。

淮南王英布听到韩信被杀,已经不安心了。这会儿彭越又遭杀戮,英布就坐不住了:自己跟他们是一起的,不早动手,免不了和他们一样下场。他干脆起兵反了,要夺取天下。他对手下人说:"皇上已经老了,自己必不能来。韩信、彭越已经死了,别的将军都不是我的对手。"士兵们勇气百倍地愿意跟着他夺天下。

英布一出兵,就打死了荆王,打跑了楚王,把荆楚一大片土地都夺过去,急得汉高祖马上发兵去对敌。他亲自出马,碰到英布的军队,一看他布的阵势跟项羽的一样,就有点担心。他在阵前责备英布,说:"我已经封你为王,你何苦造反?"英布反问一句:"项羽也曾经封你为王,你为什么造反呐?你造反,做了皇帝;我造反,也想做皇帝呀!"

汉高祖冒了火儿,指挥大军直冲上去,正碰上英布的弓箭手,当胸中了一箭。幸亏铠甲护身,箭伤还不太重。他拔出箭，忍住疼，继续前进，杀得英布大败而逃，人马死伤了一半。英布还想逃到长沙去，没想到半路上被人暗杀了。

汉高祖从淮南回来，半路上箭伤又发作了，匆匆忙忙回到长乐宫，病了几个月。在公元前195年，就是他六十二岁那一年，他叫人宰了一匹白马，跟主要的几个大臣订立盟约，说："今后不是刘家的人不得封王，没有功劳的人不得封侯。谁不遵守这个盟约，天下人共同征伐他！"大臣们都起了誓，决定遵守。汉高祖才闭上眼睛晏驾了。汉高祖自打起义以来，打了十几年仗，老是在前线指挥，身上受了好多处伤，到了儿把全国统一了。

太子即位，就是汉惠帝，尊吕后为皇太后。汉惠帝为人软弱，身子又不大强健，朝中大事大半由吕太后掌管。太后参政，有人赞成，有人反对，这就发生了刘家和吕家的斗争。

公元前188年（汉惠帝七年），二十三岁的汉惠帝死了。他没生过儿子，吕太后叫孝惠皇后假装有孕，到了时候，把后宫妃嫔生的婴儿抱来，说是皇后生的，立他为太子。又怕婴儿的母亲泄露秘密，就把她杀了。这会儿太子即位，称为少帝。吕太后替少帝临朝，朝廷号令全由她发。这时候，朝廷中几个支持她的大臣，如张良、樊哙都死了。吕太后怕那班立过大功的将军叛变，就打算封吕家几个人为王。她问右丞相王陵行不行。王陵是个直肠子，他说："不行！高帝曾经跟大臣们订过盟约：'不是刘家的人不得封王，没有功劳的人不得封侯；谁不遵守这个盟约，天下人共同征伐他.'现在要封吕家人为王，这是违背盟约的，我不能同意！"

太后听了很不高兴。她又问左丞相陈平和太尉周勃："你们说呢？"陈平和周勃回答说："高帝平定天下，封自己的子弟为王；现在太后临朝，治理天下，封自己的子弟为王，有什么不可以呐？"太后点点头，才高兴了。过了几天，太后免了王陵右丞相的官职，让他告老还乡。她先封已经过世的父亲为宣王，大哥吕泽为悼武王。接着又封侄儿吕台为吕王，把齐国的济南郡称为吕国，封给他。不久，吕台死了，他儿子吕嘉继承为吕王。

吕太后这么千方百计地想巩固政权，帮着少帝临朝，少帝可并不感激她。公元前184年（吕太后临朝第四年），少帝知道了母亲被杀的事，像懂事又像不懂事地说："太后怎么能杀我的母亲？将来我长大了，一定要替我母亲报仇！"这话传到了吕太后耳朵里，她十分恐慌，就把少帝杀了，另外立小孩子刘弘为帝，也称为少帝。

公元前180年（吕太后临朝第八年）秋天，吕太后得了重病。她把守卫都城的南北两支禁卫军交给自己的两个侄儿吕禄和吕产，封吕禄为上将军，去掌握北军，让吕产去掌握南军，还嘱咐他们说："咱们吕家封王，大臣们都不赞成。我一死，大臣们可能作乱。你们必须带领士兵守卫宫殿，千万别出去送丧，免得被人暗算。"她还立了遗嘱：大赦天下，拜吕产为相国。

吕太后一死，按制度下葬，吕禄、吕产都没去送殡。他们准备谋反，就怕周勃、灌婴这些大臣，不敢马上发动。朱虚侯刘章的妻子是吕禄的女儿。吕禄谋反的计划，他女儿知道。他女儿一知道，女婿也知道了。朱虚侯刘章暗地里派人去告诉哥哥齐王刘襄，叫他发兵从外面打进来，再约别的大臣为内应，杀了吕家人，就请他哥哥即位。齐王刘襄果然发兵，往西进攻济南，还发信给各诸侯，列举吕家人的罪恶，号召大家发兵去征伐他们。

齐王发兵的警报到了长安。相国吕产慌忙派灌婴为大将，发兵去抵抗。灌婴本是汉高祖的老部下，他带领兵马到了荥阳，对手下说："吕氏一帮人带着军队占据关中，要夺取刘氏的天下。现在咱们去攻打齐王，不是帮着吕氏作乱吗！"大伙儿认为汉朝的臣下不该帮着吕氏去打刘氏。灌婴就派使者去告诉齐王，双方都把军队驻扎下来，等待吕氏起兵造反，一同打进长安去。齐王同意了，也暂时按兵不动。

吕禄、吕产准备夺取天下，可是他们内怕周勃、刘章，外怕齐、楚的兵马，又怕灌婴叛变，倒弄得进退两难了。这时候，周勃名义上是太尉，可是兵马全掌握在吕家人手里。他知道曲周侯郦商（郦食其的兄弟）的儿子郦寄跟吕禄是好朋友，就和陈平相商，用计把郦商骗到家里，软禁起来，逼着郦寄去劝吕禄交出兵权。

郦寄对吕禄说："皇上叫太尉领北军，叫您回到赵国去。现在还来得及，您快把将军的印交出去吧，要不然，大祸临头啦！"吕禄就依了他的劝告，交出了兵权，走了。

太尉周勃拿了将军的大印，进了北军。他对士兵们说："现在吕氏和刘氏起了纷争，你们自己可以决定到底帮谁。凡是愿意帮助吕氏的，右袒（袒，脱去衣袖，露出胳膊来的意思）；愿意帮助刘氏的，左袒！"士兵们好像连想都没想，全都脱去左衣袖，都愿意帮助刘氏。周勃就接收了北军。

可是南军还在吕产手里。陈平叫朱虚侯刘章去帮助周勃。周勃叫刘章监督军门，再传达丞相的命令，吩咐宫殿里的卫士不准吕产进宫。吕产不知道吕禄已经离开北军。他带着一队人马，进宫去收玉玺（皇帝的印；玺 xǐ）。卫士们守住殿门，不让他进去。吕产还不明白底细，刘章带领着一千名士兵已经赶到，就把他杀了。吕产一死，吕氏的兵权全没了，势力就倒了。

大臣们派朱虚侯刘章去告诉齐王，叫他退兵。灌婴也从荥阳退兵回来。大臣们商议着立谁为帝。有的说立这个，有的说立那个，可是多数大臣都说："代王是高帝的儿子，年纪最长，心眼儿好；他母亲薄氏一向小心谨慎，又没有势力，不如立代王。"大臣们都同意，就派使者去请代王。代王刘恒即位，就是汉文帝。

缇萦救父

汉文帝的母亲薄氏是个不得势的妃子,汉高祖在世的时候,她怕住在宫里受吕后的陷害,就跟儿子住在封地。再说,薄氏是个吃过苦的人,她娘儿俩多多少少知道一些老百姓的苦楚。汉文帝一即位,首先大赦天下,接着就召集大臣们商议一件大事。他说:"一个人犯了法,定了罪也就是了,为什么把他的父母、妻子也都一同逮来办罪呢?我不相信这种法令是公正的,请你们商议改变的办法。"大臣们商议下来,同意汉文帝的意见,打这儿起废除了全家连坐的法令(连坐,就是牵连着一同办罪的意思)。

汉文帝又下了一道诏书,开始救济各地的鳏、寡、孤、独（鳏 guān，死了妻子的年老人；寡，寡妇；孤，孤儿；独，没有儿女的老年人）以及穷苦的人。规定八十岁以上的老人按月发给米、肉、布帛，还规定地方长官必须按时按节去慰问年老的人。

多少年来，老百姓是不能谈论政治的，更不用说批评皇帝了。汉文帝下了一道诏书，要老百姓多提意见。这么一来，上奏章的、当面规劝皇帝的人就多起来了。别说在朝廷上，就是在道儿上有人上书的话，汉文帝也会停下车来把奏章接过去。他说："可以采用的就采用，不能采用的搁在一边，这有什么不好呢？"因此，谁都可以上书。

公元前167年，有个十几岁的小姑娘上书给汉文帝。事情是这样起来的：

齐国临淄（在今山东省；淄 zī）有个读书人，名叫淳于意（姓淳于，名意；淳 chún）。他喜欢医学，替人治病很有把握，因此出了名。后来他做了齐国太仓县的县令。他有个脾气，不愿意跟做官的人来往，更不会拍上司的马屁。所以过了不久，他辞了官职，仍旧去做医生。

有个大商人的妻子患了病，请淳于意医治。那女人吃了药不见好转，过了几天死了。大商人就告他是庸医杀人。当地的官吏把他判成"肉刑"。那时候的肉刑包括脸上刺字、割去鼻子、砍去左足或右足三种。因为淳于意曾经做过官，就把他押送到长安去受刑罚。淳于意有五个女儿，可没有儿子。临走的时候,他叹着气说:"唉,生女不生男,有了急难,一个有用处的也没有!"

女儿们低着头直哭。那个最小的女儿叫缇萦(tí yíng),又是伤心又是气愤。她想:"为什么女儿就没用?难道我不能帮助父亲吗?"她决定跟着父亲一同上长安去。她父亲到了这时候反倒疼着她,劝她留在家里。解差也不愿意带上小姑娘,多添麻烦。缇萦可不依,寻死觅活地非去不可。解差怕罪犯还没送去先出了命案,只好带着她一块儿走了。

缇萦到了长安,要上宫殿去见汉文帝。守宫门的人不让她进去。她就写了一封信,到宫门口把信递给守宫门的人。他们把她的信传上去,汉文帝一看,才知道上书的是个小姑娘,字写得歪歪扭扭,可是挺动人的。那信上写着:

我叫缇萦,是太仓县令淳于意的小女儿。我父亲做官的时候,齐地的人都说他是个清官。这会儿犯了罪,应当受到肉刑的处分。我不但替父亲伤心,也替所有受肉刑的人伤心。一个人被砍去了脚就成残废;被割去了鼻子,不能再安上去。以后就是要改过自新,也没有办法了。我愿意被公家没收为奴婢替父亲赎罪,好让他有个改过自新的机会。恳求皇上开开恩!

汉文帝不但同情小姑娘这一番孝心,而且深深地觉得过去的肉刑实在太不合理。他召集大臣们，对他们说："犯了罪，应当受罚，这是没话可说的。可是受了罚，得到了教训，就该让他重新做人才是。现在惩办一个犯人，在他脸上刺了字，或者毁了他的肢体，这就太过分了。这样的刑罚怎么能劝人为善呢？我决定废除肉刑，你们商议个代替肉刑的办法吧。"

大臣们商议下来，拟定了三条办法：废除脸上刺字的肉刑，改为做苦工；废除割去鼻子的肉刑，改为打三百板子；废除砍去左足的肉刑，改为打五百板子。

汉文帝同意了，下了一道诏书，正式废去肉刑。小姑娘缇萦不但救了自己的父亲，也替天下的人做了一件好事情。汉文帝减轻刑罚，有人就怕这么下去，犯法的人一定会增加。可是正相反，犯罪的人越来越少了。据说一年里头，全国犯重罪的案子一共只有四百件。这是因为汉文帝采用了一系列减轻人民负担的政策。

汉文帝即位的第二年，就免去那一年田租的一半；第十二年，又免去这一年田租的一半；第十三年以后，完全废除了田租。这时候汉朝立国才三十几年，当年跟着汉高祖打仗的大批农民都分到一小块土地，免去田租对农民有一些好处，不过得到好处更多的是地主。好在十几年来，国内基本上是太平的；匈奴虽然有时候还来侵犯北方，可没发生大的战争，老百姓还可以安心生产。老百姓安居乐业，国家也有

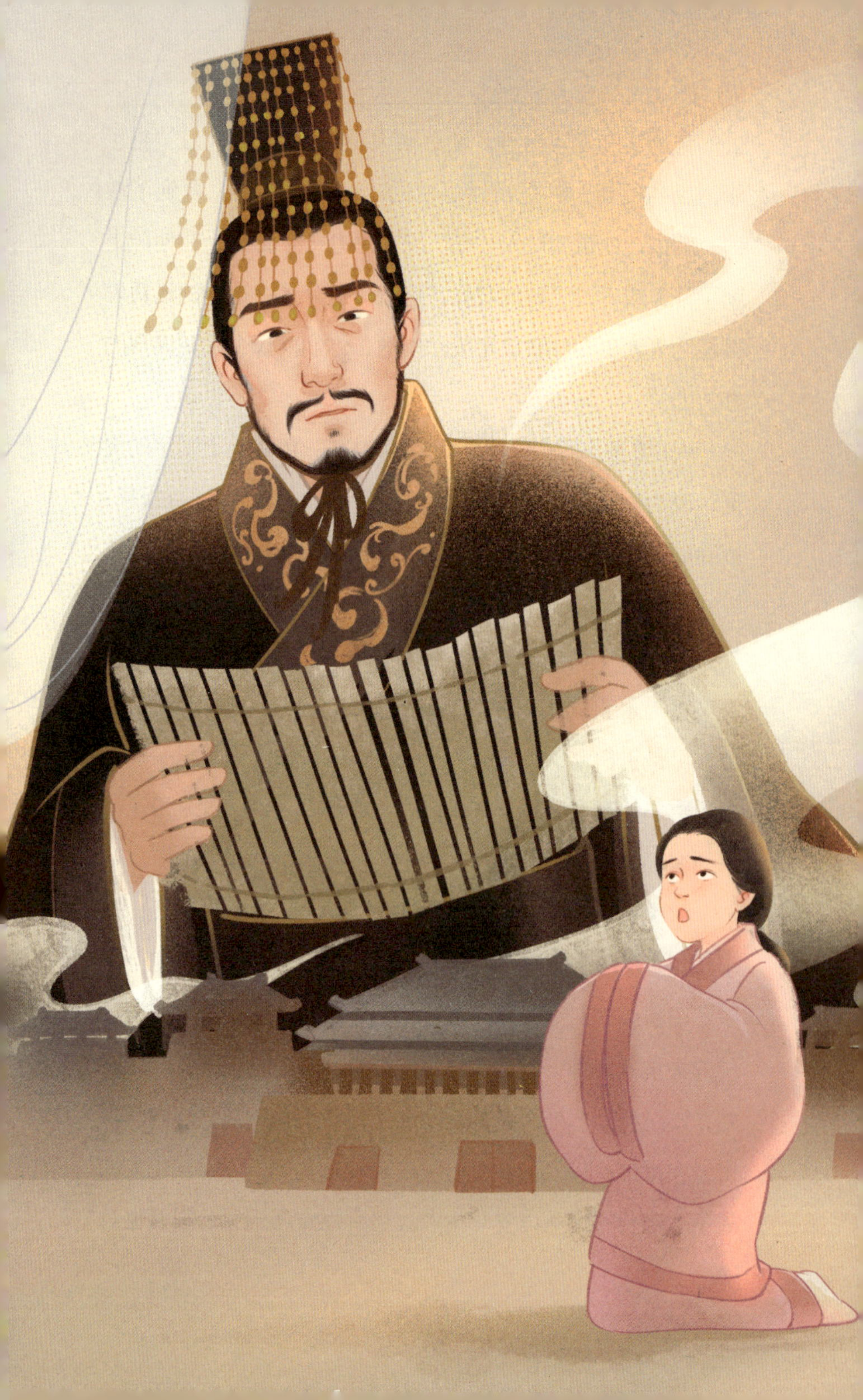

了积蓄。

再说汉文帝生活节俭，不肯轻易动用国库里的钱，国家因此更加富足了。有一次，有人建议造一个露台。汉文帝召工匠计算一下得花多少钱。工匠仔细一算，需要一百金。汉文帝说："要这么多吗？十户中等人家的财产也不过一百金。我住在先帝的官里已经觉得很阔气了，何必再造什么露台呐？"

为了给天下做个俭朴的榜样，汉文帝自己穿的衣服是用黑色的厚布做的。他最宠爱的夫人所穿的衣服也挺朴素，衣服下摆不拖到地上；官女们更不必说了。

汉文帝虽然连花一百金的露台都不愿意造，可是为了长生不老，派人求神仙倒很肯花钱。祭祀天帝的费用也是要多少有多少，被方士（自称能炼金、能求神仙的人）骗去的黄金也就不少。

有个方士叫新垣平，因为会求仙受到信任。他向汉文帝献上一只玉杯，玉杯上刻着"人主延寿"四个古体字。汉文帝问他："你这只玉杯是哪儿来的？"新垣平说："有一位穿黄衣服的老爷爷，眉毛、胡须全像雪一样白，他嘱咐我替他献给皇上。我问他：'您叫什么名字？住在哪儿？干吗要我去献？'他说：'你不必问。远在天边，近在眼前。有缘千里来相会，无缘对面不相逢。'"他接着说："没说的，那位老爷爷就是仙人！"

汉文帝收了玉杯，吩咐左右拿出黄金来赏给新垣平，还给了他官做。方士们正在汉文帝面前捣鬼的时候，丞相张苍暗地里派心腹去侦察新垣平的行动。张苍懂得天文，不相信方士的鬼话。果然给他查出了在玉杯上刻字的工匠。这样，方士欺蒙皇上、骗取金钱的把戏被揭穿了。汉文帝前前后后仔细想了想，这才从迷梦中醒过来，觉得自己太糊涂了。他越是后悔自己的糊涂，就越痛恨方士。他把新垣平这些罪恶大的方士办成死罪，次要的轰了出去。从此，他回过头来又留心起国家大事来了。他下了一道诏书，首先承认自己的过错，然后劝老百姓好好地耕种，不要去做买卖。在诏书里还嘱咐各地官吏去劝告老百姓不可浪费粮食，不应该把粮食拿来做酒。

公元前158年，匈奴侵犯上郡（在今陕西省）和云中（在今山西省），来势很凶，杀了不少老百姓。好多年不曾打仗，匈奴忽然打进来，大伙儿慌忙放起烽火来，远远近近全是火光，连长安也瞧得见。汉文帝连忙派周亚夫（周勃的儿子）他们几个将军首先守住京城和邻近的关口，再发大军去打匈奴。他还嘱咐将士们用心把匈奴打回去，可是不要追到匈奴的地界里去。匈奴碰到汉朝的大军，打了一阵，乱哄哄地逃回去了。从这一次的战争中，汉文帝知道周亚夫是个人才，有大用处。还有一个少年将军李广也挺了不起的，汉文帝把他称赞了一番。可是汉文帝不喜欢用兵，将军们在平日也显不出本领来。

打败匈奴以后第二年,四十六岁的汉文帝害了重病。他立个遗嘱,大意说:"万物有生必有死,我死了,你们不必过于悲伤。安葬要节俭,不可起大坟,也不可把珍宝埋在坟里。照过去的规矩,戴孝的日子实在太长久了。吩咐天下官吏和人民,戴孝只需三天,就该满孝。别的我也不必多说,一切从简就是了。"

他叫太子刘启到跟前,对他说:"将来如果发生变乱,可以叫周亚夫掌握兵权,准错不了。"说了这话,他就咽了气。接着太子刘启即位,就是汉景帝。

晁错削地

汉景帝认为租税固然不应该太重，但是国家必要的开支也不能省，租税不能完全不收。他在即位第一年，开始征收田租一半，租税还是很轻。

当初汉文帝废除肉刑改为打板子，原来是件好事情。但是犯人有打到五百或者三百板子就被打死的。汉景帝就规定：原来要打五百板子的减为二百，原来要打三百板子的减为一百。他还规定只准打屁股，不准打别的地方，免得要了犯人的性命。

汉景帝也像汉文帝一样，采用减轻人民负担的政策，决心把国家治理好。他知道内史晁错（内史，官职名，是治理京师的大官；晁 cháo）有才能，把他提升为御史大夫（地位和宰相差不多）。

御史大夫晁错眼看分封的那些诸侯王势力越来越大，有的已经不受朝廷的约束，天下又快变成诸侯割据的局面了，挺着急。那时候汉朝共有二十二个诸侯国，有些诸侯的土地实在太多了，像齐王有七十多座城，吴王有五十多座城，楚王也有四十多座城。诸侯闹割据，一来免不了要发生战争，二来对发展生产也很不利。晁错对汉景帝说："吴王（刘濞 bì）一直不来朝见，按理早该把他办罪。先帝（指汉文帝）送给他几杖（几就是桌几，疲倦的时候，可以靠着打个瞌睡；杖就是拐杖，可以拄着走道。几杖是古时候尊敬老年人的礼物），原来是宽大为怀，希望他改过自新。哪儿知道他反倒越来越狂妄自大，不受朝廷管束。他还招兵买马，准备造反。眼看诸侯王的势力越来越大，还是趁早削减他们的封地，限制他们发展。"汉景帝说："这个办法好是好，就怕削地会引起他们造反。"晁错说："诸侯要是存着造反的心，削地要造反；不削地，将来也要造反。现在造反，祸患还小；等将来他们势力更大了，造起反来，那祸患就更大了。"

汉景帝听了晁错的话，决心削减诸侯王的封地。可巧楚王刘戊（wù）到长安来，晁错就揭发他的罪恶，要汉景帝把他治罪，收回他的一部分封地。这位楚王刘戊是汉景帝的从兄弟（堂兄弟），荒淫无度，不守规矩。他以为楚国离长安路远，谁也不会发觉的，偏偏给晁错查出来了。汉景帝削去了他封地中的一个郡，仍旧让他回去。晁错又查出了赵王的过失，削去他的一个郡。胶西王私卖官爵，经人告发，被削去了六个县。

晁错正计划着要削减吴王刘濞的封地，忽然从他家乡颍川来了一个老头儿。晁错一看，原来是自己的父亲，连忙把他迎接进去。他父亲责备他说："你找死吗？我好端端地在家里，可你不让我活下去！"晁错一愣，说："这从哪儿说起？"他父亲说："你做了御史大夫，地位已经够高的了，怎么还不安分守己，好好地过日子，反倒自寻烦恼，硬管闲事？你想，诸侯王都是皇室的骨肉，你管得了吗？你把他们的封地削了，他们哪一个不怨你，哪一个不恨你！你这究竟是为了什么？"

晁错请他父亲别生气。他说："削地是为了国家的安全。请您也想一想，各地的诸侯王势力越来越大，朝廷的权力就越来越小了。这么下去，天下必然大乱！削地就是要使天下太平。"

他父亲叹了一口气，说："我明白了。可是这么下去，刘家的天下可以安稳，我晁家的性命可就危险了。我已经老了，不愿意见到大祸临头。"晁错还是劝他要为国家着想，即使有人不谅解，也该干下去，任劳任怨有时候也是难免的。可是这位老大爷就是不能体谅晁错的心意，他回到老家,还真喝毒药自杀了。

晁错不能听从他父亲的话专为自己打算。他跟汉景帝商议下来,准备削减吴王的封地。没想到吴王刘濞先造起反来了。他在汉文帝的时候,就想自己做皇帝。这会儿借着削地的缘由,以"惩办奸臣晁错,救护刘氏天下"的名义,煽动别的诸侯王一同起来叛变。诸侯王当中有的不愿意打仗,有的还想趁着乱劲儿再抢些地盘。吴王刘濞分头接洽下来,参加叛变的有吴、楚、赵、胶西、胶东、淄川、济南等七个诸侯国。因为参加叛乱的有七个诸侯国,历史上就称其为"七国之乱"。公元前154年,他们一同发兵,声势十分浩大。

汉景帝吓慌了。朝廷上有几个妒忌晁错的人,就说七国发兵完全是为了晁错一个人。他们劝汉景帝说:只要答应七国的要求,杀了晁错,免了诸侯王起兵之罪,恢复他们原来的封地,他们就会撤兵回去的。汉景帝为了保住自己的皇位,就昧着良心,把忠心耿耿的晁错杀了。

汉景帝杀了晁错,下了一道诏书,叫七国的诸侯退兵。诏书被送到吴王刘濞那里,刘濞已经打了几场胜仗,夺到了不少地盘,哪儿还肯退兵?他说:"我已经到了这个地步,还管什么诏书不诏书!"他干脆把诏书退了。这样,朝廷和诸侯国之间的大战就正式开始了。

汉景帝没有晁错,就好比短了一只胳膊,一听到七国的大军连着打了胜仗,急得直后悔。可是晁错已经被杀了,后悔也没用。正在没法的时候，他想起了汉文帝临终时候的话："将来如果发生变乱，可以叫周亚夫掌握兵权，准错不了。"他立刻拜周亚夫为大将，发兵去征伐。二十二个诸侯国当中叛变的七国，不叛变的还有十五国。周亚夫很能用兵，首先稳住了这十五个诸侯国，然后使用计策，仅仅三个月工夫，就把七国的叛变都平定了。

汉景帝灭了起兵的诸侯王，可还让他们的后代继续为诸侯。不过从此以后，各国诸侯只能在自己的封地内征收租税，不再干预地方行政，诸侯的势力被大大削弱，汉朝的政权就更加巩固了。汉朝能够加强统一，晁错是有功劳的，可是他已经死了。

七国之乱以后，天下又安定了。汉景帝还是减轻税赋，减少官差，国内又出现了一片富裕的景象。历史上把汉文帝、汉景帝在位这些年的繁荣叫"文景之治"。公元前150年（七国之乱以后第四年），汉景帝立皇子刘彻为皇太子，那时候刘彻才七岁。到他十六岁那一年，汉景帝害病死了。皇太子刘彻即位，就是汉武帝。汉武帝是中国历史上很有本领的一个皇帝，文的武的都有一套。别看他年轻，可他知道要治理国家，做一番大事业，首先必须搜罗人才；有人才，才能办大事。他采用选举和考试相结合的办法搜罗人才。这一来，有本领的人还真来了不少。

李广射虎

汉武帝一即位，就下了一道诏书，叫各郡县推举品行端正、有才学、能够直话直说的人，这叫作"举贤良方正、直言极谏（jiàn）之士"（用直言规劝在上的人的错误）。当时推荐到京师来的有一百多人。汉武帝亲自考试，挑选了十多个人，其中最出名的要算广川（在今河北省景县）人董仲舒了。他主张拿孔子的学说来统一思想，排斥百家，设立学校，培养人才。这种维持君权的主张正适合汉武帝的想头，他就重用起董仲舒和儒家的人。可是汉武帝的祖母窦太后不赞成改变文帝、景帝的法度。汉武帝刚即位，年纪又轻，不敢得罪窦太后，只好让董仲舒去做江都相（汉武帝哥哥刘非封在江都；相是辅助诸侯王的大臣）。

汉武帝的雄心大志没法发挥，只好跟一班伺候他的臣下喝酒、写诗、打猎玩儿。他十九岁那年（公元前138年），要大兴土木建造一座很大的花园，叫"上林苑"。那一年碰上大水灾，黄河开了口子，平原的庄稼全都被淹了。可是皇家十分富足，库房里的钱不知道有多少，串钱的绳子都烂了，钱多得数都没法数；粮仓的粮食一年年地堆上去，都露到外面来，多得吃不完，有的已经霉烂，不能吃了。老百姓遭到了灾荒，皇家可有的是钱和粮食。汉武帝要大规模地建造上林苑，有人赞成，有人反对。上书反对大兴土木的一个大臣叫东方朔。他说话好像说笑话闹着玩儿似的，可是说的都是正经话，人家就称他为滑稽派。

有一回，汉武帝的奶妈因为儿子犯了罪，汉武帝要处罚她。她向东方朔哭诉，请他帮助。东方朔告诉她再去向汉武帝求饶时，可不要多说话，只要临走的时候，回过头去多看皇上几回就是了。第二天，奶妈向汉武帝央告，求他开开恩，汉武帝不答应，叫她走，她还不走。东方朔执着长戟正伺候着汉武帝，吆喝一声，说："滚出去！"奶妈只好走了，一步一回头地看着汉武帝。东方朔责备她说："滚，老婆子！你该放明白点儿，现在的皇上不是吃奶时候的婴孩，你还回头看什么？"汉武帝听了，心头很难受，想起自己是她奶大的，怎么能忘恩负义不照顾她呐？他马上免了她的罪，好言好语地嘱咐她以后小心点儿。

这位被称为滑稽派的东方朔劝告汉武帝别修上林苑。汉武帝虽然觉得东方朔的话有道理，也爱他忠心耿耿，敢说话，可是他只把东方朔称赞了一番，赏他一百金，并没接受他的意见，照样下令动工，大修上林苑。上林苑完了工，就有一班专门会拍马屁凑热闹的文人作诗、写文章来歌颂汉武帝。其中最叫汉武帝欣赏的一篇就是《上林赋》。那篇《上林赋》是汉朝出名的文人司马相如（姓司马，名相如）写的。汉武帝喜欢文学，欣赏司马相如和别的文人的文章，自己也喜欢作诗，可是他的雄心大志并不在文学方面。三年后窦太后死了，汉武帝自己掌了权。他要抵抗匈奴的侵犯，使国家强大起来。

汉武帝看得很清楚，中原最大的敌人是北方的匈奴。汉高祖刘邦曾经亲自带兵抵抗匈奴，可吃了败仗，只好对匈奴贵族采取"和亲政策"。但是他们还不断地侵犯中原，抢劫粮食、牛羊和别的财物，还把青年男女掳去做奴隶。文帝和景帝不愿意打仗，在边境上只做消极防御。匈奴的势力因此越来越大，成了汉朝最大的威胁。

公元前129年，匈奴又来进犯，一直打到上谷（在今河北省怀来县）。汉武帝派卫青、李广等四个将军，每人带一万人马，分四路去抵抗匈奴。这四个将军当中，李广年纪最大。他在汉文帝时期就做了将军。汉文帝曾经对他说：

"可惜你在我手里做将军，不是时候，如果你在高皇帝手里，封万户侯也算不了什么。"汉景帝的时候，李广一直守住北方的边界，曾经做过上郡太守。

有一回，李广带着一百个骑兵追赶三个匈奴兵，追了几十里地才追上。他射死了其中的两个，把第三个活捉了。正准备回来，突然前面来了几千个匈奴骑兵！大伙儿不由得慌了，逃又逃不了，怎么办呐？李广对士兵们说："咱们离大军几十里地，回不去了。干脆下马，把马鞍子也卸下来，大伙儿躺在地下休息一会儿。匈奴一定以为咱们是来引他们过来的，不敢打咱们。"他们就都下了马。匈奴的将军果然害怕了，马上叫士兵们上山，布置抵抗的阵势。有一个白马将军冲下山来，李广立刻上马赶过去，只一箭，把他射死。李广一回来，又下了马，躺在地下。天黑下来，匈奴认为前面一定有埋伏，提心吊胆地守着山头。到了半夜，他们趁着天黑，偷偷地逃了。天亮后，李广一瞧，山上没有人。大伙儿这才擦了擦冷汗，回到大营。

多少年来，李广一直在北方防御匈奴。匈奴因为李广箭法好，行动快，忽来忽去，谁都摸不清他打哪儿来、往哪儿去，就给他一个外号叫"飞将军"。飞将军李广在北方出了名，匈奴都怕他。

这一回，汉武帝派出四路人马去抵抗匈奴。匈奴的首领叫军臣单于（军臣，是人名；单于，是匈奴王的意思；单于

chán yú），他探听到汉军分四路打过来了，就把大部分的兵马集合起来，沿路布置了埋伏，要活捉李广。李广打了一阵胜仗，往前追去。他哪儿知道匈奴是假装战败引他进去的。这一下子李广可倒了霉了，掉在地坑里，给匈奴的伏兵活活地逮住。匈奴的将士们高兴得没法说。他们一看，李广快死了，把他放在用绳子编成的吊床里，用两匹马驮着，送到大营里去献功。

　　匈奴的将士们一路走，一路唱着歌。李广躺在吊床上纹丝不动，好像死了似的。大约走了几十里地，他偷偷地瞅着，见旁边一个匈奴兵骑着一匹好马，就使劲地一挣扎，猛一下子跳上那匹好马，夺过弓箭来，把那个匈奴兵推下马去，掉过马头拼命地往横里跑。赶到匈奴的将士们一齐去追，李广已经跑出老远了。他一面使劲地夹住马肚子催着马快跑，一面连着射死了几个追在最前面的匈奴兵。匈奴的将士们瞧着李广越跑越远，只好瞪着眼看他逃回去。

　　军臣单于集中兵力专打李广，李广这一路打了败仗不必说了。另外三路怎么样呐？一路打了败仗，死伤了七千多人。另一路根本没找到匈奴兵，白跑了一趟回来了。只有卫青那一路打了胜仗，逮住了七百来个匈奴兵，立了大功。

　　四个将军回到长安，报告经过。汉武帝听了，只有卫青打了胜仗。他格外赏赐卫青，封他为关内侯。卫青本是个给人当家奴的，他的姐姐后来当了皇后，他才有了出头的日子,当上了将军。那两个打败仗的将军被定了死罪,都应当被砍头,李广就是其中的一个。好在汉朝已经有了一条规矩:罪人可以拿出钱来赎罪。他们两个人交了钱,赎了罪,打这儿起,做了平民。

李广做了平民,回到老家,打打猎,喝喝酒,日子过得挺无聊。第二年秋天(公元前128年),匈奴两万骑兵又打进来,杀了辽西太守,掳去青年男女两千多人和不少财物。汉朝守边界的将军打了败仗,退到右北平一带(包括今河北省唐山市丰润区、河北省遵化市等地方),守在那儿。又过了几个月,那个将军死了,右北平没有人主持。汉武帝又起用李广,派他为右北平太守。李广做了右北平太守,匈奴害怕李广,逃到别的地方去了。

右北平一带没有匈奴了,可是时常有老虎出来伤害人。李广就经常出去打虎,老虎碰见他,没有不被他射死的。有一天,李广回来晚了,天色半明半暗,正是老虎出来的时候。他和随从的人都很小心,恐怕山腰里突然跳出一只老虎来,就一面走着,一面提防着。李广忽然瞧见山脚下草丛里蹲着一只斑斓猛虎,弓着脊梁正准备扑过来。他连忙拿起弓箭来,使劲地射了过去。凭他百发百中的箭法,当然射中了。手下的人见他射中了老虎,拿着刀跑过去逮。他们走近一瞧,全愣了。原来中箭的不是老虎,是一块大石头!箭进去很深,拔也拔不出来。大伙儿奇怪得了不得。

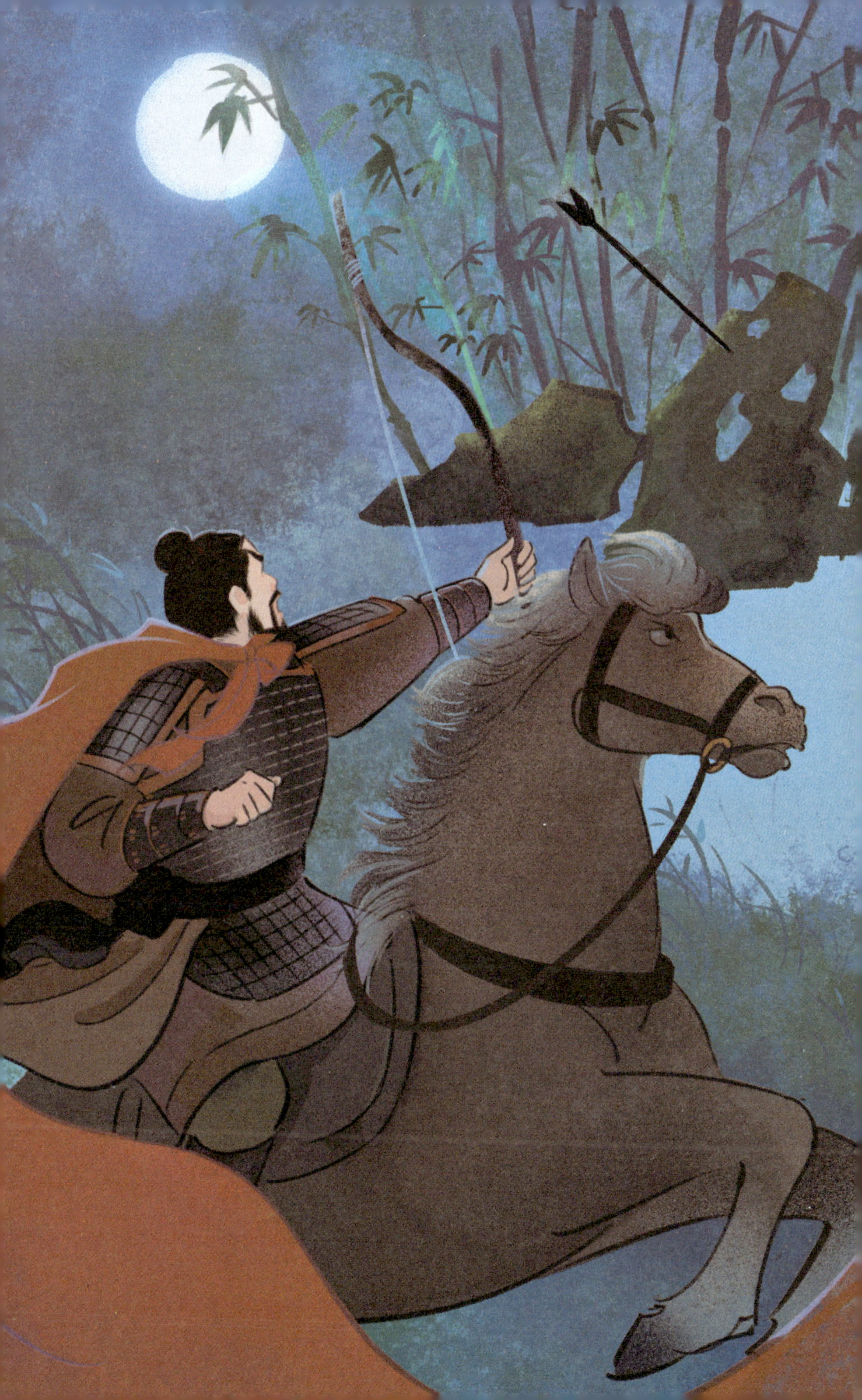

李广过去一看，也有点纳闷儿。石头怎么射得进去呐？他自己也不相信有这么大的力气。他回到原来的地方，摆好马步，拿起弓箭来，对准那块大石头使劲地又射了一箭。那支箭碰到石头，迸出了火星儿，掉在旁边。他还不相信，连着又射了两箭，箭头都折了，可都没能射到石头里去。

可是就那么一箭已经够了。人们都说飞将军李广的箭能射穿石头。这个消息传了开去，匈奴更害怕李广，不敢来侵犯右北平了。可是在别的地方，匈奴还是老来袭击汉兵。汉武帝再派卫青带着三万兵马从雁门出发去打匈奴。卫青打了胜仗，杀了匈奴好几千人，又立了一个大功。

公元前124年，卫青打了个大胜仗，掳来了十几个匈奴小王，一万五千多个俘虏。汉武帝为了鼓励将士们打匈奴，拜卫青为大将军，加封土地和户口，还要把卫青的三个孩子都封为列侯。卫青接受命令做了大将军，别的都推辞了。他对汉武帝说："打退敌人全靠皇上的洪福和将士们的功劳，不是我一个人的。我不该加封，孩子们更谈不上，请皇上开恩！"汉武帝听了很高兴，就把卫青手下的七个将军都封为列侯。第二年，匈奴再一次侵犯代地，汉武帝派大将军卫青率领飞将军李广等六个将军和大队人马去对付匈奴。卫青的外甥霍去病才十八岁，少年英雄，很有能耐，也跟着他舅舅卫青去打匈奴。

霍去病是第一次出来打仗的小伙子，十分勇敢。他做了校尉，带着八百名壮士作为一个小队。八百人的小队居然闯进匈奴的大营，杀了匈奴的一个头儿，活捉了两个俘虏回来。卫青问了问那两个俘虏，才知道一个是单于的叔叔，一个是单于的相国！捉到了这么高级的首领，这功劳可真不小。没想到那个被霍去病杀了的匈奴头儿还是单于的叔伯爷爷。霍去病立了这么大的功劳，被封为冠军侯。

在这次战争中，有一个校尉叫张骞（qiān），也立了大功。张骞曾经做汉朝的使者到过西域（汉朝边疆以西的地区笼统地都叫西域，大部分在新疆维吾尔自治区），被匈奴逮去，扣留了十多年。后来他逃回来，在卫青手下做校尉。他熟悉匈奴的地形。这次出兵，全靠他带道，人马才没受渴挨饿。卫青奏明他的功劳，汉武帝封他为博望侯。

汉武帝为了专门对付匈奴，派了十多万人马去建筑朔方城（在内蒙古黄河以南），又征发十多万民夫，把黄河以南（指河套一带）秦始皇时候造的要塞堡垒都修理了一下。光派军队驻守还不牢靠，汉武帝接着移民十万到朔方去。这大量的移民，不但加强了边防，也部分地解决了没有土地的农民的生活。他把国内和防守的事情大体上都布置好了，就再派张骞到西域去联络。

张骞探险

张骞是汉中人,在汉武帝初年做了郎中(帝王的侍从官)。那时候,匈奴当中有人投降了汉朝。汉武帝从他们的谈话中才知道一点西域的情况。他们说敦煌(在今甘肃省西部)和天山当中有个大国,叫月氏(yuè zhī,也称 ròu zhī)。月氏给匈奴打败,往西逃去。他们痛恨匈奴,想要报仇,就是没有人帮助他们。

汉武帝听了,就想:月氏在匈奴的西边,要是跟月氏联合起来,准能切断匈奴跟西域各国的联系,等于斩断匈奴的右胳膊。他下了一道诏书,征求精明强干的人去联络月氏。汉朝跟月氏本来没通过音信,谁也不知道这月氏到底在哪儿。那几个匈奴人只知道月氏往西边逃去，逃得很远，可是究竟有多远呐，谁也不知道。诸侯王、文武大臣当中没有一个人敢到那种地方去。他们说不是不敢去，是因为连地名都不知道，没头没脑地怎么去呐？

那时候张骞还是个小伙子，他觉得这件事情很有意义，首先应征。张骞带头应征，别的人胆子也大了。有个匈奴人叫堂邑父，还有一百多个勇士都愿意跟着张骞一块儿去寻找月氏国。

公元前138年，汉武帝就派张骞为使者，带着这一百多个人从陇西（就是现在的甘肃省）出发去找月氏。陇西外面就是匈奴地界。他们要到月氏去，必须经过匈奴。张骞他们小心地走了几天，还是给匈奴兵围住。这一百多个人怎么打得过匈奴呐？没说的，他们做了俘虏。

匈奴倒没杀他们，只是派人管住他们，不放他们回去。张骞他们走不了啦，只好住在那边，过着匈奴人的生活。一住就是十多年。可是他们全都分散了，只有堂邑父跟张骞在一起。日子久了，匈奴人管他们就不怎么严了。他们说话、做事，比以前自由得多了。

有一天，张骞跟堂邑父商量了一下，带着干粮，趁着别人不留心的时候，骑上两匹快马，逃了。他们没忘了自己的任务，还是要到月氏去。虽然不知道月氏在哪儿，可是他们断定：只要往西走，准错不了。他们跑了几十天，吃尽苦头,逃出了匈奴地界。出了匈奴地界,总该到了月氏了吧。哪儿知道月氏还没找到,倒闯进了另一个国家,叫大宛(在中亚)。

大宛在月氏的北边,是出产快马、葡萄和苜蓿(就是草头,也叫金花菜;苜蓿 mù xu)的好地方。他们到了大宛,就给大宛人截住。大宛是匈奴的邻国,懂得匈奴话。张骞和堂邑父都能说匈奴话,言语方便,一说就明白。大宛人就去向国王报告。大宛王早就听说过在很远很远的东方有个汉朝,地方很富庶,吃的、穿的、住的讲究得没法说,金银财宝、绸缎布帛多得用也用不完,就是太远,没法来往。这会儿一听到汉朝的使者到了,连忙欢迎他们。

张骞见了大宛王,对他说:"我们是奉了皇上的命令到月氏去的。要是大王能够派人送我们去,将来我们回到中原,皇上一定拿最好的礼物来送给大王。"大宛王答应了,就派人送张骞他们到了月氏。张骞见了月氏王,谈到汉朝愿意跟月氏联合起来,共同去打匈奴。他以为月氏王能够得到汉朝的帮助,杀父大仇可以报了,月氏王还能不高兴吗?没想到完全不是那么一回事。

原来月氏老王被匈奴杀了以后,月氏人立他的儿子为王。新王率领着全部人马和牲畜迁移到西边。他们越走越远,一直到了大夏(就是现在阿富汗北部的地区),大夏人就跟他们打起来了。双方打了几仗,月氏人打败了大夏人,占领了大夏大部分的土地。那边土地肥沃，物产丰富，月氏人得到了那块土地，很满意，就建立了一个"大月氏国"。月氏王不想再去跟匈奴作战，报仇的念头已经冷了。他听了张骞的话，不大感兴趣，只因为张骞是个使者，很有礼貌地招待着他。

张骞和堂邑父在月氏住了一年多，还到大夏去走走，学到了许多东西，就是没法叫月氏王去打匈奴。他们只好回来。他们离开月氏，经过康居（在中亚）和大宛，到了匈奴地界，又给匈奴逮住了。堂邑父本来是匈奴人，张骞又能说匈奴话，只要他们不回到中原去，匈奴还是不杀他们。他们只好留在那边。过了一年多工夫，匈奴内部出了事儿，太子和单于争夺王位，弄得国内大乱。张骞趁着乱劲儿，同堂邑父逃回来了。张骞原来带着一百多人出去，在外边足足过了十三年，就剩下他们两个人回来。汉武帝慰劳他们，拜张骞为太中大夫，封堂邑父为奉使君。

太中大夫张骞因为熟悉匈奴的地理和情况，这次随大将军卫青出征，能够在漫荒野地找到水和草。卫青特地向汉武帝奏明张骞的功劳，所以汉武帝就封他为博望侯。

张骞还想再到西域去。他向汉武帝详细报告西域各国的大概情况。最后他说："我在大夏那会儿，看见邛山（在四川省；邛 qióng）出产的竹杖和蜀地（今四川省成都市）出产的细布了。"

汉武帝奇怪起来。他说："邛竹和蜀布是咱们国家很出名的东西，怎么你能在大夏见到呐？"张骞说："是啊！我当时就问大夏人这些东西哪儿来的。他们说是买卖人从身毒（又写作'天竺'，都是古代译音，就是现在的印度；身毒juān dú）买来的。身毒在大夏东南好几千里，是个大国，风俗跟大夏差不多，就是天气热。还有，他们骑着大象打仗，这就跟别的地方不一样。大夏在长安西边一万二千里，现在大夏人从身毒买到蜀地的东西，可见身毒离蜀地一定不远。我们走西北这条道到大夏去，必须经过匈奴，阻碍重重。要是从蜀地出发，走西南那条道儿，经过身毒到大夏，就不必经过匈奴了。"

张骞又讲了一些别的西方国家的情况。汉武帝听了，才知道在匈奴的西边还有大宛、大夏、安息（古代的波斯）、大月氏和康居这些国家。汉武帝打算用礼物和道义去跟这些国家来往，使得他们都联合起来对付匈奴。他非常钦佩张骞的探险精神，完全同意他经过身毒到大夏去的计划。

汉武帝派张骞为使者，从蜀地出发，带着礼物去结交身毒。按照张骞的推想，身毒是在蜀地的西南方，可是谁也没有去过。那条道儿还得用他们的脚去踩出来。

张骞把人马分成四队，从四个地点出发去寻找身毒国。四路人马各走了两千里地，都碰了壁。有的被当地的部族打回来，有的被杀害了。

往南走的一队人马到了昆明（在今云南省），也被当地的人挡住了。汉朝的使者只好换一条道儿走。他们绕过昆明，到了滇国（也叫滇越，在今云南省）。滇国的国王原来是楚国人，已经有好几代跟中原隔绝了。他愿意跟汉朝来往，很客气地招待着使者，也愿意帮助使者找道儿去通身毒。可是昆明在中间挡着，一过去就打，他们只好回来。

张骞回到长安，向汉武帝报告经过。汉武帝认为这次出去虽然没能找到身毒，可是已经通了滇国，在南方结交了一个从没听到过的国家，也很满意。

这一年（公元前122年），匈奴再一次打到上谷，杀了几百个汉人，抢了一些牲畜、财物，不等汉军过去就走了。这可把汉武帝气坏了，决定要跟匈奴拼一拼。

再通西域

公元前121年,汉武帝拜青年将领霍去病为车骑将军,叫他率领一万骑兵,从陇西出发去进攻匈奴。霍去病的军队打了个大胜仗,夺取了燕支山和祁连山。

过了一年,就是公元前120年,一万多匈奴骑兵从东边打进来,杀了一千多名当地的老百姓,抢了一些粮食和财物又回去了。第二年汉武帝就派大将军卫青和车骑将军霍去病各带五万人马去追击匈奴。这时候,飞将军李广做了郎中令(宫廷的守卫官),经常在汉武帝左右,也要求派他去打匈奴,汉武帝说他太老了,不让他去。李广再三要求,说:"匈奴这么疯狂,一次次地侵犯我们,屠杀我们的老百姓,我实在不能再在京师里消消停停地住下去了。"汉武帝就叫他带一队兵，跟别的三个将军一共四队人马，由大将军卫青统领，一同出发。临走的时候，汉武帝嘱咐卫青说："李广年老，不可让他独当一面。"卫青点了点头。

这次汉军出去跟以前大不相同。除了十万骑兵以外，还有几十万步兵和十四万匹驮（tuó）东西的马。卫青、霍去病分两路进兵，一定要打败匈奴。

卫青派李广往东绕道进兵，指定日期到漠北（沙漠以北）会齐。李广要求打先锋，可不愿意往东绕道，因为他不熟悉东路的情况。卫青不答应，派另一个将军赵食其（yì jī）跟李广同去。

卫青自己向北进军，一碰到匈奴，就打起来了。匈奴连连败退。卫青在三天里头追了二百来里地，可没追上单于。汉军又追了一段路，没找到一个匈奴兵，又不知道前面的路，就回到漠南（沙漠以南）。

卫青的大军回到漠南，才碰到李广和赵食其的军队。卫青责备他们误了日期，说："人家已经从漠北回来了，你们可才到了漠南。"赵食其说："东路水草少，道儿远，弯弯曲曲的小道儿又多，我们迷了道儿，差点儿连漠南都到不了啦。"李广气愤不过，连话都说不出来。卫青一面送酒食给李广，一面派人审问李广他们行军误期的案子。

飞将军李广流着眼泪对将士们说："我自从投军以来，

跟匈奴打仗，大小七十多次，有进无退。这次大将军不让我跟他在一起，一定要我往东绕道儿。东路远，迷了道儿，耽误了日子。我还能说什么？我已经六十多了，犯不着再上公堂。"说完就自杀了。士兵们一向敬爱李广，一听到他这么死了，全都哭了。

李广的儿子李敢，跟着车骑将军霍去病从代郡出发去打匈奴，倒立了功劳。霍去病的大军连着打了胜仗，逮住了单于手下的三个王，还有将军、相国、军官等八十三人，消灭了匈奴八九万人。匈奴逃到漠北。打这儿起，漠南不再有匈奴的军营了。

西域一带有许多国家本来都受到匈奴的压迫，现在看到匈奴打了败仗，失了势，就都不愿意再向匈奴进贡、纳税。汉武帝趁着这个机会，打算再派张骞去通西域。

张骞献计说："匈奴西边有个乌孙国（在今新疆维吾尔自治区伊宁市以南的地区），原来也给匈奴纳税进贡。最好先结交乌孙王，要是他愿意和我们结交，皇上不妨跟他和亲。这么一来，乌孙以西的国家，像大宛、康居、大夏、月氏，就容易结交了。"

汉武帝一听到能够联合这许多国家来对付匈奴，挺赞成。他派张骞和他的几个副手为使者，拿着汉朝的使节，带着三百个勇士，每人两匹马，还有牛、羊一万多头，黄金、钱币、绸缎、布帛等价值几千万的礼物，动身往乌孙去。

张骞到了乌孙，乌孙王出来迎接。张骞把一份很厚重的礼物送给他，对他说："要是大王能够搬到东边来，皇上愿意把那边的土地封给大王，还把公主嫁给大王做夫人，两国结为亲戚，共同对付匈奴，这对咱们两国都有好处。"

乌孙王一时不能决定。他请张骞暂时休息几天，自己召集大臣们商议商议。乌孙王和大臣们只知道汉朝离乌孙很远，可不知道汉朝的天下到底有多大，兵力到底有多强。他们离匈奴又近，大伙儿都害怕匈奴，不敢搬到东边去。可是乌孙王又想得到汉朝的帮助，因此商议了好几天，还是决定不下来。

张骞恐怕耽误日子，就打发他的副手们拿着使节，带着礼物，分别去联络大宛、康居、大月氏、大夏、安息、身毒、于阗（在今新疆维吾尔自治区和田县；阗 tián）等国家。乌孙王还派了几个翻译帮助他们。这许多使者去了好些日子还没回来，乌孙王倒先打发张骞回去了。他借着送回张骞，回拜汉朝的因头，派了几十个人到长安去探看一下。

张骞带着乌孙的使者来见汉武帝。汉武帝见了他们已经很高兴了，又瞧见乌孙王送给他的几十匹高头大马，喜欢得了不得，格外优待乌孙的使者。

过了一年，张骞害病死了。汉武帝失去了这么一个人才，愁眉苦脸地闷了好几天。又过了几年，张骞派出去的那些副手们带着各国的使者陆续回来了。各国的使者又都送来了各色各样的土特产作为礼物。汉武帝非常高兴。他想知道西域各国的情况，向他们问长问短地问了许多话。

使者们也说不上西域到底有多少国家，大伙儿把到过的地方合起来算一算，就有三十六国。这些国家一向受着匈奴的压迫，匈奴还派官员到那边去收税，要牛羊，要奴仆。他们害怕匈奴，只好把自己的奴隶和财富交给匈奴。这会儿汉朝打败了匈奴，跟这些国家交好，他们不必纳税，而且还能得到礼物，都很乐意跟汉朝结交。

乌孙王不愿意搬到东边来。汉武帝就在那边设立了两个郡，一个叫酒泉郡，一个叫武威郡（就是现在的甘肃省酒泉市和武威市），一年到头有官员和兵士守卫着。这么一来，匈奴不能再从那一边往南来侵犯了。

汉武帝为了联合西域各国一致抵抗匈奴，一而再，再而三地打发使者分别到这些国家去。西域三十六国都知道博望侯张骞，说他心眼儿好，够朋友。因此在很长一段时期内，派到那边去的使者都不说张骞已经死了。他们每次出去的派头大体上都跟当初张骞出去的时候差不多。出使一次，多则几百人，少则一百来人。西域的道儿上每年都有使者来往。路近的两三年来回一次，路远的八九年来回一次。汉朝和西方的交通就这么建立起来了。这对汉朝和西域各国都有好处。汉朝从西域那边得到的，有高头大马、葡萄、苜蓿、胡桃、蚕豆、石榴等几十种物产；西域各国从汉朝得到了丝绸、茶叶、金银财宝，还跟汉人学会了耕种、打井和炼铁，这对于发展当地生产大有帮助。这么着，从长安到西边就开出了一条"丝绸之路"，特有名气。

　　汉朝和西域各国这么来往着，匈奴当然很不服气。他们准备了一个时期，就派骑兵去阻碍交通，抢劫使者带着的货物。汉武帝除了加紧酒泉和武威的防御以外，又设立了两个郡，一个叫张掖郡，一个叫敦煌郡（都在现在的甘肃省西部）。这四个郡都驻扎着军队，随时可以打击匈奴，保护着通向西域的交通。

通神求仙

汉武帝派卫青、霍去病他们打匈奴，派张骞他们通西域，都获得了很大的胜利。汉朝的江山早已坐稳了。他还打算干什么呐？俗语说："做了皇帝想登仙。"这话对汉武帝来说一点儿不假。他从十六岁即位以来，一直相信鬼神。这一二十年来，已经有不少方士向他骗过俸禄。他一发现方士的欺诈，就把他们杀死。可是他认为神仙是有的，就是这些方士本领太差，所以他杀了一个，接着就相信另一个。

这会儿他相信的一个方士叫少翁。"少翁"就是"少年老人"的意思，看过去少翁还像个少年，可是他自己说他已经二百多岁了。少翁对汉武帝说："皇上要跟神仙来往，先得把自己住的宫殿、用的被服都装饰成像神仙用的，神仙才能下来。"汉武帝一心想做神仙，先要见见神仙，就听了少翁的话，把宫殿的顶子、柱子、墙壁都画上五彩的云头、仙车什么的，帷幕和被服也都绣上这一类的玩意儿。

少翁又请汉武帝盖了一座甘泉宫，里面画着各种神像，摆着祭祀的东西，为的是请神仙下来。这么搞了一年多，花了不少钱，神仙还是没下来。汉武帝开始起了疑心。少翁也觉出自己要是再不想办法，恐怕就要失去皇上的信任了。

有一天，少翁跟着汉武帝到甘泉宫去，路上瞧见有人牵着一头牛过去。少翁指着牛对汉武帝说："这头牛的肚子里准有天书。"当场就把那头牛宰了，从牛肚子里拿出一条布帛来，上面写着字。字尽管写得古怪，字句也不大好懂，汉武帝还是认出是少翁的笔迹。审查下来，果然是少翁耍的把戏。汉武帝就把方士少翁杀了。

少翁的骗局被拆穿了，他的徒弟还想靠着欺骗过日子。过了一个多月，有人说在关东碰见了少翁，回来向汉武帝报告。汉武帝半信半疑。他派人把少翁的坟刨开，打开棺材瞧瞧。方士们又买通了掘坟的人，他们对汉武帝说：棺材是空的，里面只有一个竹筒。这一来，汉武帝又相信起别的方士来了。

公元前115年，汉武帝用柏木做栋梁，造了一座二十来丈高的台，叫"柏梁台"，台上的铜柱子有三十来丈高，铜柱顶上有个盘，叫"承露盘"。承露盘由一只手掌托着，那手掌就叫"仙人掌"。盘里的露水和着玉石的粉末变成玉露。方士们都说，经常喝玉露就能长生不老。汉武帝一有玉露就喝。喝了露水倒无所谓，玉石磨成的粉末怎么能吃呐？玉露喝得多了，害得他生了一场大病。

他病一好，就老想着少翁棺材里的竹筒。他以为杀的只是一个竹筒，真的少翁早已遁走了。他直怪自己得罪了仙人。正在这时候，又来了一个方士，叫栾（luán）大。他对汉武帝说："我以前在海里来往，碰到了一个仙人，拜他为老师，学到了一些皮毛。只要功夫深，黄铜可以炼成金；大河开了口子，也可以堵住；长生不老的仙丹可以得到，神仙也可以请到。可有一样，少翁受了冤枉死了，方士有几个脑袋呐？因此，我栾大也不敢多嘴。"汉武帝连忙撒谎，说："他是吃了马肝中毒死的，你别多心。只要你有法术，尽管说，要花钱，我有。"栾大说："我的老师都是仙人。只有人求他们，他们并不求人。皇上诚心求神仙，就该尊重仙人的使者，才可以叫他去求仙通神。"

汉武帝真信了栾大的话，就封他为将军，赏给他十万斤黄金，叫他去迎接神仙。栾大动身以后，汉武帝打发几个心腹扮作老百姓暗暗地跟着他，观察他的行动。

这几个心腹沿路跟着栾大，看他干什么。栾大上了泰山，坐了一会儿，下来又到海边溜达溜达，就这么待了几天，回到长安来了。那几个暗探瞧见栾大这么捣鬼，根本没

— 144 —

有神仙跟他来往，就实话实说，把这些事告诉汉武帝。栾大见了汉武帝，还想捏造鬼话。汉武帝叫出证人来，揭穿他的勾当，不怕他不招认，之后把他又拉到大街上斩了。

杀了一个少翁，来了一个栾大；杀了一个栾大，又来了一个公孙卿。公孙卿劝汉武帝上泰山去祭天。他说："黄帝祭了天，有黄龙下来迎接他。他骑着龙上去，当时攀着龙须上天的有黄帝的宫女和大臣一共七十多人。还有别的臣下也拉着龙须不放，想一同上去，可是龙须被拉断了，全掉下来了。我的老师没法上去，只好留在人间修道。"汉武帝听了，叹了一口气，说："要是我能学黄帝的样，情愿抛弃荣华富贵。"他拜公孙卿为郎中，叫他准备上泰山去祭天。

汉武帝带着方士和大臣们上了泰山，在山上刻了字留个纪念，祭祀一番。汉武帝下了山，齐地的方士成群结队地来拜见，都说蓬莱岛上有神仙。他就吩咐人准备船只，自己要坐船到海里去找神仙。可是海上风浪很大，汉武帝直皱眉头。大臣东方朔劝他，说："皇上还是回去吧。求神仙也不能太心急。只要安安静静地住在宫里，多修修好，神仙有灵，自然会降临的。"汉武帝听了东方朔的话，回到长安。

这一次出门，费了五个月工夫，花了无数的金钱，还是没见到神仙。没见到神仙倒也罢了，谁想得到东边、北边、西南边都出了事，汉武帝不得不把求神仙的事暂时缓一下子，去对付外来的侵扰。

苏武牧羊

匈奴自从被卫青、霍去病打败以后，逃到漠北，休息了好几年。他们表面上做出要跟汉朝和好的样子，实际上还是招兵买马，准备入侵中原。单于还一次次地派使者来求和，可是汉朝的使者到匈奴去回访，有时候就被他们扣留了。这几年来，汉朝的使者前前后后被匈奴扣留的就有十几个，匈奴的使者被汉朝扣留的也有十几个。公元前100年，汉武帝正想出兵去打匈奴，匈奴又派使者来求和，还把汉朝的使者都放回来了。

汉武帝见到被匈奴扣留的使者都回来了，很高兴。为了报答单于的好意，他特地派中郎将苏武拿着使节送匈奴的使

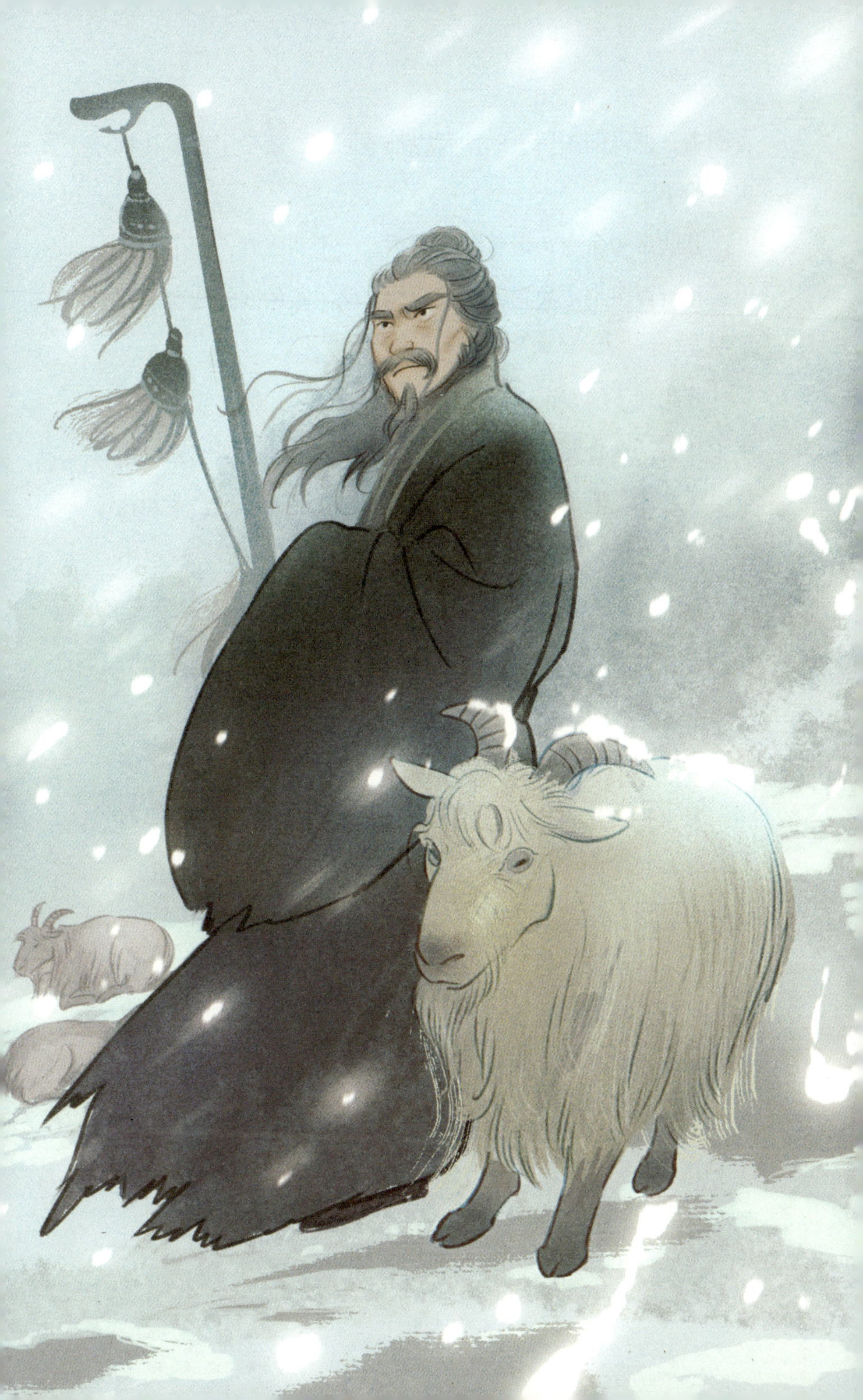

者回去，把以前扣留下的使者也都放回去，还带了许多礼物去送给单于。

苏武奉了命令，带着两个副手，一个叫张胜，一个叫常惠，和一百多个士兵到匈奴去。他在路上跟匈奴的使者们交了朋友。

苏武到了匈奴，送回扣留的使者，送上礼物。哪儿知道单于并不是真心要跟汉朝讲和。他把汉朝的使者送回去只是个缓兵之计。他一见汉朝把使者送回来，还送了这么多的礼物，就认为汉朝中了计，更加骄横起来了。他对待苏武也不讲礼貌。苏武为了两国和好，不便多说话，更不能发脾气。他只等着单于写了回信让他回去就是了。没想到就在这个时候，出了倒霉的事儿，害得苏武吃尽了苦头。

苏武到匈奴以前，有个汉朝的使者叫卫律，投降了匈奴。单于正需要汉人帮助他出主意，特别重用他，封他为王。卫律有个副手叫虞常，虽然跟着卫律，心里可很不愿意。他见到卫律替匈奴出主意去侵犯中原，心里更不痛快。他老想杀了卫律，逃回中原去，就因为没有帮手，不敢莽撞。这会儿他见到苏武和他的副手张胜来了，高兴得不得了。他跟张胜本来是朋友，就暗地里对张胜说："听说咱们的皇上恨透了卫律，我准备替朝廷把他杀死。我母亲和兄弟都在中原，我不希望别的，只希望立了功，皇上能够照顾照顾我的母亲就是了。"

张胜很同情虞常，愿意帮他去暗杀卫律。谁知道"路上说话，草里有人听"，虞常没把卫律弄死，自己反倒被单于的手下人逮住了。单于叫卫律审问虞常，还要从他身上查出同谋的人来。到了这时候，张胜害怕了。他只好把虞常跟他说的话告诉了苏武。苏武急得什么似的，说："要是虞常供出了跟你同谋，咱们还得去上公堂。堂堂大国的使者像犯人一样去给人家审问，不是给朝廷丢脸吗？还不如早点儿自杀吧。"说着，就拔出刀来向脖子上抹去。张胜和常惠眼快，连忙拉住他的手，夺去刀，没让他死。

苏武只希望虞常不供出张胜来就够造化的了。虞常受了各种残酷的刑罚，只承认张胜是朋友，他们曾经说过话，不承认跟他同谋。卫律把供词交给单于，单于叫卫律去召苏武他们投降。

苏武一听卫律来叫他投降，就当着大伙儿的面说："丧失气节，污辱使命，就算活下去，还有什么脸见人哪？"一面说，一面又拔出刀来向脖子上抹去。卫律慌忙把他抱住，苏武的脖子已经受了重伤。他倒在地下，浑身是血。卫律叫人去请医生。常惠他们哭得不像样子。赶到医生到来，苏武还没醒过来。医生给苏武灌了药，让他缓醒过来，然后给他涂上药膏子，扎住伤口，把他抬到营房里去。常惠很小心地伺候着他。那个愿意帮助虞常的张胜已经被关到监狱里了。

单于十分钦佩苏武的骨气，早晚派人去问候，一直等到他完全好了，才叫卫律想办法再去劝他投降。卫律奉了单于的命令审问虞常和张胜。他请苏武坐在公堂上，听他审问。审问下来，卫律把虞常定了死罪，杀了。他对张胜说："你是汉朝的使臣，不该跟虞常同谋暗杀单于的大臣。你也有死罪。可是单于有个命令：投降的免死。你要是不投降，我就砍了你的脑袋！"说着，他就拿刀向张胜举着。张胜贪生怕死，投降了。

卫律回过头来对苏武说："你的副手有了死罪，你不投降也得死！"他又拿起刀来还没砍过去，苏武脖子一挺，不动声色地等着。他这一挺，反倒叫卫律的手缩回去了。他说："苏先生，您听我说吧。我当初也是不得已才投降匈奴的。多蒙单于大恩，封我为王，给我几万名手下和满山的马群。您瞧我多么富贵呀。苏先生今天投降，明天就跟我一样。何必这么固执，白白地丧命？先生听我的劝告，我就跟先生结为兄弟。要不然，恐怕您不能再跟我见面了。"

苏武站起来，指着卫律的鼻子，骂道："卫律！你做了汉朝的臣下，忘恩负义地背叛朝廷，厚颜无耻地投降了敌人，做了汉奸，我为什么要跟你见面呐？我决不会投降，要杀要剐（guǎ）都由你！匈奴闯下这场祸，将来汉朝来问罪，你也逃不了。"

苏武的责备义正词严，连卫律这号人听了也红了脸。单于听了卫律的报告，更加钦佩苏武，于是更要想办法叫苏武投降。单于想折磨苏武，叫他屈服，就把他下了地窖（jiào），不给他吃的喝的。这办法可真毒辣，没有吃的已经够受的了，没有喝的，简直叫人连喘气都喘不过来。可苏武仍旧不屈服。这时候正好下大雪，破破烂烂的地窖里也全是雪。他就捧着雪大口地吃。嘴倒是不渴了，肚子还是饿的。他把扔在地窖里破旧的皮带、羊皮片什么的啃着吃下去。这么着，他又过了几天。

单于见苏武还活着，只好把他放出来。单于要封他为王，他不干。到了儿，单于把他送到北海（就是现在俄罗斯的贝加尔湖），叫他在那边放羊。他的副手常惠也不肯投降。单于罚他做苦工，故意不让他跟苏武在一起。

苏武到了北海。口粮不够，他就挖野菜，逮田鼠，作为补充。吃的、喝的，是冷是热，他都不在乎。最叫他念念不忘的是他没完成使者的使命。现在他什么都没有，跟他同生共死的就剩下这根使节了。他从这根使节上得到了安慰。他拿着使节放羊，抱着使节睡觉，还想着总有一天能够拿着使节回去。

大雁带信

一年一年地过去了，苏武一直在北海放羊。那个代表朝廷的使节日夜没离开过他的手，这么多年来，使节上的穗（suì）子全掉了。可是他把那个光杆子的使节看成自己的命根子一样，紧紧抓住这根杆子，想念着汉武帝，想念着朝廷，想念着父母之邦。

苏武有个很要好的朋友叫李陵，是名将李广的孙子。苏武出使匈奴的第二年，汉武帝派李陵带着五千名步兵，去跟匈奴作战。单于亲自率领三万骑兵，把李陵这点儿步兵都围上。李陵带着士兵拼死抵抗，打了九天，杀了六七千名匈奴兵，可是因为没有救兵，粮食没了，箭也没了，还是打了败仗，只剩下四百多人回来。李陵自己被匈奴逮去，就留在了那边。

李陵留在匈奴的消息惊动了朝廷。汉武帝立刻把李陵的母亲和全家人下了监狱，召集了大臣们给李陵定罪名。大臣们都骂李陵，说应该处死他全家。只有太史令司马迁站出来替李陵讲情，说："李陵一向忠心，这一次虽然打了败仗，可是杀了那么多的敌人，也足可以向天下的人交代了。李陵不肯自杀去死，准有他的主意。他不会真投降，一定还想找机会，来报答皇上。"

没想到汉武帝火儿了，责问司马迁说："你怎么知道他的主意？是李陵告诉你的？是我叫李陵去投降的？要像你这种说法，谁都可以投降敌人了。你替李陵强辩，不是存心反对朝廷吗？"他吆喝一声，把司马迁下了监狱。

审查下来，司马迁被定了死罪。按照汉朝的规矩，定了死罪，可以拿出钱来赎罪，或是接受腐刑（就是割去生殖器）。司马迁拿不出钱来，只好受了刑罚，成了个残缺的人。依他的脾气，他宁可自杀，也不愿意受这份奇耻大辱。可是他想到自己有一项顶重要的工作还没完成，不应该死。因为他正在写着一部历史书，就是后来的《史记》。他要忍受一切痛苦来完成这部书。"有志者事竟成"，多年以后，司马迁终于写完了《史记》，咱们今天还读这部书呐。

汉武帝把李陵的一家下了监狱，把司马迁办了罪。后来风传李陵要帮着匈奴来打汉朝，汉武帝大怒，就把李陵的一家全杀了。李陵得到了全家灭门的消息，哭得死去活来。他索性死心塌地地投降了匈奴。一直过了十几年，这一回苏武不肯投降，单于知道了李陵跟苏武的交情，就派他到北海去劝苏武。

李陵对苏武说："单于听说我跟您过去素来要好，特地派我来跟您说，他很尊敬您。您反正不能回到中原去，何苦在这儿吃苦呐？不管您怎么忠心，有谁知道呐？现在皇上已经老了，今天杀这个大臣，明天杀那个大臣，无缘无故地就把人家灭了门。皇上这个样儿，朝廷这个样儿，您受罪为了谁呐？"苏武回答说："我是汉朝的臣下，我不能对不起自己的祖宗，不能对不起父母之邦。请您别再说了。"

过了一天，李陵又对苏武说："老兄，您能不能再听听我的话？"苏武板着脸说："我早已准备死了。大王（李陵被封为匈奴王）一定要逼我投降的话，我就死在大王面前！"李陵见苏武这么坚决，忽然称他为"大王"，听了实在刺耳，就叹了一口气，只好跟苏武分别了。

自从苏武被匈奴扣留以后，十多年来，汉朝跟匈奴经常作战，汉武帝发兵，少则几万人马，多则几十万人马。打一次仗，匈奴总得死伤几万人马，怀着胎的牛、马、羊也流了产，那些才生下来的小牛、小马、小羊，碰到打仗照顾不了，也大批大批地死去。匈奴因此大伤元气。后来老单于死了，他的儿子即位当了单于，就派使者到汉朝来要求讲和。

汉武帝同意了匈奴的要求，答应两族和好。原来这时候汉朝也很困难。汉武帝为了打匈奴、通西域，再加上他生活奢侈，好讲排场，又迷信鬼神，连年大兴土木，耗费了大量的人力物力，这许多年来，把文帝景帝时候积下来的钱财粮食早花得干干净净。为了弄钱，他重用残酷的官吏，加税加捐，加重官差，甚至于让有钱的人出钱买爵位，买官做。这班人做了官，当然要拼命搜刮老百姓，加几倍、几十倍捞回买官的本钱来，逼得老百姓难过日子。大大小小的官僚、地主还趁着农民有困难的时候，大批地兼并土地。当初汉文帝和汉景帝减轻租税，原来是件好事情，可是受益最多的是地主，贫苦农民遭到了天灾人祸，还得把土地卖给他们。到了汉武帝的时候，土地更加集中到大中地主的手里，失去土地的农民不是做了佃农，就是逃亡成为流民。再加上水灾、旱灾，各地都有大批的农民起来反抗官府。精明强干的汉武帝已经看到了：要是再这么干下去的话，国内一定大乱，汉朝的统治准会被这一代的陈胜、吴广推翻。这不能不叫他害怕。他下了决心，要尽一切努力来巩固自己的统治，挽救自己的命运。

公元前89年，就是汉武帝六十八岁那一年，农民正开始春耕的时候，他吩咐大臣们准备农具，自己亲自下地，装模作样做出耕种的架势，还吩咐全国官吏劝导农民好好耕种。

正在这时候，有个管财政的大臣向汉武帝建议说："轮台（在今新疆维吾尔自治区）东部有五千多顷（古时候田一百亩为一顷）土地可以耕种。请皇上派人到那边去建造堡垒，驻扎军队，然后招募老百姓到那边去开荒。这样，不但轮台可以种五谷，而且可以帮助乌孙，让西域各国有所顾忌。"汉武帝趁着这个机会，下了一道诏书，说：

轮台在车师以西的一千多里处。以前发兵去打车师，虽然打了胜仗，但是因为路远，饮食困难，沿路死了好几千人。到车师去已经死了这么多人，别说再到车师以西更远的地方去了。要是派人到遥远的轮台去筑堡垒，驻扎军队，这不是又要扰乱天下，苦了老百姓吗？我听也不愿意听下去。目前最要紧的是：废止残暴的刑罚，减轻全国的赋税，鼓励农民努力耕种，养马的可以免劳役。只要国家开支不缺乏，边疆防守不放松，就很好了。

这道诏书，后人称为"轮台悔过"。从此以后，汉武帝就不再用兵，还用各种办法让老百姓能够过日子。农民反抗朝廷的行动开始缓和下来。

公元前87年，汉武帝死了，小儿子刘弗陵即位，就是汉昭帝，才八岁。骠骑将军霍去病的异母兄弟霍光是个托孤大臣（皇帝临死把自己的子孙托给大臣叫托孤），掌握着朝廷的大权。公元前85年，匈奴的单于也死了，他的儿子即位。新单于的叔叔和别的匈奴王都要做单于，就这么起了内乱，无形中分成了三个部分。新单于知道没有力量再跟汉朝打仗，又打发使者到长安要求跟汉朝和好。霍光也派使者去回报，只提出一个要求：要单于放回苏武、常惠等汉朝的使者。匈奴骗使者说，苏武他们已经死了。

第二次汉朝又派使者到匈奴去。常惠买通了单于的手下人，私底下跟使者见了面，说明苏武的底细，还教给他一个要回苏武的办法。使者见了单于，要他送回苏武和其他使者。单于说："苏武早已死了。"汉朝的使者很严厉地责备他，说："匈奴既然存心要跟汉朝和好，就不应该再欺骗汉朝。我们皇上在上林苑射下了一只大雁，大雁的脚上拴着一条绸子，是苏武亲笔写的一封信。他说他在北海放羊。您怎么说他死了呐？大雁带信，就是天意。您怎么可以欺骗上天呐？"

单于听了吓了一大跳，眼睛看看左右，左右目瞪口呆地都愣了。一会儿单于张着嘴，眼睛望着天，说："苏武的忠义感动了飞鸟，难道我们还不如大雁吗？"他当时就向使者道歉，答应一定好好儿地送回苏武。使者说："承蒙单于放回苏武，请把常惠和别的几个人一概放回，才好真心真意地互相和好。"单于也答应了。

当初苏武出使的时候，随从的人有一百多，这时跟着他回来的只剩下常惠等几个人了。苏武出使的时候刚四十岁，在匈奴受难十九年，今天回国，胡须、头发全都白了。长安的人民听说苏武回来，都出来看。他们瞧见了白胡须、白头发的苏武手里拿着光杆子的使节，没有不受感动的。有的流下眼泪来，有的竖着大拇指，说他真是个大丈夫。

苏武他们拜见了汉昭帝，交还使节。汉昭帝拿着那个光杆子，看了好大的工夫，又看看苏武他们，酸着鼻子，可说不出话来。他把使节亲手交给苏武，对他说："您到先帝（指汉武帝）庙里去祭祀，把使节交还给先帝，让他老人家也高兴高兴。"说着，他直流眼泪。大臣们也都流着眼泪，心里直痛恨匈奴不讲信义。苏武回来以后，汉朝和匈奴双方都有使者来往。

霍光辅政

汉昭帝虽然年纪小，可挺聪明，还能听从大臣们的话。霍光忠心耿耿，他叫汉昭帝尽可能地照顾老百姓，减轻赋税，减少官差，有时候还借种子、借粮食给农民。因此有的人说："孝文皇帝和孝景皇帝的日子又快回来了。"可是朝廷中有几个大官因为霍光不讲情面，不能为所欲为，就把他看作眼中钉，非把他拔去不可。

左将军上官桀和他的儿子上官安首先反对霍光。上官安是霍光的女婿。他有个女儿，才六岁。上官安要把这个六岁的女儿嫁给汉昭帝，将来好立她为皇后。他请父亲上官桀先去跟岳父霍光疏通疏通。霍光说："您的孙女才六岁，现在就送进宫里去，不合适。"话是一句好话，可是上官桀和上官安从此更恨霍光了。

上官安不死心，另外找了个帮手。他找到了汉昭帝的大姐盖长公主的朋友丁外人，请他去请求盖长公主。丁外人向盖长公主一说，盖长公主就答应下来了。汉昭帝从小死了母亲，一向把大姐盖长公主看成母亲一样。盖长公主怎么说，他就怎么依。这么着，上官安六岁的女儿进了宫，没有多少日子就被立为皇后。上官安做了国丈，还做了车骑将军。他非常感激丁外人，就在霍光面前说丁外人怎么怎么好，可以封他为侯。霍光对于六岁的小姑娘进宫这一件事本来很不乐意，因为盖长公主主张这么办，他不便过于固执。可是封丁外人为侯，算是什么规矩呐？就算上官安嘴皮子说出血来，霍光也是不依。

上官安央告他父亲上官桀再去跟霍光商量。霍光对上官桀说："无功不得封侯，这是高皇帝立下的制度。"上官桀降低了要求，说："拜他为光禄大夫行不行？"霍光说："那也不行。丁外人无功无德，什么官爵都不能给。请别再提啦。"霍光因此得罪了上官桀爷儿俩和盖长公主、丁外人他们。

上官桀他们勾结燕王刘旦（汉昭帝的异母哥哥），先想办法消灭霍光，然后废去汉昭帝，立燕王刘旦为皇帝。朝廷里有左将军上官桀、车骑将军上官安，还有别的大臣，外边有燕王刘旦，宫里有盖长公主和丁外人，他们联合起来布置了天罗地网，不怕霍光不掉进里面。

燕王刘旦不断地派人送信、送金银财宝给盖长公主和上官桀他们，叫他们快想办法。刚巧霍光出去检阅羽林军（保护皇帝的禁卫军），又把一个校尉调到大将军府里来。上官桀他们抓住这个机会，派个心腹，冒充燕王刘旦的使者，伪造了一封燕王的信，去告发霍光。汉昭帝接过信一看，信的大意说：

听说大将军霍光出去检阅羽林军，耀武扬威地坐着跟皇上一样的车马，又自作主张，调用校尉。这种不尊重皇上、滥用职权的人哪儿像个臣下？我担心他准有阴谋，对皇上不利。我愿意归还燕王的大印，到宫里来保卫皇上，免得奸臣作乱。"

汉昭帝把这封信看了又看，念了又念，就搁在一边。上官桀等了半天，没有动静，就到宫里去探问。汉昭帝只是微微地一笑，可不回答他什么。第二天，霍光进去，听说燕王刘旦上书告发他，吓得躲在偏殿里等候发落。过了一会儿，汉昭帝临朝，大臣们都到了，单单少了一个霍光。他问："大将军在哪儿？"上官桀回答说："大将军因为被燕王告发，不敢进来。"

汉昭帝吩咐内侍去召霍光进来。霍光进去，自己摘去帽子，趴在地下，说："臣该万死！"上官桀他们心里得意地想："这回你可真该死啦！"汉昭帝说："大将军尽管戴上帽子。我知道有人存心要害你。"大臣们听了一愣。霍光又是高兴又是奇怪。他磕了个头,说:"皇上怎么知道的?"汉昭帝说:"大将军检阅羽林军是在邻近的地方,调用校尉也是最近的事,一共不到十天工夫。燕王远在北方,怎么能够知道这些事?就算知道了,马上写信,马上派人来上书,也来不及赶到这儿。再说,如果大将军真要作乱,也用不着调用一个校尉。这明明是有人暗伤大将军,燕王的信分明是假造的。我虽然年轻,也不见得这么容易受人欺蒙。"这时候汉昭帝才十四岁,霍光和别的大臣们听了,没有一个不佩服他聪明的。

霍光戴上帽子,恭恭敬敬地站着。上官桀他们吓得凉了半截。汉昭帝把脸一沉,对大臣们说:"你们得想个办法把那个送信的人抓来!"送信的人就是上官桀他们,大臣们哪儿知道呐?汉昭帝连着催了几天,也没破案。上官桀他们怕追急了弄出大祸来,就劝汉昭帝说:"这种小事情,陛下不必追究了。"汉昭帝说:"这还是小事情吗?"打这儿起,他就怀疑起上官桀那一伙人来了。

上官桀他们还在汉昭帝面前说霍光的坏话。汉昭帝可火儿了,说:"大将军是忠臣。先帝嘱咐他辅佐我。以后谁敢在我面前诬赖好人,我就砍他的脑袋!"上官桀他们只好再使别的花招。他们商议停当,由盖长公主出面请霍光到宫里去喝酒,上官桀爷儿俩布置埋伏,准备在宴会上刺死霍光。他们又派人通报燕王刘旦,请他到京师来即位。燕王答应上官桀他们为王，当时先派使者去接头。

上官桀爷儿俩又秘密地定下了计策：准备杀了霍光之后，再把燕王刘旦刺死，上官桀自己即位做皇帝。上官安高兴得像躺在云端一样。父亲做了皇帝，自己就是太子了，心里太高兴，不能不同自己的心腹聊聊。有人把他们的秘密告诉了霍光，霍光连忙告诉了汉昭帝，汉昭帝又连忙嘱咐丞相田千秋火速扑灭乱党。

田千秋首先逮住了燕王刘旦的使者，再派人分别去抓上官桀、上官安和丁外人，录了他们的口供。他们好像做梦似的都被杀了。盖长公主没有脸再做人，自杀了。燕王刘旦得到了这个消息，正想发兵，诏书已经到了，叫他放明白点儿。他只好上吊自杀。皇后上官氏才九岁，谋反的事情连听都没听到过，她又是霍光的外孙女，因此还是做她的皇后。

霍光扑灭了乱党以后，希望老百姓能够安居乐业，不愿再用兵，偏偏北边的匈奴、东边的乌桓和西边的楼兰又来侵犯中原。汉昭帝前后发兵打败了匈奴、乌桓和楼兰。他改楼兰为鄯善，给鄯善王一颗汉朝的王印，又把宫女嫁给他做夫人。西北方从此太平了一段时期。

公元前74年，汉昭帝二十一岁了。他下了一道诏书，叫大臣们商议减少人头税。因为这十几年来鼓励节约，撤销了不必要的官员，国库还算充实。商议下来，减少人头税十分之三。才过了两个月，汉昭帝害病死了。

昭君出塞

汉昭帝死了，没有儿子。大臣们议论纷纷：立谁好呐？霍光听了别人的话，把汉武帝的一个孙子昌邑王刘贺立为国君。没想到昌邑王是个昏君，荒淫无度，据说即位才二十七天，就做了一千一百二十七件不应当做的事。霍光他们一班大臣只好废了昌邑王，另立汉武帝的曾孙刘询（原名刘病己）为国君，就是汉宣帝。不久，霍光死了，汉宣帝重用丞相魏相、卫将军张安世、老将军赵充国等。

这时候，匈奴由于贵族争权，国内不团结，势力越来越衰落，根本没有力量再跟汉朝作对了。原来匈奴出了五个单于，互相攻击。其中有个单于叫"呼韩邪（yé）"，他杀了一个主要的敌手,打败了别的几个单于,差不多可以把匈奴统一了。想不到他的哥哥自立为郅(zhì)支单于,又跟呼韩邪单于打起仗来了。呼韩邪单于打了几场败仗,死伤了不少人马,不知道怎么办才好。大臣当中有人劝他跟汉朝和好。呼韩邪单于跟大臣们商议了好几天,最后下了决心,亲自带着部下到长安来见汉宣帝。

汉宣帝召集大臣们商议。大臣萧望之对汉宣帝说:"单于不是汉朝的臣下,他的地位比诸侯王高。他是第一个亲自到中原来的单于,咱们应当按礼节接待他。这样,别的部族也会乐意跟咱们结交了。"汉宣帝采用萧望之的建议,下了一道诏书,说要像招待贵宾那样去招待呼韩邪单于。

公元前51年春天,匈奴呼韩邪单于亲自来见汉宣帝。汉宣帝打发使者送给他一套最讲究的衣帽、一颗金印、一辆头等的车马和许多别的礼物。呼韩邪单于打扮起来,坐着新的车马,跟着使者到了长平。汉宣帝也到了长平。

到了汉宣帝和单于会见的那一天,各部族的君长、诸侯王等一同去迎接的就有好几万人。汉宣帝上了渭桥,大伙儿全都高呼"万岁"。呼韩邪单于先到了长安公馆里,然后再到建章宫去参加盛大的宴会。汉宣帝又送了不少礼物给他,请他参观了各种珍宝。

呼韩邪单于和匈奴的大臣们在长安住了一个月。到了二月里,他们准备回去了。呼韩邪单于请求汉宣帝让他们住在漠南光禄塞（在今内蒙古自治区包头市西北）一带。万一郅支单于再来攻打，可以退守在受降城（为接受匈奴人降顺建造的城，公元前104年建成，在今内蒙古自治区乌拉特中旗）。汉宣帝答应了，还派两个将军带领一万六千名骑兵护送他到了漠南。这时候，匈奴正缺少粮食，汉朝送去了三万四千斛（古时候十斗为一斛；斛hú）粮食。呼韩邪单于十分感激，一心跟汉朝和好，不必说了。

郅支单于怕汉朝帮着呼韩邪单于去打他，也打发自己的儿子到长安来，表示和汉朝友好。他自己带领部下往西边撤。离匈奴故城已经七千多里了，他还不断打发使者来访问汉朝。就是西域各国也都争先恐后地来和汉朝打交道。汉宣帝不用说多么高兴了。

汉宣帝在位的二十多年，汉朝强盛了一个时期。公元前49年，汉宣帝病死，太子刘奭（shì）即位，就是汉元帝。汉元帝立王政君为皇后，封皇后的父亲王禁为阳平侯。他即位没几年，西边的郅支单于忽然派使者来，强烈要求汉朝把他的儿子送回去，弄得汉元帝不知道该怎么办才好。

郅支单于当初听到呼韩邪单于在漠南建立了国家，就率领部下往西去攻打坚昆（古部族名，也是地名，在新疆维吾尔自治区哈密西边）。他占领了坚昆，把它当作都城，兼并了那边三个小国，又强大起来了。他这才派使者到长安来，要求汉朝把他的儿子送回去。汉元帝听从了大臣们的话，决定跟郅支单于交好,派大臣谷吉为使者护送他的儿子回去。

谷吉把郅支单于的儿子送到坚昆,郅支单于反倒把谷吉和随从的人都杀了。他知道这么得罪汉朝,汉朝是不能放过他的,又听说呼韩邪单于由于汉朝的帮助,也强大起来了,他就再往西到了康居,强迫康居王听他的指挥,强迫当地的老百姓费了两年工夫给他造一座城叫郅支城。接着他就攻打乌孙,弄得西域没有一天安宁。

到了这时候,被郅支单于压迫的各国都希望汉朝能出兵去帮助他们。西域都护(汉宣帝时设立的卫护西域的官)甘延寿和他的副手陈汤征调了在西域屯田的汉兵和当地的人马,一共有四万多人,分两路去攻打郅支单于。一来因为甘延寿和陈汤得到了西域十五个国家的帮助,二来因为郅支单于不得人心。两下打了几仗,汉兵打下了郅支城,郅支单于也被杀死了。甘延寿和陈汤把郅支城里的金银财宝和牲口等都拿出来,分别送给一起围攻郅支城的十五个国王和他们的将士。他们全都欢天喜地地回到本国去了。

郅支单于一死,呼韩邪单于的匈奴王位可以坐定了。他在公元前33年,再一次亲自到长安来,要求和汉朝结亲。汉元帝也愿意同匈奴和亲,就答应了。他吩咐大臣到后宫去传话:"谁愿意到匈奴去的,皇上就把她当作公主看待。"

后宫的宫女都是从民间选来的,她们好像关在笼子里的鸟儿,永远没有飞的份儿。能够出去嫁人的话,就是嫁给一个平民也够称心了。可是要她们离开本国到匈奴去，谁都不乐意。其中有个宫女叫王嫱（qiáng），又叫王昭君，很有见识。为了两国的和好，她向上报名，愿意到匈奴去。

管这件事的大臣正为了没有人应征而着急，难得王昭君肯去，就把她报了上去。汉元帝就吩咐几个专门办理喜事的臣下，准备嫁妆，择个日子，给呼韩邪单于成亲。

到了娶亲那一天，呼韩邪单于瞧王昭君年轻貌美，从心眼儿里感激汉元帝。不说别的，那份嫁妆已经够叫他高兴了。光是绸缎布帛一项，就有一万八千匹，丝绵一万六千斤。从汉朝方面说，只要匈奴不来侵犯，使边界上和临近的居民能够不受到抢劫和屠杀，已经够称心了。现在呼韩邪单于一心跟汉朝和好，从此不再来侵犯，汉朝怎么样优待他也都乐意。因此，在呼韩邪单于夫妇离开长安那一天，汉元帝在宫廷里举行一个盛大的宴会欢送他们。

王昭君到了匈奴，住在塞外（塞 sài，就是有防御工事的边界），从此见不到父母之邦，心里不免难受。可是匈奴人都喜欢她，尊敬她，她慢慢儿也就生活惯了。打这以后，匈奴和汉朝和睦相处，六十多年没有打仗。

公元前33年，汉元帝死了。太子刘骜即位，就是汉成帝。汉成帝立母亲王政君为皇太后，拜大舅王凤为大司马大将军，二舅王崇为安成侯，还有五个小舅舅都封了侯。外戚王家从此掌握了朝廷的大权。

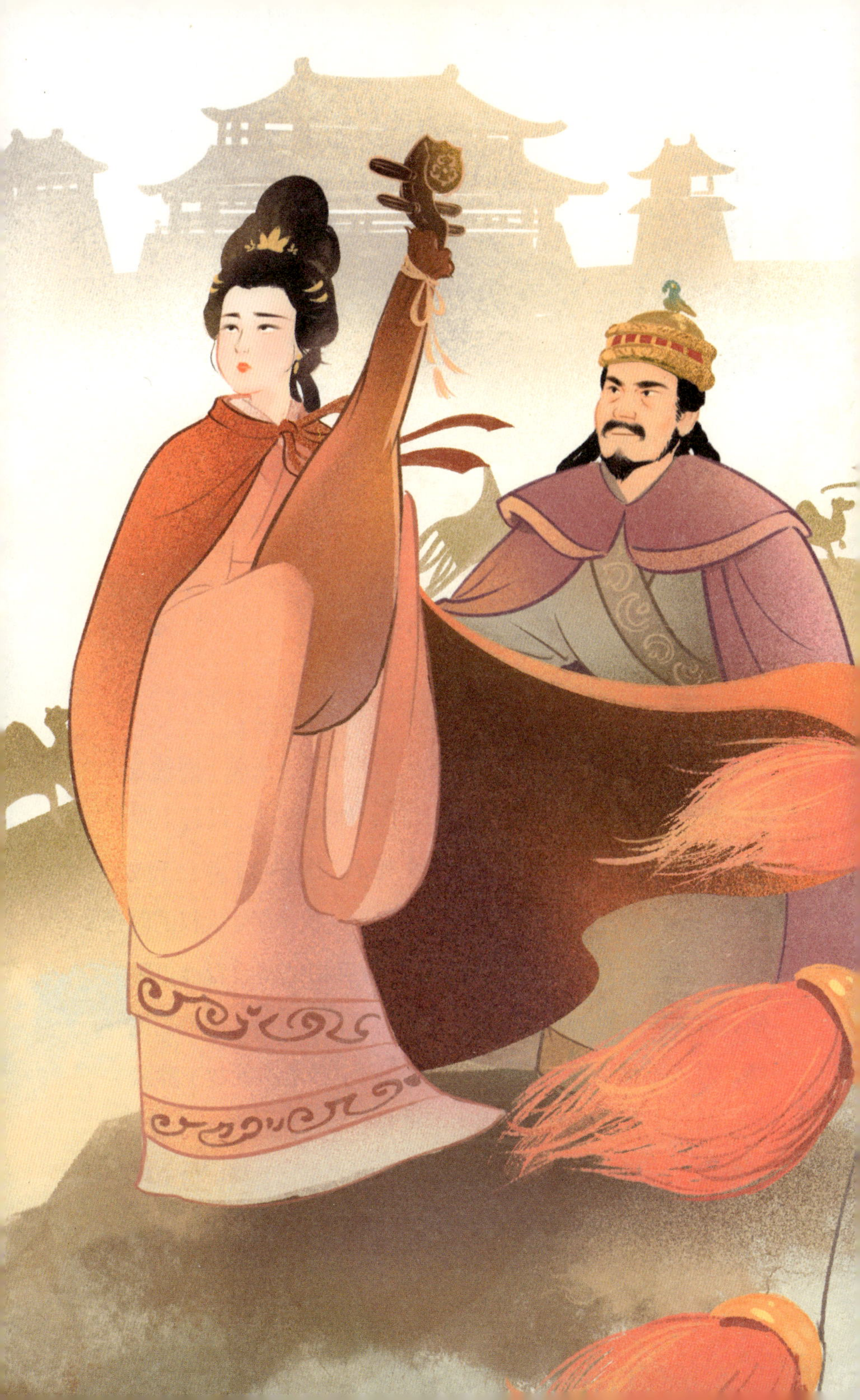

王莽称帝

皇太后王政君有八个弟兄,大哥叫王凤,王凤下面就是她。二兄弟叫王曼,生了两个儿子,他死得早,没赶上封侯。王曼的大儿子结婚以后没多久死了,次子叫王莽。王政君是王莽的姑母。王凤做大司马大将军,执掌朝廷大权的时候,王莽的叔叔和叔伯兄弟们都好像互相比赛着看谁更骄横、更奢侈似的。王莽因为父亲死得早,没有势力跟他们比赛,对人不那么霸道。人们都说王家子弟当中就数王莽最好。朝廷上有名望的大臣也上书称赞王莽。汉成帝就封他为新都侯,叫他做大官。王莽做了官,对人更加恭敬,做事特别谨慎,越来越得人心。

大司马王凤死了以后，他的两个兄弟前后做了大司马。后来汉成帝见王莽能力强，就拜王莽为大司马，叫他掌握朝廷大权。王莽用心搜罗天下人才。远远近近一些知名人士来投奔他的，他都收用。

公元前7年，汉成帝死了，新君刘欣即位，就是汉哀帝。汉哀帝尊皇太后王政君为太皇太后。汉哀帝身体不好，只做了六年皇帝就死了。他没有儿子，王莽和别的大臣们立了他的堂兄弟刘衎（kàn）为新君，就是汉平帝。汉平帝才九岁，懂得什么呐？这么着，太皇太后王政君替他临朝，可是她已经七十多岁了，国家大事全由大司马王莽做主。

王莽掌握了大权。他手下的人都说王莽是安定汉朝的大功臣，一致请太皇太后加封他为"安汉公"。太皇太后一一照准。不想王莽怎么也不接受封号和封地，还告了病假，躺在床上不肯起来。大臣们一面联名请求太皇太后一定要封王莽，一面都去劝王莽上朝。太皇太后又下了一道诏书，封王莽为太傅，尊为安汉公，加封两万八千户。王莽接受了封号，可还是把封地退还了。

公元2年（以后公元几年，都是公元后几年的意思），中原发生了旱灾和蝗灾，公家要粮要税还逼得很紧，全国又骚动起来了。为了缓和老百姓对朝廷和官吏的愤恨，王莽向太皇太后建议节约粮食和布帛，公家的伙食和衣服也都得节省一些。为了向全国将近六千万人表示关心，王莽自己一家先吃起素来。他一下子拿出一百万钱,三十顷地,当作救济灾民的费用。他一带头,贵族、大臣当中就有二百三十人也只好拿出一些土地和房子来。这么一来,王莽的名声就更大了。

到了公元3年,汉平帝十二岁。王莽请太皇太后给汉平帝定亲。太皇太后选定了王莽的女儿,准备第二年给汉平帝完婚。王莽又推让一番,太皇太后和大臣们怎么也不依,他也就同意了。

王莽自己以外戚的身份掌握了大权,怕汉平帝的母亲一家也参与朝政,分了他的权力,就封汉平帝的母亲卫姬为中山王后,叫她留在中山,不准到京师来。有个大臣上书给王莽,大意说,皇上还是个小孩子,谁能像母亲那样照顾他呐?卫姬只生这么一个儿子,儿子做了皇帝,把她接到宫里来,让他们母子相会,也是符合孝道,只要不让她参与朝政就是了。王莽马上把那个上书的大臣革了职,以后谁也不敢说了。

王莽的大儿子叫王宇,他怕将来汉平帝长大了,一定怨恨王家,就跟他老师吴章和大舅子吕宽商量,怎么去劝告父亲。吴章说:"你父亲十分固执,光说说不顶事。可是他迷信鬼神,咱们就在夜里把猪羊狗血泼在他的门上,吓唬他。他必然起疑。要是他向我问起,我就可以借着缘由劝告他了。"王宇、吕宽都认为不妨试一试。

当天晚上，吕宽把猪羊狗血泼在王莽家的门上。没想到被看门的瞧见了，向王莽报告。王莽就把吕宽逮去，拷问他说出主使的人来。吕宽以为王宇是王莽的亲生儿子，在门口洒上些血也不致判成死罪，就招认了。

王莽借着这个机会要消灭反对他的人，就逼着儿子王宇自杀，把吴章、吕宽定了死罪，杀了。这还不算，他一不做，二不休，干脆把卫姬的一家，除了卫姬外，灭了族，又把大臣中反对他的人都牵到里面，里里外外杀了好几百人。这一来，王莽的权势没人能比了。

过了年，十三岁的汉平帝做了小女婿，愣头磕脑地成了亲，王莽的女儿被立为皇后，王莽做了国丈。他掌了大权，太皇太后以下，大多都说他好，说他真能"谦恭下士"（虚心对待人士），又能"大义灭亲"，他的功德只有古代的伊尹（yī yǐn）和周公才可以相比。这样的功臣应当大大加封。太皇太后答应了，要把新野的土地二万五千六百顷赏给他，可是王莽又推辞了。

王莽派王恽（yùn）等八个大臣分头到各地去了解风土人情，收集民间的意见。他们一下去就到处宣扬王莽不肯接受新野土地这件事情。小地主们和农民都恨透了兼并土地的豪强，一听到王莽连两三百万亩的土地都不要，说他真是个了不起的大好人。可是王莽越是不肯受封，人家就越要太皇太后封他。朝廷上的大臣和地方上的官吏纷纷上书要求加封安汉公。据说前后上书的一共有四十八万七千五百七十二人。诸侯、王公、列侯、宗室等好多人还到太皇太后面前磕头，说："要是不快点拿最高的荣誉赐给安汉公，天下的人都不答应了。"

刘家皇族里有个泉陵侯刘庆，他上书给太皇太后，说："周成王小时候，全由周公代理；现在皇上还很年轻，应当请安汉公执行天子的职权。"太皇太后叫大臣们去商议。大臣们都说："应当照刘庆的话去做。"王莽就真像周公那样做了汉平帝的代理人。

王莽派出去了解风土人情的八个人都回来了。他们写了各种各样歌颂王莽的诗歌，一共有三万多字，说这些都是从老百姓那儿采集来的歌谣。这些诗歌差不多篇篇都是用好字眼儿写成的，不是说国泰民安、五谷丰登，就是说人民安居乐业、没病没灾。这些全靠安汉公的洪福，足见全国人民都拥护王莽。王莽很得意，当下把王恽他们八个人都封为列侯。

别人越是歌颂王莽，汉平帝越觉得王莽可怕、可恨。母亲不能到京师里来团聚，不必说了，王莽还把他舅舅一家杀光，连他们的亲戚朋友也都遭了祸，不是被杀就是充军。汉平帝免不了在背地里说些抱怨的话。宫里上下都是王莽的人，他们向王莽报告。王莽可冒了火儿，他想："小小年纪竟敢口出怨言，将来长大了，那还了得？"

那年（公元5年）年末，有一天，大臣们欢聚一堂，给汉平帝上寿。王莽亲自献上一杯椒酒。汉平帝接过来喝了。第二天，宫里传出话来，说汉平帝患了重病。王莽连忙求告老天爷，说情愿自己死，可别让皇上遭遇不幸。他依照从前周公替武王祈祷的故事，把自己愿意代死的祷文封在匣子里，很郑重地把匣子放在前殿，还嘱咐大臣们别传出去，表示他忠于皇上，愿意暗暗地替他死。没几天工夫，汉平帝死了，只做了五年皇帝。王莽哭了一场，下令天下官吏六百石（相当于县一级的官）以上的都戴孝三年。

汉平帝死的时候才十四岁，自然没有儿子。就是汉元帝也绝了后。可是汉宣帝曾孙倒很多，封王的有五个，封列侯的有四十八个，一共五十三人。王莽因为他们都长大了，不好指挥，就挑选了汉宣帝的一个玄孙（孙子的儿子叫曾孙，曾孙的儿子叫玄孙），叫刘婴，才两岁，立为皇太子，又叫孺子婴。尊汉平帝的皇后（王莽的女儿）为皇太后。汉高祖刘邦打下来的刘家天下，眼看着要落在王莽手里了。

安众侯（安众是汉朝的侯国，在现在的河南省邓州市东）刘崇首先起来反对。他对自己的心腹张绍说："王莽准会篡位，可是谁也不敢起来反对。这是我们刘家的羞耻。我先发动起来，全国的人一定会帮助我的。"张绍帮着他召集了一百多个部下，就这么冒冒失失地进攻宛城。宛城有几千名士兵守着。两下一交战，刘崇的兵马就垮了。刘崇和张绍死在乱军之中。刘崇的伯父和张绍的叔伯兄弟恐怕王莽追究，自动到了长安，请王莽办他们的罪。王莽为了安定人心，把他们都免了罪。

大臣们又商议了一下，向太皇太后建议说："刘崇他们谋反是因为安汉公的权还太小，地位也还不够高。为了便于统治天下，安汉公应当有个更合适的名称。"太皇太后王政君就下了一道诏书，称王莽为"假皇帝"（假，是代理的意思，不是真假的假）。想不到第二年秋天，东郡太守翟义又起兵了。他约会了皇族里的一些人，立东平王的儿子刘信（汉宣帝的玄孙）为天子，自己称为"大司马、柱天大将军"，号召天下说："王莽毒死汉平帝，要夺刘家的天下。现在已经有了天子了，大家应当起来去征伐王莽。"刘信、翟义他们从东郡出发，到了山阳（郡名，在今山东省金乡县西北），已经有了十几万人马了。

警报到了长安，王莽抱着三岁的孺子婴，日日夜夜在庙里祈祷，还通告天下，说他只是代行职权，这个职权是要还给孺子婴的。可是不管他怎么说，刘信、翟义的大军已经向长安打过来了。王莽就派孙建、王邑等七个将军带着关东的兵马去对付翟义他们。

正在这个时候，长安西边有两个壮士，一个叫赵朋，一个叫霍鸿，他们眼看着王莽的大军往关东去了，长安空虚，就率领当地的农民起义。他们占领县城，火烧官府，沿路招收青年子弟。没有多少日子，赵朋、霍鸿他们有了十几万人了。因为他们接近长安，皇宫里都望得见西边的火光。王莽拜王奇、王级为将军，发兵去镇压赵朋他们。

孙建他们率领大军到了陈留，杀败了翟义、刘信，又去帮助王奇、王级的军队。赵朋、霍鸿他们勉强支撑到年底，到了第二年春天，也被压下去了。

满朝文武百官都想做开国元勋，王莽也觉得假皇帝管不了天下，还不如做个真皇帝呢。当时就有一批凑热闹的人，纷纷地报告"天帝的命令"，什么"王莽是真命天子"的图书也发现了，"汉高祖让位给王莽"的铜箱也在高帝庙里发现了。一向以推让出名的王莽这会儿不再推让了。公元9年春天，王莽决定把汉朝改为"新"朝，自己称为"新皇帝"，废孺子婴为定安公。王政君这才后悔，大骂王莽篡位，可她有什么法子呐？西汉从汉高祖到汉平帝一共十二个皇帝，二百一十四年的天下到这儿就亡了。

绿林好汉

公元 9 年，汉朝的大臣王莽改汉朝为"新朝"，自己做了皇帝。他一心要把汉朝的制度改革改革。怎么改呐？照他的想法，以前的周朝就比秦汉好，他要按照古代的办法改革一番。这就奇了。改革，一般总是向前看，把旧的改为新的，使社会越来越进步，那才是道理，哪能往后倒退呐？王莽可不管社会的发展和老百姓的需要，一心要恢复古代的制度。这哪儿能不失败呢？

王莽复古改制的一件大事是把天下的田地改为"王田"，归朝廷所有，不准私人买卖；还叫田多的富户把多余的田交给无田人去种。这就引起了豪门、地主、贵族的反对。王莽把"王田"一下子交给农民去种，可农民一向受着沉重的剥削。他们没有农具，没有牲口，没有本钱，怎么能把硬派给他们的"王田"种好呐？结果，农业生产还不如以前了。王莽只好又下一道命令："王田"又可以买卖了。他自己打自己的嘴巴，弄得威信扫地。国内人心不安，生产受到损失。

王莽还想显显自己的本事，显显新朝的威力，就招募了三十万人马去打匈奴。名义上是招募，实际上是拉夫（强迫做工）。为了打仗，还得向老百姓征军粮、征牲口。谁要是稍慢一步，就拿来办罪，动不动就处死刑或者没收为官奴。老百姓给闹得实在没法活，只有起来反抗。这么着，天下就大乱了。

西北边境五原（在今内蒙古自治区西部）、代郡（在今河北省、山西省北部）接近匈奴这一带的老百姓，捐税和官差的负担特别重。他们活不下去，首先就造了反。接着，东方和南方也都有大批农民起来反抗官府。

公元 17 年，荆州（今湖北省中南部一带）闹饥荒，野菜都被挖光了。有人在城外挖到了一些野荸荠（bí qi），消息一传开，人们成群结队地都赶到那边去。开头还各挖各的，后来互相争夺地界，就打起架来。有几个老年人出来劝架，反倒挨了几拳。他们赶紧请出两个人来调解。

这两个都是新市（在今湖北省京山市）人，一个叫王匡，一个叫王凤。他们在当地农民当中威信很高，谁都乐意听他们的。他俩一露面,大伙儿都安静了,围了上来,那些打架的人也住了手,请他们评个理儿。

王凤维持秩序,叫王匡给打架的人排解排解。王匡站在土岗子上挥着手,提高了嗓门儿对大伙儿说:"乡亲们,为了挖这么一点儿野荸荠,自个儿跟自个儿打架,太不值了。就靠这点儿东西,今儿填了肚子,明儿怎么办呐?咱们还是合计合计,找条活路才好哇!"

大伙儿嚷嚷着:"对呀!找条活路才好哇!"有的说:"王大哥,您说吧,咱们听您的!"王匡接着说:"是谁害得咱们没有饭吃?是谁把咱们的粮食全搜刮去了?就是那些做官的!打开粮仓,就有饭吃,大伙儿说对不对?"

"对呀!打开粮仓,就有饭吃!干吧!"他们就公推王匡、王凤为首领,一下子跟他们的就有好几百人。一场农民起义就这么闹起来了。这支农民起义军在王匡、王凤的带领下,抢了一些粮食,占领了一个山头,叫绿林山(在今湖北省当阳市)。打这儿起,他们上打官府,下打恶霸,劫富救贫,除暴安良,没几个月工夫,就有了七八千人。后世的人就称他们为"绿林好汉"。

绿林好汉在荆州打出了名,南方的另外几支农民起义军,像南郡(在今湖北省江陵县)的张霸、江夏(在今湖北省黄冈市西北)的羊牧,各有一万来人,也都和他们互相联络,彼此接应,声势就更大了。

农民起义的消息传到了长安,王莽忙召集大臣们,问他们怎么办。大臣当中奉承王莽的人多。他们说:"皇上不必操心,这些人既然活得不耐烦,发大军去把他们剿灭,不就结了吗?"王莽理着胡子,点点头。可有个将军站出来说:"这不行啊,千万不能发兵去打老百姓!"王莽一看,原来是左将军公孙禄,就皱着眉头问他:"为什么不行?"

公孙禄说:"大臣当中有不少人报喜不报忧,所以下情不能上达。他们有意蒙蔽皇上,有的乱划田地,叫农民没法耕种;有的不顾老百姓的痛苦,只知道加重捐税。百姓造反,罪在官吏。只要皇上惩办这些贪污的官吏,向天下赔不是,再派贤良的大臣去安抚全国,国内就能够安定下来。还有,进攻匈奴的军队应当赶快撤回来,再跟匈奴讲和。从今天的形势来看,可忧虑的不是塞外的匈奴,而在中原!"

王莽只准别人顺着他说话,公孙禄那样顶撞他,他一听就有气。他叫卫士们把公孙禄轰了出去。接着,他下了命令,吩咐荆州的长官快去剿灭绿林军。荆州的长官不敢怠慢,马上召集了两万官兵,浩浩荡荡杀奔绿林而来。

绿林的首领们立刻带领着弟兄们迎了上去。跟大队的官兵交战,他们还是第一次。官兵一向欺压老百姓,要打就打,要杀就杀,反正他们手里有刀,老百姓没有刀。没想到,绿林好汉跟他们拼起命来,越打越精神。官兵招架不住,开头还慢慢地后退,后来连爬带滚,四散逃跑,还死伤了好几千人。兵器和粮草扔得沿路都是。

王匡、王凤趁着机会，带着大家伙儿攻进竟陵（在今湖北省天门市）、安陆（在今湖北省安陆市西北）两个城。绿林军打开监狱，放出囚犯；打开粮仓，把粮食分了一些给城里的贫民，把大部分都搬上了绿林山。他们回到绿林，一清点，人数增加到五万多。王匡和王凤就合计着，要再打些大仗，给王莽些厉害瞧瞧。

想不到第二年（公元22年），绿林一带发生了疫病，一天当中就死了几百人，两个月下来，五万人死了快一半。王匡、王凤看着待不下去了，只好把其余的人分成几路，离开了绿林山。其中一路占领了南阳（在今河南省西南部），称为"新市兵"；一路占领了南郡，称为"下江兵"；一路占领了平林（在今湖北省随州市东北），称为"平林兵"。这三路起义军，还统称"绿林军"。

平林有个避难的原汉室贵族子弟，叫刘玄。王莽篡位以后，他隐姓埋名，藏在了他姥姥家。这会儿，听说农民们起来反抗官府了，想着自己这么躲躲藏藏，总不是个了局，就投奔了绿林的"平林兵"，还当了一名首领。

这时候，不光是荆州一个地方，东方、西北、北方的老百姓也纷纷起义，弄得王莽应付不了啦。

赤眉起义

东方的琅邪（yá）郡海曲县（在今山东省日照市）有个公差，叫吕育。他没依着县官的命令去打那些交不出捐税的穷哥们儿。县长硬说他勾结刁民，反抗官府，把他办成死罪，杀了。这就激起了公愤。吕育的妈妈挺有魄力，她拿出家产，召集了一百多个穷苦农民，要替她儿子报仇。她在家乡造了一个高台，把大家聚在一起，然后攻进县城，杀了那个县官。官军赶来镇压，她又带着手下来到黄海上的一个小岛上，占据了那里，瞅着机会就上岸去攻打官府，打开监狱，打开粮仓。等到大队的官兵赶到那儿的时候，他们早就下了海了。吕妈妈的名声越来越大，没多少日子，跟着吕妈妈的就有了一万多人。吕母是历史上最早的一个起义女头领，后来人们把她起义的那个高台叫作"吕母崮"。

第二年（公元18年），莒县（在今山东省；莒 jǔ）又出现了一支农民起义军，首领名叫樊崇。莒县官兵多，防守严，樊崇他们没能打进去。他们就以泰山为根据地，在青州和徐州之间来回打击官府。不到一年工夫，各地投奔樊崇的就有一万多人。后来，吕妈妈害病死了，她手下的一万多人都上了泰山，归附樊崇。这支起义军的声势也大了起来。

樊崇的起义军越闹越强，让王莽几年都过不安生。王莽就派大将景尚带兵去围剿，没想到打了个大败仗，连景尚也叫起义军给杀了。

王莽得到消息，眼睛往上一翻，差点儿背过气去。他对太师王匡（和绿林起义军的首领王匡是同名同姓的另一个人）说："荆州的盗贼还没消灭，琅邪的盗贼又起来了，不给他们点儿严厉的，那还了得！"太师王匡说："只要集中兵马，先打一头，看他们活得了活不了。"王莽很赞成先打一头的打法，说："好，你先去剿灭琅邪的盗贼。要多带兵马，两万不够，五万；五万不够，十万。"他就派太师王匡亲自出马，再派更始将军廉丹当副手，率领十万大军，浩浩荡荡地又去围剿樊崇军。

樊崇他们听到了风声，也做好了准备，打算跟官兵大战一场。他们怕打起仗来，人马混杂，自己人不认识自己人，就想了一个办法，叫起义的士兵都在眉毛上涂上红颜色，一来作为记号，二来也好显出起义军的威严，吓唬敌人。为了这个缘故，这支东方起义军就得了个外号，叫"赤眉"。

赤眉军只是反抗官府，不伤害老百姓。他们立了两条公约：第一条，杀害老百姓的定死罪；第二条，打伤老百姓的受责打。赤眉军将士很守纪律，真的到了哪儿，哪儿的老百姓都欢迎。太师王匡和更始将军廉丹的官兵正好相反，他们别的本领没有，欺压老百姓可到了家了。他们沿路奸淫掳掠，无恶不作。老百姓恨他们，编了顺口溜说：

宁可碰到赤眉，
不要碰到太师；
碰到太师已经糟糕，
碰到更始性命难保。

赤眉军打仗不怕死，纪律又好，老百姓向着他们。这么一来，他们的人数比官兵少，武器差，力量可比官兵大。开头的时候，廉丹还占上风，打了几次胜仗，以后越打越不行。他们跟赤眉军在须昌（在今山东省东平县）大战一场。太师王匡亲自出马，想一下子消灭对手。可他做梦也没想到，涂着红眉毛的庄稼人还敢跟他对敌，竟把官兵团团包围住了。官兵不愿意为王莽拼命，赤眉军可拼着命攻上来了。

樊崇是个大力士,枪头"突突突"地对着太师王匡直扎过来,猛极了。太师王匡举起大刀朝樊崇的肩膀横劈过去,樊崇用枪一架,就震得他双手发麻。他心想:"哎呀,这么厉害!"拉转马头就往回逃。樊崇的枪头"突突突"地又直逼过来,太师王匡的大腿上给他扎了一枪。樊崇拔出枪来,准备再扎过去,太师王匡仗着马快,一眨眼儿跑远了。更始将军廉丹好不容易杀出重围,又碰上了一支农民军,末了儿,死在了乱军之中。

十万官兵,逃了太师,死了大将,没有个发号施令的将官,还卖什么命啊?有人一带头,官军乱哄哄地散了一大半,还有的干脆投降了赤眉军。这一仗,赤眉军越打越强,人数增加到十多万了。

兵荒马乱且不说,还到处都闹饥荒,关东又有不少人活活饿死了。逃荒的,逃难的,到处都是。听说京城长安有粮食,难民一批一批地往关中拥过去。守关的没法拦阻,慌忙往上报,说进关的难民有几十万。王莽只好下令开仓发粮,派官吏去救济难民。可是官吏们层层克扣(kè kòu),粮食哪会到得了难民嘴里呐?难民成千上万地饿死,长安街上每天都有路倒的。

消息传到王莽的耳朵里,他就把管理长安市政的王业叫来,问他:"听说有几十万难民进了关,我马上下令开仓救济,怎么到了今天还有人饿死?这是怎么回事?你是管理京城的朝廷命官,知道不知道?"王业心里早有了底儿,不慌不忙地说:"这些人都是流氓,不是真正的难民。"他拿了些从菜馆子里买来的米饭和肉羹(gēng)给王莽看,对王莽说:"这是他们吃的东西,不太坏吧!"

王莽不相信,吩咐左右再拿些难民的伙食让他看个清楚。这管什么用啊?底下的人早布置好了,叫他不能不信。他透了一口气,说:"这些人吃得这么好,怎么能是难民呐?"经过这样一番"调查",他放了心,就派使者分头去催促各路官兵加紧围剿,一定要消灭绿林和赤眉。

绿林军在荆州,赤眉军在东海,打败了王莽的两路大军。别的地方的起义农民听到消息,都来了劲儿,更加活跃起来,单是黄河两岸,就有大小起义军几十路。其中声势最大的,要数河北的铜马军(铜马,地名,在今河北省巨鹿县)。可是这些地方的起义军彼此没有联络,都自个儿打自个儿的,虽然人数不少,可成不了大气候。

在农民纷纷造反的当儿,有好些地方的大族人家、地主豪强,还有汉朝皇家的后代,也起来反对王莽了。这些人有势力,号召力也大,后来倒成了大气候。其中,在南阳的舂(chōng)陵县,有一家刘家宗室的子孙,发动起来以后,很快就扩大了势力。

刘氏举兵

南阳舂陵县住着汉朝的一个远房宗室叫刘钦。按辈分,他是汉高祖刘邦的八世孙。他有三个儿子,老大叫刘縯(yǎn),老二叫刘仲,老三叫刘秀,都是汉高祖的九世孙。他们一直痛恨王莽篡位,老想恢复刘家汉朝的天下。大哥刘縯性情刚强,敢说敢做;小兄弟刘秀生性谨慎,态度沉着。刘縯老讽刺弟弟刘秀,笑他没有多大出息。刘秀听了也无所谓。他觉得要成大事,非得跟那些当官的结交一下。长大以后,他就到了长安,进了太学,拜了老师,结识了一些名人。后来从太学回来,他做起粮食买卖,成了个大商人。

有一天,刘秀运着一些谷子到宛县(在今河南省南阳市)去卖,在街上碰到了好朋友李通和李轶(yì)。李通和李轶把刘秀请到家里,跟他说:"现在四方乱糟糟的,王莽眼看着不行了,咱们南阳地方就数你们哥儿俩最能干,你们又是大汉宗室,何不趁此机会,召集人马,夺取天下,也好恢复汉室啊。"刘秀一听,正合了自己的心愿。三个人谈得挺对劲儿,就约定在南阳发兵起义。

李通在宛县很有势力,召集几百个人并不困难。李轶就叫李通留在宛县,自己跟着刘秀到舂陵去见刘縯。

刘縯听他俩一说,哪有不赞成的呐?有了李通和李轶两人做助手,他就召集了一百来个豪强,对他们说:"王莽暴虐,老百姓都起兵了。这是上天叫新朝灭亡的时候,也是我们平定天下,恢复高帝事业的时候了。"大伙儿都很赞成,马上分头到附近的各县去发动自己的亲戚朋友,一同起兵。

刘縯在舂陵公开号召南阳豪强们起兵反抗王莽。有几家害怕了,有的干脆躲着他,还说:"造反可不是闹着玩儿的。跟着刘縯莽里莽撞地出去,豁出一条命还是小事,弄不好了还得灭门呐!"可是后来他们瞧见那个一向小心谨慎的刘秀也穿上军装,拿着刀,什么都不怕的样子,不由得改变了主意,一下子就来了七八千人,就等着李通那一边的人到这儿来会齐了。

等了几天,李通那边还没有人来,刘縯只好派人去打听。派去的那个人到了宛县城里,在大街上就听见有人喊喊喳喳地议论。他挤在中间探问了一下，才知道李通还没发动，就给官府发觉了。李通逃了，李家一门来不及逃的全都被抓了去，一共死了六十四个人。

李通那一头吹了，刘縯这儿只有七八千人，成不了大事。正好绿林军的新市兵和平林兵已经到了南阳。刘縯就派人去见新市兵的首领王凤和平林兵的首领陈牧，劝他们共同行动，一起去进攻长聚（地名）。王凤他们同意了。这么着，南阳的人马就跟绿林合伙，三路人马联合起来往西打去。这第一仗，旗开得胜，长聚打下来了。接着，他们又打下了棘阳（在今河南省南阳市南），就把军队驻扎下来。

刘縯又打算进攻宛县，半道上碰上了王莽的大将甄阜和梁丘赐的大军。刘縯他们都是步兵，连刀枪也不齐全，简直没法对打。这第二仗，南阳兵败了，还败得挺惨，只得退到棘阳，守在那儿。甄阜和梁丘赐不肯放松，把粮食和军用物资留在蓝乡（在今河南省新野县东），率领着十万大军过了沘水（就是泌阳河），把桥都毁了，还放出话来，不消灭"绿林盗贼"，决不回头。

新市兵和平林兵的两个首领来见刘縯和刘秀。他们说："甄阜和梁丘赐有十万兵马，叫咱们怎么抵挡得了？还不如扔了棘阳，暂时退到别处去吧！"刘縯嘴上叫他们不要怕，心里可也挺着急的。正在为难的时候，忽然进来一个人，说："下江兵到了宜秋（在今河南省唐河县东南）。大家联合起来,一定能够打败敌人。"刘縯哥儿俩一看,原来是李通。刘秀高兴地说:"这就好了!你怎么到了这儿?"李通说:"我从家里逃出来,四处奔波。听说你们在这儿很为难,棘阳也许守不住,刚巧下江兵到了宜秋,我才赶来报信。下江兵的首领王常挺了不起,你们去请他帮助,他准肯出力。"

刘縯高兴极了,马上带着刘秀和李通,亲自跑到宜秋去见王常。刘縯跟他说明两路人马联合起来的好处。王常挺痛快地说:"王莽已经失了民心,打他没说的。现在你们起来,我愿意做个助手。"刘縯说:"如果大事成功了,难道我刘家会独享富贵吗?"刘縯跟王常当下就订了盟约。

王常送走了刘縯他们,回来就把这件事跟另外两个首领成丹和张卬(áng)说了一遍。成丹和张卬不大同意,说:"大丈夫起兵,就该自己做主,何必去依靠别人,受人家的节制?"可是,他们一向佩服王常,王常愿意联合,他们最后还是听了他的话。打这儿起,农民起义军跟刘縯、刘秀他们就合在一起了。

王常、成丹、张卬他们带着下江兵赶到棘阳,跟南阳兵、新市兵、平林兵会合,准备跟甄阜他们干一下子。刘縯跟各路将士订了盟约,大摆酒席,休息三天。到了年末那天,刘縯提出他的作战计划,说就在当天晚上先去袭击蓝乡,断了官兵的粮草。

把守蓝乡的官兵怎么也不会想到蓝乡会遭到袭击,他们大吃大喝地过除夕。大伙儿都醉了，睡得死死的。半夜里，人家已经偷偷地到了跟前，他们还没醒。四路起义人马杀散了蓝乡的士兵，把甄阜、梁丘赐留在那儿的粮草能搬的都搬到棘阳去，来不及搬的，放一把火，全都烧了。

第二天就是元旦，起义军又去进攻沘水。沘水那边，甄阜和梁丘赐听说丢了蓝乡，早就慌了神儿，想不到起义军这么快已经到了跟前。大伙儿手忙脚乱地抵挡了一阵，死的死，逃的逃，甄阜和梁丘赐都被杀了，士兵损失了两万多。王莽另一路大军赶来救援，也被打得一败涂地。起义军趁势把宛县团团围住。

这时候，四路人马合起来已经有十多万人，该有个最高首领，才能够统一号令。四路起义军的首领们这就商量开了。贵族出身的一些将士利用农民的正统观念，提出了一个口号，叫"人心思汉"，就是人们思念汉朝的意思。他们说："人心思汉，已经不是一天两天了，必须立个姓刘的人做皇帝，才符合人们的愿望，才能号召天下。"可是军队里姓刘的人多着呐，立哪一个好呐？南阳兵和下江兵的首领王常主张立刘縯。可是新市兵和平林兵的首领不愿意，他们怕刘縯的势力太大，主张立没有实权的刘玄，连下江兵的张印也同意。最后，立刘玄这一派占了多数。

刘縯心里不服气，可他的兵力不够，只好绕着弯儿反对。他说："诸君要立汉朝的后代，我们刘家的子孙万分感激。现在赤眉军也有十多万人在青州和徐州，要是他们听到南阳立了个宗室做皇帝，自己也立个宗室做皇帝，那怎么办呐？王莽还没消灭，宗室跟宗室倒先对立起来，叫天下人怀疑，又削弱了自己的力量。咱们不如先立个王。有了王，也可以统一号令了。如果赤眉立了个贤明的天子，咱们就去归附他，他决不会废去咱们的爵位；要是他们没立，咱们先消灭了王莽，再回到东边去收服赤眉。到那时候再立天子，也不晚呐。"

听刘縯这么一说，别人谁也不吭声。张卬拔出宝剑来往地下一剁，大声地说："三心二意的，不能成大事。今天已经这么决定了，不应该再有第二句话！"刘縯不敢再反对。这么着，当时就决定立刘玄为皇帝。

公元23年初春，在淯水（就是现在河南省的白河）举行了皇帝登基仪式，改元为"更始"。更始皇帝刘玄拜王匡、王凤为"上公"，朱鲔（wěi）为"大司马"，刘縯为"大司徒"，陈牧为"大司空"（大司马、大司徒、大司空就是以前的太尉、丞相、御史大夫，总称"三公"；三公之上还有个名位更高、没有实权的"上公"）。刘秀为"太常偏将军"，其余的将士各有各的职位。打这儿起，绿林起义军就称为"汉军"。汉军的大权掌握在新市和平林将士们的手里，这让舂陵的刘家军很失望。他们表面上不说什么，心里已另有打算了。

昆阳大战

更始皇帝刘玄派王凤、王常、刘秀他们去进攻昆阳（在今河南省叶县），派刘䌹再去围攻宛县。镇守宛县的将军叫岑（cén）彭，十分厉害，刘䌹一时间没法儿打进去。昆阳兵力薄弱，很快就被王凤、王常、刘秀他们打下来了。接着，他们又打下了邻近的定陵（在今河南省漯河市郾城区西北）和郾城（就是郾城区）两个县。

王莽听到汉军立刘玄为皇帝，又打下了昆阳，围攻宛县，急得坐也不是，站也不是，可还装作满不在乎的样子。就在这么紧急的时候，他还搜罗天下美女，娶个小姑娘做皇后。王莽已经六十八岁了，头发、胡子全都白了。他把头发和胡子染黑，又做了新郎，还在搜罗来的美女当中挑选不少人做妃子。后宫的大事办完了，他才派司徒王寻和司空王邑去各地征调兵马，到洛阳会齐，先去平定南阳这一头。王寻、王邑集合了四十二万人马，号称一百万，浩浩荡荡直奔昆阳。

　　守昆阳的汉军将士站在北门的城门楼子上往远处一望，只见没结没完的全是王莽的军队，有的人害怕了，准备散伙逃走。刘秀对他们说："这是最紧要的关头，必须顶住。咱们兵少粮少，全靠同心协力才行，要是见了敌人就散伙，那就什么都完了。大丈夫，英雄汉，万万不能灭自己的志气。"他把怎么到外面去调军队、怎么布阵怎么打，跟大伙儿说了一遍。将士们这才安定下来，愿意听他的指挥。昆阳城里当时只有八九千人，王寻、王邑的头一批人马就有十万。刘秀请王凤和王常只守不战。自己带着李轶他们十三个人骑上快马，趁着黑夜冲出南门，往定陵和郾城去调兵。他知道，昆阳城虽然不大，可城墙又高又结实，王寻、王邑一时打不进去。

　　这时候，刘縯已经把宛县打下来了，岑彭也投降过来。刘秀可还没得到信儿。他到了定陵和郾城，说要把这两个地方的兵马都调到昆阳去，暂时放弃这两个城。将士们一听，好多人可不大愿意。刘秀就对他们说："现在咱们到昆阳去，把所有的人马都用上，等打败了敌人，就可以立大功，成大事。要是让敌人打过来，咱们打了败仗，连命都保不住啦！

大丈夫做事，得站得高，看得远才行。"为了鼓舞士气，他虽然还没得到刘縯那边的信儿，却故意说："宛县已经打下了，大司徒的大军就快到了，你们还怕什么呐？"将士们这才勇气倍增，放弃了定陵和郾城，跟着刘秀直奔昆阳。

刘秀自己带着步兵和骑兵一千多人做先锋。到了离王寻、王邑的大营四五里的地方，他们布置了阵势。王寻和王邑出来一瞧，前面才这么一丁点儿人，就只派了几千士兵去对阵。刘秀骑着马，走在最前面。他看见敌军过来了，突然冲了过去，一连杀了几个敌兵。将士们见了，高兴得直蹦，来了劲头。他们说："刘将军先前碰到小队的敌人，好像胆儿挺小似的，今儿见了强大的敌人，就这么勇敢，真怪！他还打头呐！来呀，咱们大伙儿冲啊！"说着就杀了上去。

这一来，汉兵一个抵得上敌人十个。王寻、王邑的兵连着往后退。汉军赶上来，杀了上千的人。刘秀带着敢死队直冲过去，专打中军大营。王寻、王邑自己带着一万兵马跟刘秀的三千人交战，还真打不过，不一会儿就乱了队伍。各地征调来的兵马，各守各的阵营，互不相救。汉兵可是越打越有劲儿。王寻想显点本领，还要领头往前冲。汉兵知道他是大将，立刻把他围住，乱砍、乱刺，结果了他的性命。

王邑瞧见王寻被杀，心就慌了，忙着逃跑。城里王凤、王常他们一瞧城外打赢了，马上开了城门打出来。两面夹攻，喊声震动了天地。王莽的将士听到主将被杀，副将逃了,全都吓慌了神,乱奔乱跑,自相践踏,沿路一百多里地都有尸首倒着。汉军一通猛追。

汉军正杀得高兴,忽然瞧见一个怪人带着一群猛兽冲过来了。那个怪人叫巨毋霸,据说有一丈来高,身子像公牛那么粗。这么笨拙的巨人有什么用呐?他可有一种特别的本领,能够训练老虎、豹、犀牛、大象。王莽拜他为校尉,让他带着几只猛兽和一批扮作猛兽的士兵出来助威。汉兵哪儿见过虎豹出来打仗的,只好躲开了。

没想到六月的天气变化无常,突然"轰隆隆"一声响雷,接着,大豆似的雨点像天塌了似的往下直倒。那些身上涂着颜色扮作老虎和豹的士兵被浇得直打哆嗦,不但不往前冲,反倒窜到后面去了,巨毋霸也只好往后退。一群猛兽净向巨毋霸挤过去,挤得他立不住脚,仰面一倒,头重脚轻,就这么掉进河里,说什么也起不来了。

汉军一看可高兴了。他们认为这是天帮助他们消灭敌人,个顶个都生龙活虎似的直往前追。王莽的大军好像决了口子的大水向后倒去,把人都挤到河里,淹死了一万多人,连那些猛兽也都夹在里面。各地征调来的兵将也都四散逃跑了。

昆阳大战消灭了王莽的主力。这个消息传到各地,鼓舞了各地起义军。有不少人杀了当地的官员,自称为将军,用汉朝的年号,等待着刘家皇帝的命令。

可就在这个时候，刘家皇帝与刘家将军发生了矛盾。宛县和昆阳打了胜仗，刘縯哥儿俩的名声大了起来，更始皇帝刘玄对他们有点儿不放心，他们手下的人也不把刘玄放在眼里。有一个叫刘稷（jì）的，是刘縯的心腹，就这样说刘玄："他算老几？哪儿轮得到他？"话传到刘玄耳朵里，他就把刘稷拿下，说他违抗命令，定了死罪。刘縯得到消息，急忙跑来替刘稷争理，说得刘玄没主意了。站在一旁的朱鲔大喝一声说："刘稷违抗命令还不是刘縯主使的？他也不能免罪！"刘玄把脑袋一顿，使出了做皇帝的威风，下令把刘縯和刘稷一块儿都杀了。

　　刘秀这时候不在宛县。他听到哥哥被杀了，痛哭了一场，然后擦干眼泪跑到宛县来见刘玄，承认自己的不是，向刘玄表示忠心。人家问起昆阳大战的情形，他说："这全是靠皇上的洪福和将士们的功劳，我不过跟着大家沾了些光。"他也不给他哥哥穿孝，有说有笑的，完全像没事人一样。刘玄反倒觉得过意不去，拜他为破虏大将军，封为武信侯。

死守黄金

刘玄派上公王匡去进攻洛阳，大将军申屠建和李松去进攻武关（在今陕西省丹凤县）。王莽知道以后，急得要命。他合计一下，能打仗的一些将军大多还在塞外对付匈奴，一时撤不回来，留在国内的主力已经被汉军消灭了。主要的地盘只剩下长安和洛阳两个大城，这怎么能叫他不着急呐？他临时拜了几个将军，把囚犯都放出来当士兵，凑成了一支军队，往东去抵抗汉军。

这些临时凑起来的士兵都不肯替王莽卖命，刚一出发，有的就逃散了。剩下的好不容易到了战场，勉勉强强跟汉兵打了一仗，几个将军死的死，逃的逃，士兵大多数不愿打仗,都一哄而散。

弘农(在今河南省灵宝市北)郡长王宪看到王莽失了人心,早晚要完,干脆投降了汉军,做了一个校尉。他要带着人马去攻打长安。这一来,有不少豪强大族也都起兵,自称是汉朝的将军,跟着王宪去打长安。公元23年,他们到了长安城下,争着要进城去,有的就在城外放起火来。城外烧着大火,照到城里,城里也有人放起火来,火烧到了未央宫,众人闹闹嚷嚷地都拥了进去。王宪他们也进了宫,要杀王莽。新朝的王邑、王林、王巡这几个王家将带着宫里的士兵四面抵抗。

王莽知道自己的末日到了,就穿着皇帝的礼服,手里拿着一把短刀,坐在宣室前殿,死守着六十万斤黄金和别的珍宝,一动不动。朝廷上的公卿大臣跟他一起待着。王莽自己安慰自己说:"天理在我这儿,汉兵能把我怎么样?"别的人又是流泪,又是叹气,心里只想着:"什么天理不天理,能不死就好!"这么挨过了一个晚上。

第二天,火烧到前殿来了。外面喊杀声一阵高过一阵,很吓人。大臣们忙扶着王莽离开了六十万斤黄金,躲到太液池里的一座楼台上。那楼台叫"渐台",四面都是水,只有一座桥可通过去,火是烧不到这儿来的。在渐台陪着王莽的还有一千多人。

王邑、王林、王巡他们日夜不停抵抗,累得有气无力,手底下的士兵死的死，伤的伤，差不多全完了。王宪的兵将呼啦冲了进来。王邑他们听说王莽在渐台，就到水池子那边去保护他。可是士兵们没了，光杆儿将军双拳难敌对手。结果，他们全被杀了。

这时候，渐台周围全是人，里里外外围了好几层。台上的将士还往下射箭，大伙儿没法上去。直到台上的箭被射完了，下面的人才呐喊着拥上去。长枪、短刀、铁耙、木棍都使上，肉搏开始了。

太阳下山的时候，众人终于攻进了台上的内室，保护着王莽的几个大臣都死了。大家拥上去，咔嚓一刀，就把王莽杀了。王莽死的时候，头发和胡子都是半截黑半截白的。有个校尉割下王莽的脑袋，拿去向王宪报功。

王宪又找到了那颗镶了一只角的传国玉玺。他就不再做校尉，自封为"汉大将军"。拥到长安城里的几十万人没有头儿，一听说王宪是汉朝大将军，就都算是他的部下了。王宪的势力突然大了起来。王宪得意得没法提，他把自己的一部分士兵留在宫里作为卫队，吩咐别的将士和小兵都驻扎在外边。他拿着玉玺，穿上王莽穿过的龙袍，戴上王莽戴过的冠冕，用起了天子的旗子和车马，把王莽的后宫都收下来作为自己的后宫。他就这么得意忘形地做起皇帝梦来了。

过了两天，刘玄派来的将领申屠建和李松到了。他们听说玉玺在王宪那儿，就向他要，可他不肯给。

申屠建和李松查出来王宪使用天子的旗子和车马,就把他杀了,收了传国玉玺,然后向刘玄报告接收长安的情况。

刘玄觉得王莽一死,全国没有第二个皇帝,自己的江山可以坐定了。小小的宛县不能作为都城,他就打算迁都到长安去。这时候,王匡已经打下了洛阳,还把那个跟他同名同姓、伤了一条腿的太师王匡也杀了。刘玄手下的将士都是关东人,一听到洛阳也被打下了,那份高兴就不用提了。他们说:"长安太远,不如迁都到洛阳吧。"刘玄本来没有一定的主张,就听了将士们的话,决定迁都洛阳。可是洛阳刚打过仗,宫殿破坏得实在太厉害,得先修理一下才好。刘玄不敢重用刘秀,不想让他再去打仗立功,可这修理房子的琐碎事儿不妨让他去办。他就派刘秀为司隶校尉,带着一些人到洛阳去修理宫殿。

刘秀到了洛阳,还是像在宛县那样,做事很有精神,天天有说有笑的。可是到了晚上,他喜欢清静,一个人待在屋子里,不让别人进去,只有冯异是个例外。

这个冯异是父城(在今河南省宝丰县东)人,原是新朝的一个将军,很懂得兵法战策,替王莽管着五个县,还帮着父城县令守城。刘玄派刘秀来打父城,可冯异坚守着,没让他打进去。有一天,冯异出外巡视,不料被刘秀手下捉住。刘秀审问他,就觉得这个人老练沉着、文武全能,不同一般人。冯异也看出刘秀有心胸,志气远大,打心里佩服。后来他就归附了刘秀。刘秀看他能力出众,让他当了主簿(掌管文书,相当于秘书长),把他当作心腹。有一天,冯异发现刘秀的枕头湿了一大片,就猜出了刘秀的心事,一定是想他哥哥刘缜呐。他苦苦地劝告刘秀别太伤心。刘秀急忙摆摆手,对他说:"请你千万别说出去!"

王莽的新朝被推翻了,各地的人马互不相让,都说自己的功劳大,都想掌大权。他们互相攻打,各抢各的地盘,害得老百姓叫苦连天。这么乱糟糟的天下怎么能够统一起来呐?刘玄本来是个傀儡皇帝,也没有平定天下的才干。刘秀是他的臣下,无权无势,能干出什么大事来呐?正在这时候,有个太学生来找刘秀了,说愿意帮助他平定天下。这个太学生是谁呐?他真有这个本领吗?

豆粥麦饭

那个太学生名叫邓禹,南阳新野人。他跟刘秀在长安同过学,比刘秀小七岁。两个人挺合得来,成了知心朋友。邓禹听说刘秀在洛阳修理宫殿,就赶去找他。到了洛阳,才知道刘秀已经走了。

原来,刘玄要安抚河北的各路兵马,把这个差使交给了刘秀。刘秀就拿着大司马的节杖到河北去了。邓禹就沿路追上去,一直追到邺城(在今河南省临漳县西南),才追上刘秀。

同学好友见了面,那份高兴劲儿就不用提了。刘秀说:"老朋友跑了这么远的路赶来,为的什么呀?"邓禹说:"我想替您出点力,将来也好留个名。"刘秀就留着他在一间屋子里睡。邓禹挺正经地说:"现在山东还没安定下来,像赤眉那样各占地盘的多得很。刘玄庸庸碌碌,自己没有主张。他手底下的将士光知道贪图财帛,没有远大的志向。你这么下去,也成不了大事。依我说,不如搜罗人才,争取民心,创立高帝的事业。"刘秀一听,这话正说到了他的心眼儿里了。第二天,他就吩咐手下人称邓禹为邓将军,还叫邓禹跟他住在一个屋子里,有事情好一块儿商量。

他们两个的心思被另一个有心人琢磨出来了。那个人就是冯异。他也对刘秀说:"人心思汉已经不是一天了。现在刘玄的将士们乱打一气,老百姓很失望。一个人挨饿挨得久了,有点儿东西吃,就够满足的了。应当赶快派人分头到各地,去给老百姓申冤,还能宣扬汉家的恩德。"刘秀听了很同意,就让冯异他们到附近各县去考察官吏,安抚百姓,释放受冤的囚犯。他自己带着部下往北到了邯郸。

邯郸有个汉朝宗室的子弟叫刘林,他见到刘秀,向他献计说:"现在赤眉在河东(黄河东边)驻扎,只要掘开了河堤,把水灌到河东去,赤眉非淹死不可。"刘秀一想,掘开了河堤,老百姓不也得遭殃吗?用这种办法,怎么能夺取天下呐?就没去理他。过了几天,刘秀又带着人到真定(在今河北省正定县)去了。

刘林碰了一鼻子灰,越想越别扭,就打算自己起兵,干点大事。他找了一个算卦先生,叫王郎,请他算个卦,看是凶是吉。王郎看刘林噘着嘴,知道他有心事,就细细盘问起来。刘林把自己的打算说了出来。王郎说:"我有个主意。头些日子,长安有个人自称是汉成帝的儿子,名叫子舆,王莽说他是冒名顶替,把他杀了。你不妨冒充刘子舆,就可以号召天下了。"刘林说:"你自己去冒充不是一样吗?我来帮你登基。"王郎一听甭提多高兴了,连忙说:"行!咱们说在头里,有福同享,有祸同当。"这么着,两人就对天盟了誓。

刘林联络了一些人,打着刘子舆的幌子,没几天工夫,真召集了好几千人。他们就立王郎为天子,刘林为丞相,向邻近的州郡发了通告。赵国以北,辽东以西,许多州县都起来响应,王郎的势力就突然强大起来。刘林还出了十万户的赏格,要捉拿刘秀。

刘秀知道自己力量单薄,没法跟王郎拼,回去的道又被截断了,只好再往北走,到了蓟州(在今天津市蓟州区;蓟jì)。蓟州有个叫刘接的,他贪图那十万户的赏格,起兵响应王郎,要捉拿刘秀。刘秀他们慌慌忙忙跑出了南门,往饶阳(在今河北省饶阳县东南)方向走去。走到半路上,大伙儿都饿得肚子咕咕直叫。冯异向老百姓讨来半碗豆粥,送到刘秀跟前。刘秀捧起碗来,几口就吞下去了,好像从来没吃过这么香的东西。好不容易磨蹭到饶阳,大伙儿饿得头昏眼花,都支持不住了。

刘秀看到路边有一座传舍(就是驿站),有了主意,就叫大伙儿大模大样地走进去，冒充是王郎的使者，吩咐传舍里的官员赶快摆饭。饭摆上了，一瞧见有了吃的，大伙儿就抢开了。传舍里的官儿起了疑，心想："哪儿有这号使者？怕是冒充的吧？"他就一边敲鼓一边喊："邯郸将军到了。"大伙儿一听，脸都白了。刘秀一想，逃也逃不了啦，索性壮着胆子对那个官员说："请邯郸将军进来见我！"那个官员哪儿去找邯郸将军呐，只好支支吾吾敷衍了几句了事。刘秀他们吃完了饭，又大模大样地离开了传舍。

往哪里去呐？刘秀听说信都（在今河北省邢台市信都区）太守任光不肯投降王郎，就带着大伙儿向信都方向走去。他们一路跑到南宫（在今河北省新河县东南），偏巧下起大雨来，没完没了的，衣服全给淋湿了。瞧见道旁有个空的传舍，他们就躲进去避一避雨。冯异抱来了一大捆柴火，又去找吃的去了。邓禹见屋里有现成的灶台，就忙着生起火来。不一会儿，火旺了，刘秀忙着给大伙儿烘湿衣服。冯异打哪儿找来了一点麦子，大伙儿就七手八脚地煮成一锅麦饭，半生不熟的就这么吃了点儿。又歇了一会儿，雨停了，他们赶紧动身，像难民似的，又走了一百来里地，才到了信都。

信都太守任光跟和城（以前巨鹿郡的一部分）太守邳彤（pī tóng）都不肯投降王郎。他们手里也有点兵，可是已经成了孤军，正担心着对付不了王郎呐，一听到刘秀他们到了，不由得都高兴起来。

「铜马皇帝」

任光和邳彤把刘秀他们接进信都，大伙儿商议怎样对付王郎。邳彤说："只要大司马登高一呼，召集信都、和城两郡各县的兵马，一定能打败王郎。"

刘秀就用大司马的名义，召集人马，果然得到了四千精兵。任光发出通告说："王郎冒充刘氏宗室，诱惑人民，大逆不道。大司马刘公从东方调百万大军前来征伐。一切军民人等，反正的，既往不咎；抗拒的，决不宽容！"他派骑兵把这个通告分发到巨鹿和附近各地。老百姓看到了通告，纷纷议论，把消息越传越远。王郎手下的兵将听了都害怕起来，好像大祸临头似的。

刘秀带着四千精兵又打下了邻近几个县城，声势慢慢大起来。没过多久，又有不少地方首领起兵来投靠他。刘秀慷慨得很，不但封他们为将军，有的还封为列侯。这么七拼八凑，他总算有了十几万人马，就率领这些人马去进攻巨鹿。

正好，刘玄也派兵来攻打王郎。两路大军联合起来，连着攻打了一个多月，还不能把巨鹿城打下来。有几个将领说："咱们何必在这儿多耗日子呐？不如直接去攻打邯郸。打下了邯郸，杀了王郎，还怕巨鹿不投降吗？"刘秀采纳了他们的意见，留下一部分人马继续围攻巨鹿，自己带领着大军去攻打邯郸，接连打了几场胜仗。王郎的部下支持不住，开了城门，把汉军迎进城去。刘秀占领了邯郸，杀了王郎，刘林却逃得不知去向了。

刘秀进了邯郸宫殿，检点公文，都是各郡县的官吏和大户人家跟王郎来往的文书，其中大多是奉承王郎，说刘秀坏话的。刘秀特意在将士们面前把这些文书全都烧了。有人说："哎呀，反对咱们的人都在这里头呐。现在连人名都查不到了。"刘秀说："烧了这些文书，好让人家安心！"大伙儿这才明白过来，全都佩服刘秀胸怀开阔。

刘秀的队伍越来越大。他重新编排人马，整顿队伍，让士兵们按个人的心愿分配到各营里去。许多士兵都说："愿意拨在大树将军的部下。"刘秀奇怪了，这"大树将军"到底是谁呀？一打听，原来是冯异的外号。

冯异从来不说自己的长处，上阵打仗，总跑在头里。到了休息的时候，将军们免不了要聊聊打仗的经过。他们团团坐在一起，你一言，我一语，说个没完。有时候为了争功，甚至各不相让，闹得脸红脖子粗。每到这时候，冯异就偷偷地溜了，一个人坐在大树底下躲着。因为他不止一次地躲在大树底下，士兵们就都称他为"大树将军"。刘秀听了士兵们的话，对"大树将军"冯异就更加尊敬了。

刘秀打下了邯郸，消灭了王郎。刘玄就派使者来见刘秀，封他为萧王，还吩咐他撤兵回去。刘秀手下的将领听说了，都急得什么似的，跑来对刘秀说："刘玄迁都到了长安，只知道享乐。再说全国各处起义的人马有几万的，有十几万的，甚至有几十万的，刘玄压根儿没法对付他们。他长不了。大王现在平定了王郎，只要登高一呼，准能天下响应。为什么把天下让给别人呐？您千万不可听他的呀！"刘秀听了摇摇手，叫他们别再往下说。刘秀出去对刘玄的使者说："王郎虽然灭了，河北还没平定，我一时还不能动身。"

刘秀把使者打发走，决定留在河北，打出自己的地盘。于是，他调集了各郡的兵马，跟当地的铜马军打起来。

这铜马军本来是河北一带的农民造反以后凑起来的。队伍的头儿把大山大河当成自己的名字，一个叫东山荒秃，还有一个叫上淮况，挺怪的。他们打仗也怪，来得快，跑得也快，像打游击似的。和铜马军同时造反的还有好几十家队伍，头领的名字也很特别，像城头子路、校三老什么的。他们占了一个地方，就立个名号，占地为王，然后就到处打仗，抢了东西就自己用。这么一来，河北一带没人管得了，就乱了套了。刘秀想在河北立住脚，让局面平定下来，就非得把这些队伍压下去不可。

这些农民军虽然人数不少，可没有合起来，都自己打自己的。彼此之间还防备着，纠纷不断。刘秀瞅准了这个空子，就打算拉一个打一个，各个击破。他先和城头子路联络，说愿意和他一起干。城头子路挺高兴，表示拥护他。这一来，好些家都跟着过来了，刘秀在当地的名气就大了，加上他对人和气，出手大方，让那些头领都当了官，所以人缘越来越好，手底下的人马不断扩大。

刘秀有了实力，就决定打击最强的铜马军。公元24年秋天，汉军和铜马军在鄡（在今河北省辛集市西南）打了一场大仗。刘秀打仗有经验，他看铜马军来势不小，就下令紧闭营寨，不许出战，然后派一队人马偷偷出去，绕到敌军后面，把粮道给占了。这一来，铜马军慌了神儿，双方对峙了一个月，铜马军因为粮草没了，只好退兵。刘秀这才下令追击，打了一场大胜仗。铜马军不服气，又联络了一批人马反扑过来。这一次，刘秀把兵力集中起来，和铜马军硬碰硬地打起来。结果，铜马军乱糟糟的，又吃了败仗。没路可走了，这支起义军全部投降，归顺了汉军。

刘秀把铜马军的人都收编进来，把原来的头领都封了侯，还让他们当头儿，管原来的部下。那些人都高兴得别提。有些不服管的，后来又凑起来，自己立了个叫孙登的当皇帝，可很快就垮了，只好也投靠了刘秀。河北一带都成了刘秀的地盘，他的军队就扩充到了几十万人，威信没人能比。到了这时候，谁还敢小瞧他呐？消息传开，大家都觉得刘秀不得了，连刘玄管着的关中一带人都管刘秀叫"铜马皇帝"。因为他是靠收编铜马军强大的。大家都佩服刘秀，不愿意听更始皇帝刘玄的了。

刘秀到了河内郡（在今河南省武陟县、沁阳市一带），就把这里当成根据地。他正要向北去平定燕、赵，突然有消息传来，说刘玄和赤眉军又打起来了。原来刘玄从宛县迁都到洛阳的时候，派使者去叫赤眉军归顺他。这赤眉军大都是老实的农民，没有活路了才起来造反的，并不想争什么地盘。樊崇压根儿没有做皇帝的打算。因此，一听到刘玄做了皇帝，恢复了汉朝，他们就按兵不动了。听说更始皇帝派人来了，樊崇就带着二十几个首领跟着使者到了洛阳。

刘玄给樊崇封了个挂名儿的列侯，却不给二十几万赤眉军将士发粮饷。结果好多人都跑了，队伍眼看着要散架。樊崇急得直上火，对刘玄大失所望，就找个机会逃了回去。偏巧这个时候，刘玄他们内部闹起了内讧。樊崇趁着这个机会，决定跟刘玄干一下子，把人马聚集起来，也来夺取天下。

争先恐后

公元 24 年开春，刘玄从洛阳又迁都到了长安。他也许是觉得洛阳不如长安安全。刚到长安的时候，刘玄还挺像回事，下令将士不得抢劫，让百姓安居乐业，一切照常。军队纪律很好，长安的秩序也没乱。刘玄就给功臣加封，把原来汉室的贵族请出来做官，还派军队把周围的豪强武装消灭的消灭，收编的收编，关中地面的局势也就稳定下来。

刘玄得意极了，跟着就摆起了皇帝的谱，在宫里吃喝玩乐，整天和妃子们在一起享受，对国事也不爱管了。朝廷上的杂事都交给他的老丈人赵萌。赵萌掌握了大权，架子十足，不把原来绿林军的将士们放在眼里。这就引起了不满。

都是造反起的家,出生入死的,功劳都有份,凭什么你就那么霸道呐?这么一想,大家伙儿就分了心,队伍就分裂了。

刘玄本来能力一般,没什么大本事,靠着姓刘的本钱当了皇帝,瞧不起他的多得是。领兵在外的那些将领,一直都不听他的,自己占了一块地盘就发号施令,刘玄也没辙。驻扎在关中的,像王匡、张卬、申屠建几个,也都成了土霸王。这些人指挥打仗还行,可对国事就外行了。

看着刘玄一天不如一天,樊崇就率领二十万赤眉大军,往西攻入了函谷关(在今河南省灵宝市东北),分几路朝着长安打过来。刘玄大吃一惊,忙着调集人马抵抗。各路人马打成一团,刚稳定的关中就又乱了。

刘秀在河内一得到消息,就知道刘玄敌不过樊崇,长安一定保不住。他就打算派邓禹往西边去打樊崇,帮帮刘玄。可是刘玄的大将朱鲔还在洛阳,他可是刘秀的死对头,当初主张杀刘縯的就是他。他要是知道河内空虚,随时可以打过来。刘秀自己又想去平定燕、赵。他自己走了,那么叫谁把守河内呐?他就问邓禹有什么主意。邓禹说:"从前高帝信任萧何,嘱咐他守住关中,供应军粮,征集士兵。高祖才能够一心一意地在前方打仗,去收服山东,终于成了大事。河内地势险要,北通上党,南近洛阳,要挑个文武双全的人守在这儿才行。"刘秀完全同意,说:"你看让谁守在这儿合适呢?"邓禹说:"再没有比寇恂(xún)更合适的了。"

寇恂是上谷昌平（在今北京市北部）人，他不但能带兵打仗，还读过好些书，喜欢研究学问，懂得治国的道理，是个文武双全的材料。刘秀听了邓禹的话，就拜寇恂为河内太守，请他负责后方的事务。又拜"大树将军"冯异为孟津将军，防备着洛阳朱鲔那边。布置完了，他就分给邓禹三万兵马，叫他进关去攻打赤眉军，自己带着大军去平定燕、赵。

　　寇恂留在河内，用心管理着内政，还吩咐各县练兵，尤其是练习射箭。他让人做了一百多万支箭，养了两千匹马，征集了四百万斛（本义为一种量器，这里表示容积单位，十斗为一斛；斛 hú）军粮，源源不绝地运到前方去。大伙儿都叫他"赛萧何"。镇守洛阳的朱鲔打听到刘秀带着大军往北去了，果然趁着机会来进攻河内。不料，他正好碰上孟津将军冯异，吃了个大败仗。冯异和寇恂两路兵马合在一起，渡过河去，追着朱鲔打，一直追到了洛阳城下。朱鲔逃进城里，让部下把城门关得紧紧的，不敢再出来对敌。寇恂和冯异也不急着攻城，带着大军绕着洛阳城，耀武扬威地走了一圈。

　　打这儿起，洛阳城里人心惶惶，过日子也不踏实，白天都关着城门。洛阳那边不安定，河内这边可就安稳多了。刘秀有了一个巩固的后方。

　　寇恂、冯异派人把这边的情况向刘秀报告了。不用说，刘秀特别满意，将士们也都进来向他贺喜。大家要他趁此机会当皇帝，别再帮刘玄了。刘秀听了直摇脑袋。有个将军见他这样，很着急，就理直气壮地说："大王虚心退让，好是好，可是大王就不顾宗庙社稷了吗？确定了名分，才好商议征伐大事。要不然，谁是主，谁是贼，谁应当征伐谁呐？"刘秀一看，原来是振威将军马武。马武本来是绿林的一个首领，也是南阳人。刘秀不但信任他，而且跟他很亲热。可是刘秀觉得当皇帝还没到时候，不肯答应。他说："将军怎么说出这种话来？论罪名可以砍头的呐。"马武不在乎地说："将士们都这么说。"刘秀说："那你就去告诉将士们，快别再这么说了。"

刘秀没当皇帝，可这时候，别的地方有好几个人已经自称皇帝了。势力最大的一个，是成都的公孙述。公孙述是茂陵（在今陕西省兴平市东北）人，他父亲本是汉朝的官员，他也就沾光，有了一个小官的职位。王莽篡位以后，派他到蜀郡当太守，他可就有了野心，想找机会在蜀地称王称霸。

刘縯、刘秀在南阳起义的时候，公孙述就在成都招募了几万兵马占据了一大块地盘。后来刘玄派兵去攻打，公孙述仗着兵力强大，把刘玄的人马打得大败。打这儿起，公孙述的名声更大了。他就自立为蜀王，当地的老百姓和邻近的部族全都归附了他。他的部下劝他当皇帝，他说："做帝王要有天命的，我怎么敢承当呐？"他的部下李熊说："天命没有一定。现在民心归向大王，大王又有能力，还有什么可迟疑的呐？"公孙述也就不再推让，自己当了皇帝，拜李熊为大司徒，自己的兄弟公孙光为大司马，公孙恢为大司空。关中起兵的豪强听到消息，也有不少都来归附公孙述。这么一来，公孙述就有了几十万士兵。

公孙述做了皇帝，消息一传开，可叫跟着刘秀的那一班人着急起来。他们又去请求刘秀即位。刘秀把冯异找了来，问他的主意。冯异说："刘玄的才能、威望都不行，他的几个重要的大臣都跑了，他失败是一定的了。现在天下没有主儿，人心惶惶。大汉的宗庙社稷还要不要，就在于大王了。依我看，大王应当接受大家的意见。"刘秀说："可我心里老不踏实，有点怕，怕人不服我。"冯异说："那是因为大王一向做事慎重，才有这样的想法。"刘秀高兴地说："听你这么一说，我心里踏实了，就顺着人心吧！"

公元25年夏天，刘秀当了皇帝，就是后来的汉光武帝。那时候他三十一岁。汉光武帝觉得把洛阳当国都最合适，就派出大军攻打洛阳。他还打发使者拿着节杖和诏书，到邓禹军中，拜他为大司徒。跟他共过事的将领们，像冯异、岑彭、寇恂、铫（yáo）期、马武、祭（zhài）遵等等，都当了大官。他那个被害的哥哥刘縯，被追封为王。

这时候，赤眉军早已进了武关，离长安越来越近了。刘玄那边已经是"火烧眉毛"，危急万分。刘秀一面加紧攻打洛阳，一面注意长安那边的动向，刘玄不行了，该琢磨怎么对付赤眉军了。

攻占两京

赤眉军分成两路向西进攻长安。刘玄派兵去抵抗,接连打了几场败仗,急得他不知道怎么办才好。这时候,张卬、王匡他们也被邓禹打败了,逃回了长安。他们看刘玄撑不住了,就私下商议说:"赤眉说到就到,咱们没法在这儿待下去了,不如趁早抢些财物,回南阳去再找路子。要是南阳也守不住,咱们就到大湖里去做强盗,不愁没吃没喝。"他们就派人去见刘玄,向他说了这个主意。刘玄很生气,没答应。

张卬见刘玄不肯走,就想着发兵强迫他离开长安。他和申屠建几个人密谋,要绑架刘玄,带他离开长安。不料,刘玄得到了消息，先下了手。他假装得了病，让张卬他们进宫探望，想一块儿杀掉他们。张卬他们进了宫，感觉气氛不对，连忙退了出去，只有申屠建没走。刘玄就下令杀了申屠建，又发兵去打张卬。张卬也撕破脸皮，领着手下到长安的街市上抢了一通，又打进皇宫，要抓刘玄杀了他。刘玄抵挡不住，慌慌张张地带着妃子逃出皇宫，出了长安城，跑到老丈人赵萌的军营里。起义军就这么互相火并起来。

刘玄逃到赵萌那里，一想，像张卬、申屠建那么受信任的将领都跟自己翻了脸，说不定还有人跟他们一样，要搞政变。他看陈牧和成丹两个人不对劲儿，就把他们召进来杀了。不想这样一来，别的将领寒了心，都冲着刘玄来了。王匡资格最老，他带着自己的部下攻进长安，与张卬合在一起，要跟刘玄算账。刘玄还想挣扎一下，命令赵萌领兵反攻长安。双方你来我往，打了一个多月。王匡、张卬守在城里，粮草没了，只好撤出长安，往东边跑了。刘玄又回到了长安。

这时候，赤眉军已经到了长安城外。前些日子，樊崇他们知道刘玄不行了，想另外立一个姓刘的人做皇帝。队伍里姓刘的人还真不少，一找就找出七十多个。其中有个叫刘盆子的小孩子，据说跟皇室的血统最近。他才十六岁，是给樊崇的部下看牛的，大伙儿都管他叫牛倌儿。樊崇就决定立他为天子。大伙儿让刘盆子换身衣服。他不依，还哭着不走。结果只好让他披着头发、光着脚，破破烂烂地去见樊崇。

刘盆子见了樊崇，不敢再使性，乖乖地穿上了小皇帝的衣服，戴上了小皇帝的冠冕。樊崇领着部下，共同立刘盆子为天子。文武百官向他朝见，窘得他不知道该怎么应对。一退了朝，他赶紧换上了原来的衣服，溜到外面，要跟别的牛倌在一块儿。大伙儿只好把他留在屋子里，吩咐手下看紧了，别让他随便出去。

赤眉军就打着汉天子刘盆子的旗号，来到长安城外，准备攻城。刚巧张卬和王匡带兵从长安逃出来。他们无路可走，就归顺了赤眉军，回过头来领着赤眉军打进了长安城东门。刘玄刚进长安，还没稳住劲儿，听说赤眉军进来了，急得没法可使，骑上马从北门逃了出去。他跑到部下严本那里。严本把他软禁起来。过了些日子，赤眉军的使者来到他跟前，传着上面的命令，叫刘玄投降。使者又说，现在投降，还可以封王；等过了二十天，他要投降也不允许了。刘玄只好跟着使者到长乐宫去见刘盆子和樊崇。他光着上身，向刘盆子奉上了玉玺。刘盆子当然只听樊崇的，封刘玄为长沙王，让他住在长安。更始政权就这么完了。没多久，刘玄也被赤眉军的将领暗杀。

长安打得热闹的这时候，汉光武帝正在攻打洛阳。他把朱鲔困在洛阳有好几个月了，可还是打不下来。现在听说刘玄那边完了事，就派人劝朱鲔投降。朱鲔害怕当初自己主张杀刘縯的事被刘秀记仇报复，不肯降。汉光武帝知道了，给他下了保证,不但不追究,还要重用。朱鲔这才放心,加上内无粮草,外无救兵,只好带着队伍出来投降。汉光武帝让他做了将军,还封为侯。打下了洛阳,汉光武帝就把洛阳作为京都。他建的汉朝,历史上叫东汉,或是后汉。

汉光武帝住在洛阳很不放心。各地方自立为王,自立为帝的人还真不少,占据一块小地方做土皇帝的,那就更多了。要想平定天下,非把这些割据的势力消灭不可。他最不放心的,还是赤眉军这一路。赤眉军占领着长安,是个大威胁,就不知道领兵西进的邓禹打的什么主意,为什么还不攻打长安呐?

邓禹不但不攻打长安,反倒带着军队越走越远了。他对将士们说:"咱们孤军深入,前面没有给养,后面运粮困难。赤眉刚进长安,正在势头上,马上和他们交战,准得吃亏。可他们人多粮少,在长安待下去,迟早是要变动的。我探听到上郡、北地、安定三个郡有的是粮食和牲口。咱们不如先拿下这三个郡,给养就不用愁了。等到长安乱了,再打不迟。"

邓禹带着人马,绕着个大弯儿由东往北,转西向南开走了。这时候,赤眉军在长安城里把粮食吃光了,再也待不下去了,就想出城找个活路。可他们还能到哪儿去呐?往北,邓禹的军队扼住了北上的道儿;往东,洛阳已经成了汉光武帝的大本营;剩下的只有往西一条路了。樊崇带着几十万大军向西流亡,没想到那些地方跟长安也差不了多少,粮食、牲口早被邓禹的军队搜刮去了。赤眉军只好再往西走，谁知道祸不单行，碰到了暴风雪，冻死了不少人马。樊崇万不得已，只好又折回长安。

这时候，邓禹的兵马趁赤眉军离开的当儿，已经进了长安城。这一年，关中一带闹饥荒，老百姓都没吃的，何况军队呐？赤眉军也不去攻城，吃饭活命要紧，就刨起汉朝历代帝王和皇后、妃子的坟来，那里面埋着不少金银、珠宝、玉器什么的，都想发一笔财，好回老家去。邓禹知道了，立刻发兵去攻打，想不到赤眉军还有实力，邓禹打了个败仗，连长安也丢了，慌忙退到高陵（在今陕西省西安市北）。他怕军中粮草不够，只好向汉光武帝求援。

汉光武帝连忙派冯异带着一队兵马去代替邓禹。他嘱咐冯异说："长安一带老百姓已经穷到了极点，将军这次去征伐，要是赤眉肯投降，就让士兵都回家去种地，最要紧的是安定人心，不要随便杀人。"冯异答应着，带着军队往西去了。汉光武帝又给邓禹下诏书说："千万别死拼。赤眉没有粮食，一定会到东边来的。我这儿已经准备好了，你赶快回来。"

冯异到了长安，把人马埋伏好，就向赤眉军下战书，没想到第一仗就战败了。冯异带着人马来到崤山（在今河南省洛宁县西北）打下埋伏。赤眉军因为缺吃的，要往东撤退，一到崤山就中了埋伏，拼死拼活打了一天，死伤了一大半。

冯异让一些士兵也在眉毛上涂上红颜色，打扮成赤眉的士兵，混进赤眉的队伍。赤眉军正进退两难，冯异的将士们大叫大喊："赶快投降！投降不杀！"那些假装赤眉的士兵马上响应："咱们投降！咱们投降！"赤眉军一下子军心大乱，好多人放下了武器，归顺了汉军。

剩下的十几万赤眉军由樊崇带着，向东到了宜阳（在今河南省西部）。冯异又火速派人报告给汉光武帝。汉光武帝连忙率领大军，在熊耳山布置好埋伏，等赤眉军一过来，就把他们团团围住。樊崇没法走脱，只好派人向汉光武帝求和。汉光武帝下令让他们投降，樊崇就带着刘盆子去见汉光武帝，奉上了玉玺。赤眉的将士也交出了铠甲和兵器。

汉光武帝吩咐赶紧做饭，让十多万赤眉兵吃一顿饱饭。接着，他把樊崇他们带到了洛阳，给他们官做。可这些人是赤眉的首领，十多万赤眉兵还是向着他们呐。汉光武帝嘴上不说，心里总觉得留着他们不妥当。没过几个月，樊崇也憋不住了，密谋要反叛，再打自己的旗帜。汉光武帝就拿谋反的罪名把他们杀了。

绿林、赤眉这两支最大的起义军，到这时候，都给汉光武帝收拾了。可他还是不放心，因为各地自称王、自称帝的还有不少，天下正乱着呐。这里边势力最大的，要数陇西的隗嚣（wěi xiāo）、河西的窦融和蜀地的公孙述。他还要一个一个地收拾。

得陇望蜀

隗嚣这个人，本来是成纪（在今甘肃省静宁县西南）一带的名士，在当地有点声望。天下人讨伐王莽那会儿，他被大伙儿推举，也领头起兵，占了天水一带，势力挺大。后来他归顺了刘玄。不久，他跟张卬他们一起，要劫持刘玄，被发觉了。他就逃回天水，自称大将军，想独占一块地盘，还有了当皇帝的打算。

公元28年，隗嚣派将军马援为使者，去联络蜀地的公孙述。马援可不是个一般人。他是茂陵（在今陕西省兴平市东北）人，从小就有大志向，要为国家出力。天下大乱以后，他到西边避难，就在隗嚣手下当了将军。可他心里觉得隗嚣成不了大事,还在等着明主的出现。这回,他到了公孙述那里,就想看看公孙述怎么样。公孙述让文武百官列队欢迎他,排场挺讲究,仪式也挺隆重。公孙述跟马援没讲几句话,就叫手下拿出衣帽来,要封马援做自己的大将军。他大模大样地坐着,等着马援谢恩。没想到马援不吃这一套,当时就婉言推辞了。

马援回去以后,对隗嚣说:"公孙述自高自大,就像只井底的蛤蟆,咱们不如向着东方吧。"隗嚣又派他去洛阳见汉光武帝刘秀。

汉光武帝听说马援到了,穿着便衣,也不带卫士,就在宫殿里迎接马援。他带着笑脸对马援说:"您在两个皇帝之间奔波,我真觉得有点过意不去。"马援说:"天下还没定下来,不但做君王的要挑选臣下,做臣下的也得挑选君王呐。"汉光武帝猜不透他是什么意思,乐了乐,不说话。马援接着说:"我跟公孙述是同乡,从小挺要好。这回我去见他,他布置了武士,还让我一步一步走上台阶去跟他相见。今儿个,我刚到这儿,您就接见我,好像见着老朋友似的没一点儿防备。您怎么知道我不是刺客呐?"

汉光武帝笑着说:"您不是刺客,可能是说(shuì)客。"马援说:"如今天下乱糟糟的,称王称帝的不少。今儿见您这么豪爽,真像见到了高帝一样。"两个人越谈越投机。马援心里打定了主意,要劝隗嚣归顺汉光武帝。汉光武帝也打发来歙（xī）送马援回去。

来歙到了隗嚣那里，隗嚣按规矩挺客气地招待来歙。来歙劝隗嚣上洛阳去见汉光武帝，说只要他肯去一遭，一定能得到很高的爵位。隗嚣一想，这不是叫他当刘秀的臣下了吗？他可不愿意，就借个理由儿推辞了。

隗嚣送走了来歙，就把学问家班彪（史学家班固的父亲）找来，跟他谈论起秦汉兴亡的历史，想听听他的主意。班彪一听就明白了，隗嚣是借古论今：姓刘的既然可以代替秦朝做皇帝，不是姓刘的为什么不能代替汉朝做皇帝呐？班彪心里想，隗嚣才能一般，可不是汉光武帝的对手，就劝他不要和汉光武帝去争天下。隗嚣一心想当皇帝，怎么肯听他的劝告呐？班彪再待下去也没有滋味儿，就找个理由辞了职。

驻守河西（在今甘肃省西部）的窦融也一直观察着，没拿定主意拥护谁。他和班彪是同乡，听说班彪离开了隗嚣，就打发使者把他接了来，挺虚心地向他请教。班彪劝他去归顺汉光武帝。窦融早就听说刘秀这个人挺能容纳有本事的人，只因为河西离着洛阳路远，没能和他来往。这回他就听了班彪的话，写了一个奏章，打发使者上洛阳去见汉光武帝。汉光武帝立刻拜窦融为凉州牧（牧就是州长），还给窦融写了一封信。信里面说："现在益州（就是蜀地）有公孙述，天水有隗嚣，将军的地位举足轻重，帮谁，谁的力量就大。如今有人主张分割天下，各自为王，要知道中国的土地即使可以分割，中国的人是不能分割的。将军能够上为国家出力，下为百姓着想，我非常感激。"

汉光武帝安定了河西这一头，又让来歙再去见隗嚣，请他一起去征讨西蜀的公孙述，还答应成功之后分给他土地。隗嚣不干，他心里明白，公孙述要是被消灭了，自己在陇西还站得住脚吗？他对来歙说："我力量本来就薄弱，还要防备着北方的匈奴，哪儿能分出兵来帮你们去打蜀地呐？"可是汉光武帝的势力越来越大，他不能不赔个小心，不能得罪，就打发他儿子跟来歙去洛阳，还叫马援全家也跟了去。

到了公元30年，汉光武帝又写信给隗嚣和公孙述，要他们归附汉朝，实现全国的统一。公孙述不但没回答他，还发兵进攻南郡。汉光武帝要试试隗嚣是不是向着公孙述，特意请他一同去攻打蜀地。隗嚣耍了个滑头，回答说："公孙述性子急躁，弄得上下不和，不如等他恶贯满盈了，再去征伐好。"汉光武帝心里明白了，就亲自到长安，发兵向成都进攻，暗地里防着隗嚣。隗嚣果然沉不住气了，派兵占领了陇山底下的几个城，还发兵进攻关中，正好碰上征西大将军冯异，吃了个大败仗。

隗嚣正在为难，马援来信了，责备他不该反复无常，劝他及早回头，归附汉光武帝。隗嚣火儿了，调集人马，准备再跟汉兵交战。马援带着五千骑兵，在隗嚣的队伍中来来往往,劝将士们归附汉朝。就有一些将士听了他的话,离开了隗嚣。隗嚣见人心大变,只好写信向汉光武帝求和。汉光武帝这会儿就不再那么客气了,回答说:"空话我也听烦了,或是真心,或是假意,随你的便。"隗嚣知道汉光武帝已经看透了他,就投降了公孙述。公孙述封他为王,还派兵去帮他对抗汉朝。

公元32年,汉光武帝亲自带兵去征伐隗嚣。凉州牧窦融率领好几万骑兵和步兵,来跟汉光武帝的大军会齐。汉兵的声势大,没费多大的力气就把隗嚣打败了。隗嚣带着妻子逃到了西城(在今甘肃省天水市西南),公孙述派来的救兵逃到了上邽(在今甘肃省天水市;邽guī)。汉光武帝再一次写信叫隗嚣投降,保他父子相会。隗嚣铁了心,还是不降。汉光武帝就把他那个做抵押的儿子杀了,留下冯异等将军继续围住西城和上邽攻打,吩咐凉州的人马回去,自己也回洛阳去了。

汉光武帝在路上给围攻西城和上邽的将军们写了一封信,信上说:"那两个城要是打下来了,你们马上带领兵马往南去征伐蜀地。人的毛病就在于不知足,我的毛病也在于'得陇望蜀'(平定了陇右,又希望去平定蜀地)。每发一回兵,我的头发、胡须总是白了一些。可是不这么干,天下怎么能够统一呢?"

隗嚣被围困在西城里,闷闷不乐,第二年就害病死了。

他的部下立他的儿子隗纯为王，继续抵抗汉军。又过了一年，隗纯支持不住，只好投降。可是这时候，"大树将军"冯异也病死在军营里。汉光武帝曾经当着大臣的面称赞冯异，说他为汉朝重建有"披荆斩棘"的功劳，不料他死得过早了。

陇右平定了，汉光武帝就集中兵力去对付蜀地。公元36年，汉军大破蜀兵，进攻成都，公孙述受了重伤死了，他手下的将领就献出成都，投降了。这么一来，汉光武帝得了陇又得了蜀，平定天下的心愿总算是实现了。

汉光武帝等到大军回来，就开了一个庆功大会，大封功臣。他想起当年汉高祖多么重视张良和萧何，可惜那个"赛萧何"寇恂已经在前一年死了。邓禹虽然抵不上张良，可是告诉他怎样统一中原，随时劝他注重纪律，收拾民心的还是他。因此，汉光武帝把他当作第一号功臣，封为高密侯。别的功臣也都按照功劳大小，给他们不同的爵位和赏赐；已经死了的功臣，就封他们的子孙。

平定了陇地和蜀地，二十年来乱糟糟的中原又统一起来了。汉光武帝已经打败了所有敌手，打算把内政好好地整顿一番，让国家再强盛起来。

种地钓鱼

汉光武帝整顿内政从两方面着手：一方面节省朝廷的开支，一方面减轻老百姓的负担。打了这么多年仗，各地人口减少。他就下了一道诏书，要按照实际情形合并一些县，裁减一些官员。这么一来，人口不多的县合并了四百多个，十个官吏裁去了九个，只留下一个，公家的开支就大大地减少了。就在那一年年底，汉光武帝又下了一道诏书，说前几年军费开销大，田租一直是按产量的十分之一征收的，现在粮食凑合着有些积蓄了，从今年起恢复原来的制度，仍旧征收三十分之一。这个办法大大减轻了老百姓的负担。局势安定了，汉光武帝的皇帝座位也就稳当了。

汉光武帝一面整顿内政，一面尽力搜罗天下的人才。他打发使者到各地访问名士，邀请他们到朝廷里来做官。结果真就来了不少，可有的名士有怪脾气，愣是不来。汉光武帝也有他的怪脾气，人家越不肯来，他越要人家来，反复地派人去请。

太原有个名士叫周党，禁不住使者的催促，只好坐着车马来了。他穿着旧衣服，戴着破头巾，到了朝堂上，气呼呼地往地下一趴，怎么也不肯磕头，更别说叫一声"皇上"了。汉光武帝请他做官，周党才不稀罕做官呐。他说："我是个乡下老百姓，不懂朝政，放我回去吧！"大臣们见他这么傲慢，都很不服气。汉光武帝拗不过他，只好说："自古以来，就是多么贤明的君王，也有人不肯做他的宾客。周党不肯做官，各人有各人的心意，送他四十匹帛，让他回去种田吧！"

周党总算还来了一趟。还有的假装害病，干脆不来；有的隐姓埋名，逃到小村里去了。这些人中间，最出名的要数严光了。严光也叫严子陵，是会稽人，小时候跟汉光武帝同过学，两个人挺要好。汉光武帝当了皇帝以后，就老想着他。可人家早就更姓改名隐居起来了，谁知道上哪儿去找呐？

汉光武帝就把严子陵的长相详详细细地说了一遍，吩咐画工画一张像。画工按照他说的画了个大概，汉光武帝拿来一看,还真像严子陵,就叫画工照样又画了几张,派人把这些画像分送到各郡县,叫官吏和老百姓寻找严子陵。隔了不多日子,齐国上书给汉光武帝,说那边有个男子披着羊皮,老在河岸上钓鱼,相貌有几分像,可不知道是不是他。汉光武帝马上派使者准备了上等的车马,到齐国去接他。

使者见了严子陵,奉上礼物,请他上车。严子陵推辞说:"你们看错人啦,我是打鱼的,不是做官的。礼物拿回去,让我安安静静地过日子吧。"使者哪儿肯听,死乞白赖地把他推上了车,飞一般地送到京都来了。

汉光武帝特意准备了一所房子,派了好些手下去伺候他,还亲自去看他。严子陵听说皇上来了,脸朝里躺在床上,只装不知道。汉光武帝走过去,摸摸他的肚子说:"喂,子陵,你怎么啦?不愿意帮帮我吗?"严子陵翻过身来,盯了他一眼,说:"你当你的天子,我当我的百姓,各人有各人的心意,你逼我干吗?"汉光武帝叹了一口气,说:"子陵,我真不能收服你吗?"严子陵听了,更不理睬他。

汉光武帝再三请他搬到宫里去住,对他说:"朋友总还是朋友吧。"严子陵这才答应他,到宫里去一趟。那天晚上,汉光武帝跟他睡在一起。严子陵故意打着很响的呼噜,还把大腿压在汉光武帝身上,汉光武帝不动气,就让他压着。第二天起来,汉光武帝问他:"我比从前怎么样?"严子陵回答说:"好像好一点。"汉光武帝乐得大笑起来,当时就要拜他为谏议大夫。严子陵怎么也不干。他说："你让我走，咱们还是朋友；你逼着我，反倒伤了和气。"汉光武帝没了辙，只好让他走了。

严子陵已经露了面，不必再躲起来，也不更姓改名了。他就回到家乡富春山（也叫严陵山，在浙江省），种种地，钓钓鱼，过着悠闲的生活。富春山旁边就是富春江（这条江上游叫新安江，中游叫富春江，下游就是钱塘江），江上有个台，据说就是当年严子陵钓鱼的地方，所以称为严子陵钓台。

严子陵不愿意做官，他清高的名望越来越大，在历史上留了名；汉光武帝能够这么低声下气地对待朋友，他谦恭下士的名望也越来越大。这一来，两个人的地位都被抬高了。汉光武帝收服不了名士，可对那些有战功的将军们，倒很有一些办法。

宁死不屈

平定蜀地的大军回来那一年，汉光武帝已经四十二岁了。他二十八岁起兵，十五年当中，差不多没有一天不是过着军队的生活。豪强争夺地盘，打了这么多年仗，老百姓早已恨透了。汉光武帝决心让天下休养生息，不愿意再谈起打仗的事。有一天，皇太子刘彊（郭皇后的儿子；彊 qiáng）问他怎么打仗，他趁着立过大功的将军们都在面前，回答儿子说："这种事，你还是不问的好。"

邓禹和贾复听出他话里有话。如今天下平定，用不着打仗了，当然也用不着他们这些功臣们老带着大军住在京师。他们就顺着汉光武帝的意思，请求让他们解散军队，去研究学问。汉光武帝当时就答应了。别的功臣听说了,也纷纷交还了将军的大印,不再参与朝政,各回各的封地享受富贵去了。只有邓禹、李通、贾复三个还留在朝廷里。汉光武帝对待功臣十分宽厚,即使他们犯了点小过失,他闭闭眼睛也就过去了。外地进贡来什么好东西,他经常分赐给功臣们,宁可自己没有。

帮汉光武帝打天下的功臣都回到封地去了,可皇亲国戚都住在洛阳。他们当中有喜欢摆谱的,仗着皇帝的势力,要怎么着就怎么着,连他们的奴仆也在京城里横行不法。这叫当洛阳令的董宣很不好办。

汉光武帝有个姐姐叫湖阳公主。她有个奴仆在外头杀了人,躲进了公主府。董宣不能闯进公主府去找杀人犯,只好一天又一天地等着那个奴仆出来。

这一天,湖阳公主坐着马车出来了,跟着她的正是那个杀人犯,董宣就带着人上去逮。湖阳公主火儿了,说董宣不该拦住她的车。董宣拔出宝剑往地下一划,当面责备公主不该放纵奴仆杀人。他叫手下把那个杀人犯拉下车来,宣布了罪状,当场就杀了。

湖阳公主哪儿受得了这个气,她连忙赶进宫去,向汉光武帝哭哭啼啼诉说董宣怎样当众欺侮她。汉光武帝一听也火儿了,直怪董宣不该冲撞公主。他立刻召董宣进宫,吩咐左右拿着鞭子,要当着湖阳公主的面责打董宣,给姐姐出气。

董宣说:"用不着打,皇上让我把话说完,我情愿死!"汉光武帝怒气冲冲地说:"你还有什么说的!"董宣说:"皇上是中兴之主,一向注重德行。如今皇上让长公主放纵奴仆杀人,怎么还能治理天下呐?用不着打我,我自杀就是了。"说完,他就挺着脑袋向柱子上撞,撞得头破血流。

汉光武帝一听,明白理在董宣那儿,急忙叫左右把他拉住,只要他向公主磕个头、赔个礼也就算了。董宣是个倔脾气,宁可被砍脑袋,也不肯磕这个头。左右使劲把他的脑袋往下按,他两只手使劲撑住地,梗(gěng)着脖子硬不让他们按下去。汉光武帝气也不是笑也不是,实在佩服董宣,只好放他走了。

湖阳公主还窝着一肚子火儿。她对汉光武帝说:"你当年在家乡,也窝藏过犯死罪的人,官吏不敢上门来搜查。现在你做了天子,反倒对付不了一个小小的洛阳令了吗?"汉光武帝笑着说:"就因为我做了天子,不能再那么干了。"他一面劝姐姐回去,一面称赞董宣,还赏了他三十万钱。董宣把这三十万钱都分给他的手下。董宣不怕豪门贵族,威望震动了整个京师。从此以后,人们都叫他"强项令"(强项就是硬脖子)。

这样执法如山的官吏,除了洛阳令董宣以外,还有个看城门的小官,叫郅恽(zhì yùn)。有一天,汉光武帝带着人马出城去打猎,回来天早就黑了。他们来到东门外,城门已

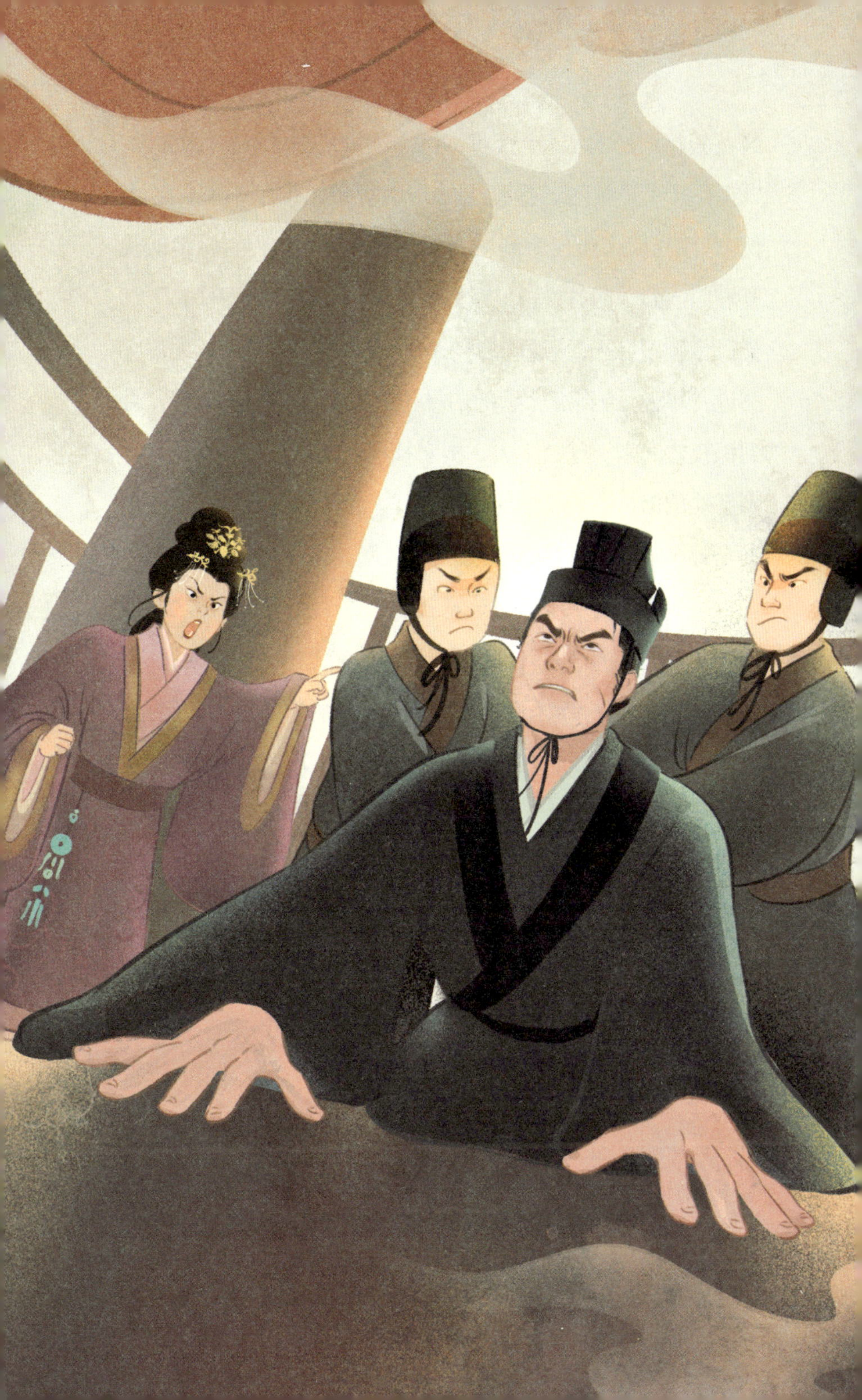

经被关得严严实实。士兵们叫看城门的赶快开门。郅恽说:"起了更就关城门,是皇上立下的规矩,谁也不能破这个例。"汉光武帝亲自来到城下,让郅恽看个明白,吩咐他快开城门。郅恽回答说:"夜里看不清楚,不能随便开门。"汉光武帝碰了钉子,只好绕到东中门进了城。第二天,郅恽上书说:"皇上跑到那么远的山林里去打猎,白天还不够,直到深夜才回来。这么下去,国家社稷怎么办?"汉光武帝看到了他的信,不能不说他讲得有理,就赏他一百匹布,还把那个管东中门的官员降了级。

汉光武帝对手下官员该宽就宽,该严就严,君臣之间相处得不错。可他对郭皇后挺不满意,就想换一个皇后。原来,他早先娶了个妻子,叫阴丽华。阴丽华是富人家出身,长得别提多好看了,神态特别端庄,是出了名的美人儿。刘秀暗里对朋友说:"娶媳妇儿就得是阴丽华那样的。"后来,他果然遂了心愿。两个人一直挺和美。赶到刘秀到河北打天下以后,有了当皇帝的念头,好些人就劝他和汉室贵族结亲,娶个汉室后代的女子为妻,这样贵族们都会支持他。刘秀答应了,相中了贵族女子郭圣通,热热闹闹地把她娶过来。这么一来,阴丽华反倒成了偏房。刘秀当了皇帝,也就立郭圣通为皇后,阴丽华为贵人。郭皇后的长子刘疆当了太子。

汉光武帝觉着怪对不住阴丽华的,阴丽华倒挺大度,没计较这事。这一来,汉光武帝更喜欢她了,老愿意和她在一起。郭皇后看着,心里哪会好受呐?她时不时就说些不满的话,有时候还跟皇帝吵起来。日子一长,汉光武帝就动了换皇后的心思。公元41年,汉光武帝宣布把郭皇后废了,改立阴丽华为皇后。可他还让郭圣通住在皇宫里,待遇也挺高,所以没出什么乱子。太子刘彊知道母亲被废,自己的地位也保不住,不知道怎么办好,就去请教大臣郅恽。郅恽劝他辞去太子,好好奉养母亲。刘彊听了他的话,就请求辞去太子身份。汉光武帝挺痛快地答应了,公元43年改立阴皇后的儿子刘阳为皇太子,改名刘庄。刘彊被改封为东海王,安安静静地守着母亲郭圣通过日子去了。

汉光武帝靠打仗平定了天下,靠政策稳定了国家,文的武的都干得挺好。国家又出现了繁荣局面,人们都把那些年叫"光武中兴"。公元57年,汉光武帝六十三岁了。那年二月里,他害了重病,没有几天就死了。太子刘庄即位,就是汉明帝。

取经求佛

汉明帝登基后第八年,皇太后阴丽华害病去世。汉明帝是很爱他母亲的。他再也见不到母亲,心里没着没落地难受,晚上老睡不着觉。有一天晚上,他做了一个很奇怪的梦,梦里看见一个金人,头顶上有一圈白光,一闪一闪地在宫殿里摇晃着。汉明帝正要问他是谁,从哪儿来,那个金人忽然升到天空,往西去了。汉明帝吓了一跳,醒了,擦了擦眼睛一瞧,什么也没有。灯台上那支灯柱正一闪一闪地摇晃着。他对着油灯出了一会儿神儿,天也就亮了。

汉明帝把这个梦告诉了大臣们。大臣们都说不上那个头顶发光的金人是谁,更没法说这个梦是凶是吉。汉明帝说:

"听说西域有位神叫作'佛'。我梦见金人是往西去的,说不定就是佛。"博士傅毅说:"皇上说得对!佛是西方的神,还有佛经呐。从前骠骑将军霍去病征伐匈奴,带回来休屠王供奉的金人,据说那个金人是从天竺国传到休屠国去的。武皇帝把金人供养在甘泉宫里,后来打了这么多年仗,金人不知哪儿去了。皇上梦见的金人,准是天竺那边来的佛。"汉明帝听了这番话,觉得挺有趣儿,就派郎中蔡愔(yīn)和秦景往天竺去求佛经。

天竺也叫身毒("身"的读音有多种说法,如 yān、yuán、juān 等),是佛教创始人释迦牟尼降生的地方(释迦牟尼生在现在的尼泊尔,现在的尼泊尔和印度在古时候总称为天竺或身毒)。他生在公元前 557 年,本来是个小国的太子,从小在宫里享受荣华富贵。后来长大了,他看到衰老的人和害病的人那种苦恼劲儿,心里挺难受,更别提看到死人了。他觉得人生就是痛苦,还不如不生在世上好。要是没有"生",就没有"老",没有"病",也没有"死"了。做了人,谁都逃不了生、老、病、死。他越想越不是味儿。有什么方法摆脱人生的痛苦呢?他下了决心,离开了王宫,到山里去静修。经过十六年的沉思默想,他创设了一个宗教,就是佛教,也叫释教。他宣传物质是暂时的,精神是不灭的;一切事物,有因必有果,所以行善作恶,都有报应;生物从人类到昆虫,都是平等的,所以做人要以慈悲为本,不可杀害一切有生命的东西。当时天竺还是奴隶社会，受苦的人特别多。许多人听了他的这些话，居然都相信了，佛教就这样很快地传开了。释迦牟尼的弟子还把他的话记载下来，编成了十二部佛教经典。

蔡愔和秦景经过了千山万水，历经千辛万苦，终于到了天竺国。天竺人很欢迎中国派去的使者。蔡愔和秦景在天竺学会了当地的语言和文字。天竺有两位有学问的佛教徒，一个叫摄摩腾，一个叫竺法兰，也学会了中国的语言文字，帮助蔡愔和秦景懂得了一点佛教的道理。蔡愔和秦景邀请他们到中国来，他们同意了。这么着，蔡愔和秦景带着两位天竺僧人，还有一幅佛像、四十二章佛经，回到中国来了。

据说，他们用一匹白马驮着佛经，好容易经过西域到了洛阳，安顿在东门外的鸿胪寺（招待外国人的宾馆）里。蔡愔和秦景朝见汉明帝，呈上了佛像和佛经，引见了两位僧人。汉明帝挺高兴地接见了两位天竺僧人。

汉明帝看了佛像，也记不清是不是梦里看见的金人，翻了翻佛经，一个字也不认识。摄摩腾和竺法兰给他讲了一段，他也听不明白，只是跟着点头。他吩咐人修理鸿胪寺，把佛像供在里面，请两位天竺僧人主持佛教的仪式。那匹驮佛经的白马也被养在里面，鸿胪寺后来就称为白马寺。

汉明帝听不懂佛经，王公大臣也不相信佛教。大伙儿只把白马寺里的佛像、佛经和两位僧人当作外国传来的新鲜玩意儿，觉得好玩儿就去看看，谁也不怎么重视。只有楚王刘英特别感兴趣。刘英是汉明帝的异母兄弟，封王之后，一直住在封地（在今江苏省徐州市一带）。他派使者来到洛阳，向两位僧人请教。两位僧人就画了一幅佛像，抄了一章佛经，交给了使者，还告诉他怎么样供佛，怎么样拜佛，怎么样祈祷。使者回到楚国，照样说了一遍。

刘英就把佛像供在宫里，早晚礼拜祷告，求佛祖保佑他"逢凶化吉、遇难成祥"。他打着信佛的幌子结交方士，刻制图文作为"符命"，说自己应该做皇帝。刘英这里还没动起来，早有人向汉明帝告发了，说楚王刘英谋反，应当处死。汉明帝派人调查属实，就废了刘英的爵位。刘英只好自杀，佛祖也救不了他的命。

汉明帝供奉佛像的事儿，一些儒生本来就不赞成，可又不便反对。如今出了楚王刘英谋反的事儿，他们正好借这个机会请汉明帝专门尊重儒家。汉明帝本来也不相信佛教，就在南宫办了一个太学，让贵族子弟学习儒家经典，特别是《孝经》。他想，要是人人都顺从父母，还会有谁来夺他的皇位呐？他还特地到鲁地去祭奠孔子，亲自到太学去讲《孝经》。

汉明帝办太学，注重文教，果然培养了一些喜欢读书写文章的名士。可也有一个书香子弟，居然抛了书本，扔了笔杆。他就是班彪的儿子班超。

投笔从戎

班彪当年离开了隗嚣，跟窦融在一起。后来汉光武帝知道他有学问，请他整理历史。他写了《史记后传》几十篇，可没完成就去世了。他留下两个儿子，大的叫班固，小的叫班超。汉明帝即位以后，就叫班固做兰台令史（汉宫藏书的地方叫"兰台"，"兰台令史"是在宫里校阅图书、治理文书的官；后来史官也叫兰台），继承他父亲的事业，编写历史。班超帮着哥哥做些抄写工作，后来也做了兰台令史。哥儿俩都像他们的父亲那样，很有学问，可是性情不一样。班固的理想人物是写《史记》的司马迁，班超的理想人物是通西域的张骞。班超后来听说匈奴人又联络了西域的几个国家，经常掠夺边界上的居民和牲口，气愤得再也坐不住了，对朋友们说："大丈夫应当像张骞那样到塞外去立功，怎么能老闷在书斋里写文章呐？"他把笔杆一扔，就投军（文言叫"投笔从戎"，"从戎"就是从军）去了。

那时候，执掌兵权的是窦融的侄子窦固。他想采用汉武帝当年的办法，先去联络西域各国，斩断匈奴的右胳膊，再去对付匈奴。公元73年，他就派班超为使者，带着随从和礼物去结交西域各国。

班超只带着三十六个壮士出发了。他们先到了鄯（shàn）善国。鄯善王虽然归附了匈奴，向匈奴纳税进贡，可匈奴还不满足，不断地勒索财物。鄯善王心里不高兴，可汉朝这几十年来顾不到西域这一头，他只好勉强顺从匈奴。这会儿汉朝又派使者来了，他就殷勤接待。班超住了几天，正打算再往西去，忽然觉着鄯善王态度变了，不像开初那么毕恭毕敬了，供给的酒食也不那么丰富了。班超心想，这里面准有鬼。

他跟随从说："鄯善王对待咱们跟几天前不一样了。你们看得出来吗？"大伙儿说："我们也觉得有点儿两样，可不知道为什么。"班超说："我猜一定是匈奴的使者到了。鄯善王怕得罪匈奴，才故意冷淡咱们。"话虽这么说，究竟只是推想。

刚巧鄯善王派底下人送酒食来了。班超一见面就直截了当地问："匈奴的使者来了几天了？住在什么地方？"那个底下人给班超这么一说，还以为他早知道了，就老老实实地说："来了三天了，住的地方离这儿才三十里地。我们的大王又是恨他们，又是怕他们，正为难着呐。"班超把那个人留在帐篷里，不让他去透露风声。他把三十六个随从全召集在一块儿，请大伙儿喝酒。

大伙儿正喝得兴高采烈，班超站起来，说："你们跟我千辛万苦来到西域，想的就是为国立功。没想到匈奴的使者到这儿才几天，鄯善王对咱们就不怎么客气了。要是他看咱们人数少，把咱们抓起来送给匈奴，咱们连尸骨都还不了乡了。怎么办呐？"大伙儿说："这会儿想逃也逃不了啦。是死是活，全听您的！"班超说："没有进老虎洞的胆量，怎么逮得着虎崽子（文言叫"不入虎穴，焉得虎子"）呐？如今只有一个办法，趁着黑夜去袭击匈奴使者住的帐篷。他们不知道咱们有多少兵马，一定着慌。只要杀了匈奴使者，鄯善王一定吓破苦胆，还能不归顺咱们吗？大丈夫立功就在这一遭了。"大伙儿都说："对！咱们不管死活，就这么拼一下子！"

到了半夜里，班超率领三十六个壮士，偷偷地摸到匈奴使者的帐篷外边，正好赶上刮大风。班超吩咐十个壮士拿着鼓躲在帐篷后面，二十个壮士埋伏在帐篷前面，他带着六个人顺着风向放火。火一烧起来，十个人同时擂鼓呐喊，其余的人大喊大叫，杀进帐篷里去。匈奴人从梦里被吓醒，当时

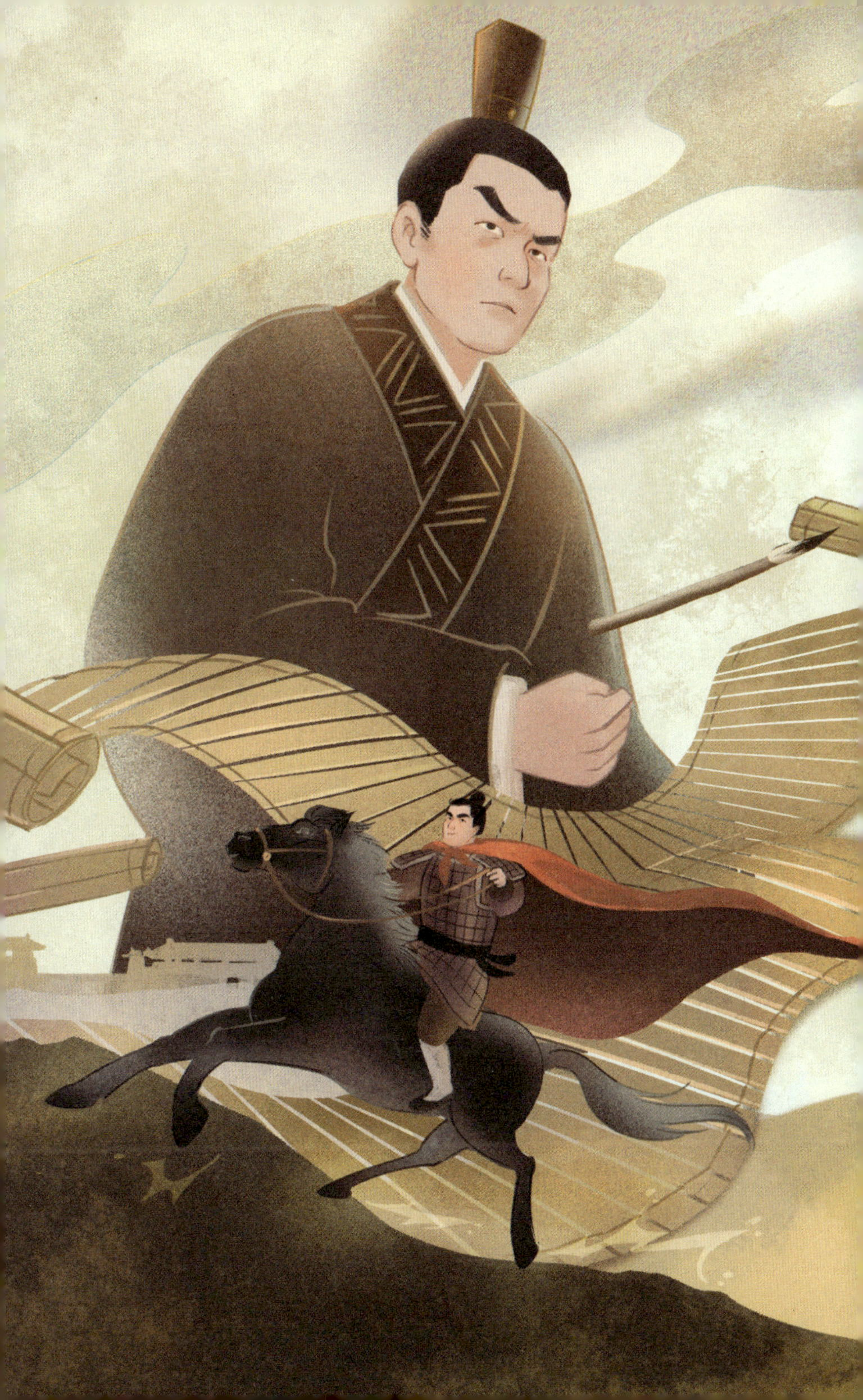

就大乱起来。班超手起刀落，一下子砍死了三个匈奴兵。壮士们跟着班超，杀了匈奴的使者和三十多个随从。他们割下了匈奴使者的脑袋，把帐篷都烧了，剩下的匈奴兵也都给烧死了。班超带着三十六个壮士回到自己营里，正好天亮。

鄯善王听到匈奴的使者被杀了，又是高兴，又是害怕。只要汉朝能帮他抵抗匈奴，他是愿意跟汉朝联合的。他亲自来到班超的帐篷里，说今后一定听从汉天子的命令。班超好言好语安慰了他一番。鄯善王为了表示真心跟汉朝和好，就叫他儿子跟着班超到洛阳去，学习汉朝的文化。

班超回到洛阳，向窦固报告了结交鄯善的经过。窦固很高兴，向汉明帝奏明了班超的功劳。班超希望派个级别高的官员到西域联络各国。汉明帝说："还有比班超更合适去的吗？就叫他去吧！"于是，他派班超再去结交于阗（tián），还叫他这次多带些人马去。班超说："于阗那地方大，路又远。宣扬威德不在人多，只要能帮助他们抵抗匈奴就成。要是出了岔子，多带几百个兵也不顶事，反倒成了累赘。我带着原来的三十六个壮士去，也就够了。"汉明帝知道班超能随机应变，就同意了。他觉得既然到西域去宣扬威德，就叫班超多带些礼物去。

班超带着原班人马，走了好多日子，才到了于阗。于阗王早就听说班超厉害，连忙出来接见。可他那儿还住着个匈奴派来的军官呐，真叫他左右为难。他回到宫里，就把巫人请来，让巫人向大神问问吉凶：到底是向着汉朝好，还是向着匈奴好？

那个巫人是向着匈奴的。他装模作样地作起法来，假装大神的口气对于阗王说："你为什么要跟汉朝人来往？汉朝使者骑的那匹马倒不错，赶快拿来祭我。"于阗王怎么敢违背大神的旨意呐，就派人去向班超要马。可他手下有几个人不服气，偷偷地把巫人的花招告诉了班超。班超心里有了底，就对来取马的人说："大王要我的马敬神，我怎么能不乐意呐？可不知道要的是哪一匹，请巫人自己来挑挑吧。"

取马的人回去一说，那个巫人还真的来挑马了。班超也不跟他说话，立刻拔出宝剑把他杀了，就提溜着他的脑袋去见于阗王，对他说："这个人头跟匈奴使者的人头一个样。你跟汉朝和好，两国都有好处；你要是勾结匈奴侵犯汉朝，我们的宝剑可不是吃素的。"

于阗王见了人头早就愣住了，再听班超这么一说，不由得软了半截，连连说："愿意听汉天子的吩咐。"他派兵杀了匈奴的军官，把人头献给了班超，还说愿意像鄯善王那样，把儿子送到洛阳去学习。班超高兴了，这才把带来的绸缎和布匹等礼物送一份给于阗王和他手下的大官。

于阗和鄯善是西域的大国，它们跟汉朝有了来往，别的小国，像龟兹（qiū cí）、疏勒，跟着也都过来了，表示和汉朝友好。班超派人去向窦固报告，窦固让班超就留在疏勒，好就近帮助西域各国抵抗匈奴,又派出军队驻扎在那里。西域和汉朝不相往来已经有六十五年了,到了这时候,才恢复了张骞当时的局面。

公元75年,汉明帝害病死了,太子刘炟(dá)即位,就是汉章帝。这一年,内地发生了大饥荒。有的大臣说,把军队驻扎在老远的地方,花费大,得益少,还不如撤回来。汉章帝才十八岁,没有什么主张。他听了大臣的建议,就下了一道诏书,让驻扎在西域的兵马都撤回来。

班超接到了诏书,只好准备动身。疏勒国的官员和百姓一听到这消息,都像大祸临头似的,只怕匈奴再来欺负他们。有一个疏勒的将军流着眼泪说:"汉朝扔了咱们,咱们用什么来抵挡匈奴呐!与其那时候死,不如今儿就死了吧!"说着就自杀了。班超看了,心里像刀子扎一样,可皇上叫他回去,他怎么能不依呐?

班超经过于阗的时候,于阗王和大臣们拦住了班超,抱住他的马腿不放。班超只好暂时住下来,上书给汉章帝说:"西域各国受不了匈奴的欺负,把汉朝的天子当作靠山,现在天子叫我回去,他们失去了依靠,只好再去投降匈奴,再来侵犯中原。"汉章帝看了班超的奏章,跟大臣们商议了一下,就收回成命,让班超留在了西域。

汉章帝做了十三年皇帝,害病死了。太子刘肇即位,就是汉和帝。汉和帝尊汉章帝的皇后窦氏(窦融的曾孙女)为皇太后。可他不是窦太后亲生的,他的母亲梁贵人还是被窦太后害死的。汉和帝即位的时候才十岁,窦太后替他临朝。因为儿子不是自己生的,窦太后就对皇帝不那么放心,依靠起了娘家人,让哥哥窦宪执掌大权。从汉章帝起,东汉的皇帝大多活得不长久,新即位的皇帝又多半都是小孩子。就因为这样,太后临朝,太后家执掌大权,差不多成了传统,外戚的势力从此大起来了。

外戚专权

　　皇太后的哥哥窦宪执掌了大权，第一件大事就是把禁止私人煮盐和炼铁的法令废了。汉武帝当年费了很大的力气，把煮盐和炼铁的利益从豪门手里夺了过来。这会儿，窦宪为了得到豪门的支持，又把盐、铁的利益让给了他们。这样一来，窦家的政权居然拿稳了，窦宪的几个兄弟都做了大官。

　　汉和帝有个本家伯父叫刘畅，是汉光武帝的大哥刘縯的曾孙，为了汉章帝的丧事，他到京师来吊孝，窦太后几次召他进宫交谈。窦宪怕窦太后重用刘畅，派刺客把他暗杀了。窦太后被蒙在鼓里，还叫窦宪去捉拿凶手，追查主使的人。窦宪把杀人的罪推在别人身上，可有人不服气，说应当仔细调查。调查下来，主使杀人的原来就是窦宪自己。杀了皇帝的伯父，这可不是件小事儿，窦宪只怕姐姐窦太后也没法包庇他，心里挺害怕。

正好这时候，南匈奴的单于上书说北匈奴遭了饥荒，又发生了内乱，请汉朝发兵帮他去打北匈奴。窦宪觉着这是个机会，就请窦太后让他带兵北伐，也好避过风头。窦太后自然同意，还拜他为车骑将军。这么一来，窦宪又神气起来了。

原来匈奴早已分裂成南北两部。强迫西域跟汉朝作对的是北匈奴，住在大漠以北。大漠以南的归附汉朝，叫南匈奴。这时候北匈奴已经衰落了，不能抵抗汉兵。这一回，窦宪在漠北打了个大胜仗，俘虏的和投降的匈奴兵就有二十万人。他得意得别提，就让中护军班固写了一篇颂扬他的功德的文章，高高地刻在山石上，这才下令班师还朝，回到洛阳。

窦太后于是拜窦宪为大将军，加给他两万户的封地，叫他驻扎在凉州。窦宪的三个兄弟都被封了侯，加上他们的子弟、女婿、伯伯、叔叔、娘舅、外甥，还有一帮子心腹，威风得不得了。各地的刺史、郡守、县令，很多是窦家门里出来的。他们贪污勒索、贿赂公行。谁要是反对他们，谁准得倒霉。窦宪的三弟窦景，更闹得无法无天。

窦景手下有两百个骑兵，做他的卫队。这一伙人经常骑着高头大马，成群结队地在街上溜达。瞧见哪个铺子有什么值钱的东西，他们拿手一指，东西就是他们的了，压根儿用不着付钱。貌美的妇女给他们看中了，也就算他们的了，还得乖乖地送去，要不然他们就要加个罪名，把人抓去当囚犯来办。洛阳城里的商人和居民一瞧见窦家的卫兵和奴仆出来，都逃的逃，关门的关门，好像见了老虎一样。向着窦家的官儿不用说了，就是不向着窦家的也只好睁着眼睛当作没瞧见。谁要是多嘴说了几句不满的话，自己的命先保不住。这么一来朝廷上除了司徒丁鸿、司空任隗、尚书韩棱，差不多都是窦宪一党的。他们都把窦家作为靠山，互相勾结，准备造反，拥护窦宪做皇帝。

汉和帝这时候十四岁了。他年纪虽小，可挺有心眼儿，看出了这批人谋反的苗头。他打算把丁鸿、任隗、韩棱召进宫去，商议对付的办法。可是里里外外、上上下下都是窦宪的"耳朵"和"眼睛"，万一走漏了消息，可不是闹着玩儿的。他看看左右，只有服侍他的宦官。他觉得中常侍郑众还忠实可靠，和他谈谈，别人也不会起疑心。这么一想，他就趁着郑众进来伺候他的时候，悄悄地问郑众怎么才能够消灭窦党。郑众出了个主意，说可以先把窦宪从凉州调回来，趁他们不防备，把他们一网打尽。汉和帝叫郑众暗地里联络了司徒丁鸿、司空任隗他们，做了准备，接着就下了一道诏书到凉州，说南北匈奴已经和好了，西域也通了，大将军应当回到朝廷里来辅助皇帝。

　　窦宪正想回到京师来，好成全大事。他接到了诏书，就带着大军回到洛阳。汉和帝派大臣到城外去迎接窦宪，还慰劳了将士。窦宪按规矩，让军队驻扎在城外，自己进了城。那时候天已经快黑了，他决定在家里休息一夜，第二天一早去朝见皇上。那些奉承窦宪的大官儿都连夜到将军府里去拜见窦宪。

　　就在这个时候，汉和帝和郑众悄悄到了北宫，吩咐丁鸿派兵关上城门。丁鸿把所有的卫兵都用上，神不知鬼不觉，分头布置停当。窦宪的女婿郭举和亲信邓叠从将军府出来，才回到家里，就像小鸡碰到老鹰似的，都被抓了起来，当夜就下了监狱。

　　窦宪可一点儿也没察觉。送走了客人，他安安停停睡了一觉，什么都没听见。哪儿知道，丁鸿带着卫兵，已经把将军府围得水泄不通。天刚一亮，汉和帝的使者敲门进来，说有诏书到。窦宪慌忙起来，揉揉眼睛，趴在地下。使者宣读了诏书，免去窦宪大将军的职司，改封为冠军侯。窦宪只好交出大将军的大印。

　　送走了使者，他派人去探听几个兄弟的动静，才知道他们也都交还了大印。没过多少时候，他又听到郭家、邓家的人都被绑到大街上杀了。凶信接二连三，急得窦宪晃晃悠悠，脑子里嗡嗡直响。可皇上的使者又到了，催他立刻离开将军府，回到自己的封邑去。他的三个兄弟窦笃、窦景、窦瑰，也都分头动身走了。

窦宪哥儿四个各自带了家小，回到了自己的封邑。汉和帝的诏令也到了，只免了窦瑰的罪，嘱咐其余三个自己动手，他们都只好自杀。窦太后孤零零一个人住在宫里，过了几年也害病死了。

当年勾结窦宪的大官，也有处死的，也有自杀的。中护军班固因为写了颂扬窦宪的文章，也算窦宪一党，被下了监狱。班固已经六十多岁了，受不了折磨，就在监狱里自杀了，好多人替他可惜。

班固当初奉了汉明帝的命令，编写《前汉书》，这时候，还剩下一小部分，别人很难接着往下写。汉和帝听说班固的妹妹班昭很有才学，就把她召进宫去，叫她继续她哥哥的工作，续写史书。班昭是扶风人曹寿的媳妇，早年守寡。她进宫以后，除了写史书以外，还教后宫的妃子和宫女识字念书。后宫里的人没有不尊敬她的，都叫她曹大家（女子的尊称；家 gū）。

班昭的另一个哥哥就是远在西域的班超。他跟窦宪没有来往，当然牵累不着，还升了官，当了西域都护。

天知地知

班超住在西域已经三十多年了。他听说西方还有个大国叫大秦（就是罗马帝国），就派助手甘英为使者，带着随从和礼物去联络大秦。甘英到了条支（古国名，在叙利亚一带），受到当地人的欢迎。条支国是个半岛，都城造在山上，周围四十多里，西面是大海（就是地中海）。那地方又热又潮湿，老有狮子、犀牛等猛兽出没，走陆路很不方便，甘英打算乘船去。有个安息（在伊朗一带）船夫劝告他说："我看你还是别去了。那海大得很，行船得冒极大的风险。碰巧了，顺风顺水，也得三个月工夫；风向不凑巧，两年也到不了。我们到大秦去，船上总得准备着三年的粮食。大海茫茫望不见边，船里的人免不了想家，要是害了病，或者遇着风浪，死的人可就不少。你们东方人怎么受得了哇？"

甘英谢过了那个安息人，回来把经过报告了班超。刚巧安息的使者到了，带来了安息的狮子和条支的大鸟作为礼物，要送给汉朝皇帝。班超这时候在西域已经三十年了，就派他儿子班勇陪着安息国的使者上洛阳去，还趁这个机会上了一封书给汉和帝。他说："我死在西域也无所谓，只怕以后的人因为我不得回国，不敢再出来了。我即使回不到酒泉郡，只要能活着进玉门关也心满意足了。我的儿子从小生长在西域，我能在活着的时候让他回来看看父母之邦，真够造化的了。"可汉和帝没给他回信。

班超的妹妹曹大家也上书汉和帝，苦苦央告让她哥哥回来。汉和帝才下了一道诏书，派中郎将任尚为西域都护去接替班超，召班超回朝。公元102年秋天，班超回到洛阳，不到一个月就死了，死的时候七十一岁。班超的儿子班勇也挺有志气，像他的父亲一样，为了西域的安定，跟匈奴对抗，多次打败北匈奴。

过了三年，汉和帝年纪轻轻的也死了。皇后邓氏没有儿子，就把后宫中一个出生才一百多天的婴儿立为皇帝，就是汉殇（shāng）帝，他当然做不了主，只好由邓太后临朝。邓太后还挺年轻，不便老跟大臣们在一起商讨国家大事。除了她哥哥邓骘（zhì），还有谁能老到宫里去见皇太后呐？这样一来，邓骘就做了车骑将军。没想到，第二年八月里，小皇帝汉殇帝死了。邓太后和邓骘一商量，觉得清河王刘庆的儿子刘祜（hù）生得聪明伶俐，就立他为太子。太子即了位，就是汉安帝。汉安帝也不过十三岁，邓太后继续临朝。

邓太后看到过窦宪是怎样败亡的。她不敢专用娘家的人，还一再吩咐地方官，邓家的亲戚、子弟要是有过错，一概从严惩办。她还提倡节俭，减轻捐税。

可事情并不顺她的心，国内连年发生灾荒，老百姓穷得没饭吃，连京城里都饿死了人，又有地方爆发了农民起义。西北边境上也不安宁，匈奴和西羌都打到内地来了。原来接替班超的任尚只知道压制西域的老百姓，改变了班超当初的规矩。西域各国一个接一个地起来反抗，朝廷上的大臣也目光短浅，认为西域各国反复无常，根本没法治，不如把兵撤回来，也好省下一大笔粮饷。邓太后听了这些意见，就放弃了西域。这样，西域又落入匈奴手里。匈奴又联络西羌不断入侵西北边境，抢劫财物，残杀人民。

邓太后凭她一个人，怎么能管得了这么些国家大事呐？她叫邓骘推荐有名望的人到朝廷里来办事。邓骘果然推荐了一个人，就是华阴（在今陕西省潼关县西）人杨震。

杨震很有学问。他家里穷，靠教书和种菜过日子。弟子们替他种菜，他不让，说免得耽误他们的功课。他教了二十多年书，人们都说他道德高，学问好。邓骘听到了，先推荐他为"茂才"（就是秀才），请他当荆州刺史，后来又调他去东莱（在今山东省）当太守。他到东莱去上任的时候，路过昌邑，在驿站里住了一宿。

昌邑县的县令王密本来是杨震推荐的。王密也许为了感谢杨震，也许为了要他提拔，就在夜里去拜见他，献上了十斤黄金。杨震对他说："我知道您是怎么个人，您怎么不知道我呐？"王密说："您先别说这个。我给您送点礼，您何必客气呐！反正半夜里没有人知道，您就收了吧。"杨震一本正经地对他说："天知道，地知道；你知道，我知道。你怎么能说没有人知道呐？"王密听了，臊得连耳朵根儿也红了，只好拿着黄金退了出去。

杨震做了好几年太守，仍旧是两袖清风。家里人吃的是蔬菜，走路靠两条腿。有个朋友对他说："为了子孙后代，您多少也该置办点儿家产。"杨震笑着说："让我的后代做个清白官吏的子孙，这份遗产还不够阔气吗？"

杨震到了京师，做了太仆（管车马兼兵器制作的官），后来又升为太常（管礼乐祭祀的官）。这会儿邓骘又推举他做了司徒。大臣们都尊敬他，邓太后也特别信任他。汉安帝已经二十七岁了，朝廷上有了这么一个司徒，邓太后该放心了，为什么还要自己临朝，不把大权交给皇帝呐？原来她有她的苦衷：汉安帝小时候聪明伶俐，没想到越大越不像话，只知道吃喝玩乐，不知道上进。邓太后挺不高兴。她看到河间王的儿子刘翼人才出众，就封他为平原王。

汉安帝的奶妈王圣见邓太后喜欢刘翼，就起了疑心，只怕邓太后要改立刘翼为皇帝。她勾结了李闰和江京两个内侍，在汉安帝跟前说邓太后坏话。汉安帝挺相信他奶妈的话，对邓太后又是恨又是怕。

公元121年，邓太后病了，还咯了血。她辛辛苦苦地临朝十六年，死的时候才四十一岁。邓太后一死，汉安帝亲自掌了权，重用起一帮子宦官。中常侍樊丰、刘安、陈达，还有内侍李闰、江京，奶妈王圣，一下子都参与了朝政。这一批人交了运，另一批人就倒了霉。第一个倒霉的是龙亭侯蔡伦。

蔡伦也是个宦官，桂阳（在今湖南省郴州市；郴chēn）人。他很有学问，喜欢研究手工艺，心灵手巧。每当休息的日子，别的宦官都玩去了，蔡伦不去。他把自己关在屋子里，钻研手艺，认真读书。官里见他有这么个长处，就让他管制造机械器具的事。他就对写字的材料上了心。本来，文字不是刻在竹简上就是写在绢上。后来西汉初年，出现了一种用树皮和麻丝做的纸。可是这种纸太粗糙，不好写字。蔡伦又研究了好几年，试验了不知道多少次，末了用树皮、麻丝、破布、渔网什么的泡在水里，用石臼捣得稀烂，制成了一种又薄又细的纸，写起字来好用多了。公元105年，他把他制的纸献给了汉和帝。汉和帝着实称赞了一番。打这儿

蔡侯紙

起，大伙儿喜欢用蔡伦的纸，纸就渐渐被用开了。蔡伦有这么大的功劳，后来邓太后封他为龙亭侯，大伙儿就把蔡伦造的那种纸称为"蔡侯纸"。

不料邓太后一死，有人向汉安帝告发，说蔡伦从前奉了窦太后的命令，参加一次暗杀行动，杀了汉安帝的祖母。汉安帝要为祖母报仇，下令把蔡伦下狱审问。蔡伦不愿意受到侮辱，就喝毒药自杀了。

汉安帝恨透了邓太后的哥哥邓骘，收了他的大将军印，逼着他自杀。邓家的子弟全受了连累。外戚邓家算是完了，新的外戚阎家得了势，宦官江京、李闰他们都封了侯。奶妈王圣和她的女儿在宫里直进直出，威风无比。汉安帝成天价跟这些人胡闹，国家大事一概不管，都交给樊丰他们去办。司徒杨震好几次上书劝告，汉安帝就是不理。

樊丰他们看到杨震也碰了钉子，就谁都不怕了。他们假传诏书，调用国库里的钱，大兴土木，给自己盖起花园来。杨震自然又上书告发，樊丰就请汉安帝免去他的官职。这还不够解恨，他又在汉安帝跟前撺掇说："杨震本来是太后的心腹，邓家受了惩罚，他怎么能够不怨恨皇上呐？依我说，还不如送他回乡去吧。"汉安帝真就把杨震免了职。

杨震只好动身回到家乡华阴去，他的门生都去送他，替他抱不平。到了城西夕阳亭，他对门生们说："有生必有死，本来用不着难受；只是我受了皇恩，不能消灭奸臣，还有什么面目见人呐？我死之后，你们要用葬一般读书人的制度葬我，切不可铺张奢侈。"这位拿"天知地知"提醒人的人就这么自杀了。他的学生们痛哭不必说了，连过路的人听说了，也没有不流泪的。

杨震一死，汉安帝清静多了。他就带着年轻漂亮的阎皇后、国舅阎显和樊丰、江京一伙人离开了洛阳，往南边游玩去了。他可没想到，这一去就不能活着回来了。

豺狼当道

汉安帝走到半道儿，乐极生悲，害起病来，只好打消了往南边游玩的念头，赶紧回来。这位糊涂皇帝就糊里糊涂地死在路上了。阎皇后忍不住大哭起来，阎显、江京、樊丰他们连忙向她摆手，对她说："不能哭，大臣们要是知道皇上晏驾了，立了济阴王，咱们还活得下去吗？"阎皇后只好忍着眼泪，不敢哭出声来。

原来汉安帝的后宫李氏生了个儿子叫刘保，本来已经立为太子了。阎皇后怕李氏夺她的地位，把李氏毒死了；又叫江京、樊丰诬告太子谋反。太子刘保才十岁，汉安帝听了就把他废了，改立为济阴王。如今汉安帝死在路上，阎显、江京、樊丰他们只怕大臣们知道了，又把刘保请回来当皇帝。他们就瞒着大臣，把汉安帝的死信掩盖着，急急忙忙地回到京师，商量好另立新皇帝的计策。定了以后，这才给汉安帝发丧。阎皇后打算自己临朝，挑了个汉章帝的孙子做皇帝，她自己做了皇太后，哥哥阎显做了车骑将军，执掌了大权。阎显把那地位最高的三公（太尉、司徒、司空）都换了自己的人，又跟新的三公联合弹劾大将军耿宝、中常侍樊丰、谢恽、周广和奶妈王圣，说他们结党营私，大逆不道。阎太后下了一道诏书，这几个人就全完了。新上台的是阎太后和阎显的几个兄弟：阎景、阎耀、阎晏。阎家的威风就抖起来了。

谁知好景不长，才过了几个月，娃娃皇帝害了病，眼看活不成了。宦官孙程想趁着机会抓权，秘密联络了十八个中黄门（宦官的一种，负责护卫皇帝），大家伙儿对天盟誓，决定去迎接废太子刘保。不多久，娃娃皇帝果真死了，阎太后和阎显、阎景他们还没商议停当，孙程他们突然发动起来，杀了内侍江京、刘安一伙人，当天晚上就请济阴王刘保即位，这就是汉顺帝，也才十一岁。孙程传出了汉顺帝的命令，指挥全部卫队杀了卫尉阎景，逼着阎太后交出了玉玺；阎显、阎耀、阎晏都被下了监狱，又一个个都被处了死刑，把阎太后软禁在离宫。没过几天，阎太后也死了。外戚专权就被止住了。

这一来，孙程他们十九个宦官风光起来，都成了有功之臣。好拍马屁的人都说他们的功劳太大了，比得上汉高祖那会儿的韩信、汉光武帝那会儿的吴汉。汉顺帝把他们都封了侯，孙程的功劳最大，封为浮阳侯，还当了都尉。一眨眼儿，东汉的天下就从外戚手里转到宦官的手里了。

到了公元132年，汉顺帝十八岁了，立贵人梁氏为皇后，梁皇后的父亲梁商跟着做了大将军。外戚的势力又抬了头。有人请汉顺帝叫各地推荐有才学的读书人到京师里来，由皇上亲自考试。那次来的人果然不少，最出名的有汝南人陈蕃、颍川人李膺（yīng）、南郑人李固、南阳人张衡等等。他们参加了考试，提出了种种改进政治的办法。可政权掌握在宦官和外戚的手里，这些没职没权的读书人能发挥什么作用呐？

在这些读书人里边，南阳的张衡还是个了不起的科学家。他是专门研究天文和数学的。他断定地球是圆的，月亮绕着地球转，借着太阳的光而发光。他还用铜制造了一个"浑天仪"，上面刻着日月星辰，靠流水来转动。坐在屋子里看着浑天仪，就可以知道什么星从东方升起来，什么星从西方落下去。

那时候，经常发生地震。张衡就发明了一个仪器，叫"地动仪"，形状像一个大酒坛。在"酒坛"周围，按照东、南、西、北、东北、东南、西北、西南八个方向，装着八条龙，每条龙的嘴里含着一个铜球。龙嘴下面各蹲着一个张着嘴的铜蛤蟆。哪个方向发生地震，朝着那个方向的龙就吐出铜球。铜球正好落在蛤蟆嘴里，当的一声，就像打钟一样。只要听到声音，跑去一看，就能知道哪个方向闹了地震。

大臣们听说张衡造出地动仪，都不相信，只把它当作逗乐的玩意儿。公元138年春季里的一天，地动仪上朝西的那条龙吐出铜球，当的一声，掉到蛤蟆嘴里了。可洛阳城没有地震，也没听说附近哪儿发生了地震。大臣们议论纷纷，都说张衡的地动仪是骗人的，有的甚至说他造谣生事，应当办罪。没想到才过了几天，陇西有人来报告说，离洛阳一千多里的金城发生了大地震，连山都塌了。大伙儿这才信服了。可是朝廷里乌烟瘴气，像张衡这样真有本领的人哪儿能得到重用呐？

汉顺帝靠着宦官做了皇帝，当然要重用宦官。浮阳侯孙程死了，宦官没有亲儿子，汉顺帝格外开恩，让孙程的养子孙寿继承爵位和封地。当初汉武帝和汉宣帝利用宦官，是因为宦官没有后代，不至于像外戚那样来威胁朝廷。现在汉顺帝开了这个例，宦官的养子也可以得到封赏、继承官位，还有个完有个了吗？宦官的养子是要多少有多少的。这么着，汉宫里的宦官多到几百家，甚至上千家，彼此争权夺利，闹得天下乱糟糟的，没有一天安宁。大将军梁商虽然做了大将军，也叫他儿子们好好地结交宦官曹节、曹腾他们，好保全一家的荣华富贵。不少见风使舵的官员，也争先恐后地向曹节他们献殷勤。

公元141年，梁商害病死了。汉顺帝让他的儿子梁冀接着他父亲做了大将军，另一个儿子梁不疑做了河南尹。别看梁冀说话结结巴巴的，他可是从小就会耍钱、玩斗鸡，长大了仗势欺人，什么坏事都干。这样的人做了大将军，又和曹节、曹腾那些宦官勾结在一起，就更闹得无法无天了。老百姓给逼得活不下去，纷纷起来反抗官府，专杀贪官污吏。

谏议大夫周举上书汉顺帝说，百姓最恨贪官，要想把造反的平息下去，先得把各地的地方官查一查，是贪官污吏，就该严办。汉顺帝这一回倒是听了他的话，派了八个大臣分头到各地去视察。

八个大臣中，有个最年轻的叫张纲。他一路走，一路想：把国家弄得这么糟，还不是朝廷上那些大官吗？光查办地方官有什么用，惩办了那些大官，地方上的小官自然就不敢胆大妄为了。他越想越不是味儿，到了洛阳都亭，就把坐的车子毁了，把车轮埋了起来，不走了。人家问他："您怎么啦？"他说："豺狼当道，何必查问狐狸？"他跑回洛阳，就上书告大将军梁冀和河南府尹梁不疑。

这个消息一传开，整个洛阳城都轰动起来了。老百姓都说张纲代他们说出了心里话。梁家的子弟和亲戚恨得咬牙切齿。他们说："张纲这小子，看他有几个脑袋！"汉顺帝正宠着梁皇后，怎么会惩办皇后的弟兄呐？可他知道向着张纲的人也不少，只好把张纲的奏章搁在一边，只当没有这回事。出去视察的大臣报上来的，大多也牵连到梁冀和宦官，这些报告，也都像石沉大海，没有下文了。

梁冀恨透了张纲，非想个法治他一下才解气。刚巧广陵（在今江苏省扬州市）那边有公文到来，说"广陵大盗"张婴造反，扰乱徐州、扬州一带，手下有好几万人马，请求朝廷派人捉拿镇压。梁冀就趁这个机会，推荐张纲去当广陵太守，想让他到那儿送死。

张纲到了广陵，带着十几个随从亲自去见张婴，说自己是来惩办贪官污吏的，决不跟老百姓为难。张婴早就听说张纲为人正直，说话算话。两个人就指天起誓，要一起除暴安良。张纲在起义军中挑选了一批有能力的人，帮他办事，让其余的人回家种地。广陵一带就这么安定下来了。张纲立了大功，大臣们认为应当封赏他，可梁冀不点头也没用。张纲在广陵当了一年多太守，就病死了。

张纲去世后第二年，公元144年，汉顺帝也死了。两岁的太子刘炳即位，就是汉冲帝。不到半年，汉冲帝又死了，立谁做皇帝呐？大臣们提出两个人来：一个是清河王刘蒜，一个是勃海王刘缵（zuǎn），都是汉章帝的玄孙。太尉李固劝梁冀立年长的刘蒜。梁冀和梁太后可不愿意听他的，年长的皇帝哪儿有年幼的皇帝听他们的话呐？他们就决定立八岁的刘缵为皇帝，这就是汉质帝。

跋扈将军

汉质帝才八岁，挺聪明，又不懂事。他看梁冀独断独行，把谁都不搁在眼里，觉着别扭。有一天在朝堂上，汉质帝当着文武百官的面，指着梁冀说："大将军是个跋扈将军（跋扈，专横的意思）。"梁冀一听，气得眼珠子都快蹦出来了，他寻思着："这小子这么厉害，赶明儿长大了还了得！"就嘱咐内侍把毒药放在饼子里拿上去，请小皇帝吃。

汉质帝吃了饼子，觉着难受，就召太尉李固来问："吃了饼子，肚子闷，口干，喝点儿水还能活吗？"梁冀抢着说："不……不能喝，喝了恐怕要……要……要吐。"梁冀磕磕巴巴地还没说完，汉质帝就倒在地下，打了几个滚，死了。李固扑上去痛哭了一场,请梁太后和梁冀查办内侍。要是张纲还活着,他一定又是那句话:"豺狼当道,何必查问狐狸?"

太尉李固和大鸿胪杜乔只怕梁冀又要挑个小娃娃做皇帝,就联名上书,请立清河王刘蒜为帝。可梁冀和梁太后又有了主意。第二天,梁冀把大臣们召集在一起,他耸着肩膀,直瞪着两只眼睛,气势汹汹地说:"立……立……立蠡(lí)吾侯!"李固、杜乔他们正要说话,梁冀就大喝一声:"退朝!"立皇帝的事就这么定了。

李固还真有点儿固执劲儿,他写信给梁冀,说了一大篇该立刘蒜的道理。梁冀把信一扔,进宫去请梁太后拿主意。梁太后下令免了李固的职,让杜乔接替他做太尉。这么着,十五岁的刘志当了皇帝,就是汉桓帝,仍旧是梁太后临朝,大权还是掌握在梁冀手里。

转过了年,汉桓帝娶了梁太后的小妹妹为皇后,姐儿俩这就成了两辈儿,一个是太后,一个是皇后。梁冀要拿最阔气的聘礼去迎接他妹妹。杜乔反对,说不能破坏先皇定下的规矩。梁冀恨透了杜乔,非把他赶走不可。碰巧洛阳一带发生地震,一些人上书说京师地震,罪在太尉。梁太后就又把杜乔免了职。梁冀知道朝廷里推崇李固、杜乔的人还不少,就打算除掉眼中钉。

可巧,有些人闹着要让刘蒜当皇帝,梁冀就说是李固指使的，请梁太后把李固下了监狱。李固的学生们听说老师给逮了起来，大喊冤枉，一齐到宫门前请愿，要求释放李固。梁太后怕事情闹大，只好下令把李固放了。李固昂着脑袋走出监狱，洛阳城里满街满巷的人都直喊"万岁"。梁冀听说了，想："这还了得，这不是跟我梁家作对吗！"他又去对梁太后说："李固笼络人心，图谋不轨，咱们梁家将来准要吃他的亏，不如趁早把他治了。"这一来，李固又被抓起来，不多久被判了死刑，给杀了。梁冀又派人去叫杜乔自杀，杜乔不听他的。梁冀就把他也抓了起来，杜乔被勒死在监狱里。李固和杜乔这么两个贤臣，都被梁冀害死了，梁冀可解了气。

公元150年，梁太后害病死了，朝中的大事就由梁冀一个人说了算。他不但是梁太后的哥哥，还是梁皇后的哥哥呐。尽管他怎样无法无天地闹，汉桓帝还是信任这个大舅子，这个跋扈将军。公元153年，黄河发大水，冀州一带的河堤决了口，淹死了不少老百姓，几十万户人家流离失所。当地的官员不但不救济，还借着修复河堤敲诈勒索。冀州的难民越来越多，眼看要造反了。梁冀就派朱穆去做冀州刺史。朱穆是个出了名的执法如山的人，老跟梁冀过不去。这一回，他就让朱穆到灾区去吃点儿苦头。

朱穆才过了黄河，冀州的贪官污吏已经吓破了胆，就有四十多人扔了官印逃走了。朱穆到了冀州，果然铁面无私，认真查办起来。有人向朱穆告发：宦官赵忠的父亲死了，赵忠跟埋葬皇上一样，给他父亲穿上了玉衣。在那个时候，丧葬有严格的制度，一个宦官的父亲也穿上了玉衣，这可不是件小事。朱穆马上派人去调查。去的人刨开坟来一看，赵忠的父亲真穿着玉衣躺在棺材里呐。朱穆听到报告，当时就把赵忠的家里人下了监狱。

赵忠在宫里得到消息，气得两眼发直，就跑到汉桓帝跟前哭诉，说朱穆刨了他父亲的坟。梁冀本来讨厌朱穆，也在旁边添油加醋，说了朱穆许多坏话。汉桓帝哪儿有不听他的，立刻派人把朱穆逮回来，关进了监牢。

消息一传出去，就有好几千太学生出来打抱不平。大伙儿公推刘陶带头，写了一封信，一齐来到宫门前，要求释放朱穆；要是不放，大伙儿愿意跟朱穆一同坐牢。汉桓帝也怕秀才造反，只好下令把朱穆放了，让他回到本乡南阳去。

太学生们还不肯罢休，又上书给汉桓帝说："皇上要打算安定天下，就得起用忠良。朱穆、李膺为人正直，办事能干，是中兴的助手、国家的柱石。皇上应当召他们还朝，辅助皇室。"可这种事汉桓帝哪儿做得了主，大权还在梁冀手里拿着呐。

不想没隔多久，梁冀的妹妹梁皇后也死了。汉桓帝本来最喜欢邓贵人，皇后一死，邓贵人就出了头。这邓贵人是邓太后（汉和帝的皇后）的侄孙女儿，父亲早死了。梁冀的老婆看她长得挺美,就收作自己的女儿,叫她改姓梁,把她送进了宫里。大伙儿一直还以为邓贵人是梁冀的女儿,只有邓贵人心里明白是怎么回事儿。

这会儿邓贵人出了头,梁冀只怕邓贵人的母亲在外头泄露了秘密。他就派了个刺客去杀邓贵人的母亲。不料那刺客被人逮住了,审问下来,才知道是大将军梁冀派去的。邓贵人把这事儿告诉了汉桓帝。梁冀这些年来杀过不知多少人,汉桓帝从不过问;这会儿杀到邓贵人的母亲头上了,那还了得!汉桓帝气得肚子发胀,就悄悄地问小黄门唐衡:"宫中谁跟梁家有怨?"唐衡低声说:"单超、左悺(guàn)、徐璜、具瑗(yuàn),他们都……"汉桓帝连忙摆了摆手,说:"我知道了。"

汉桓帝挺秘密地跟这五个宦官商量定当,要除掉梁冀。一天,他发动起一千多卫兵,突然包围了梁冀的住宅,收了他的大将军印。梁冀知道自己完了,只好跟老婆一块儿喝毒药自杀。梁家的子弟和亲属有的被处死,有的被废为平民。跟梁冀好的大官、小官一下子被免去了三百多人,朝廷上差不多空了。

宦官五侯

外戚梁家的势力倒了,汉桓帝自己有了大权。可他不想怎么把国家管好,光想着培养自己的势力,坐稳位子。于是他就把单超、左悺、徐璜、具瑗、唐衡这五个宦官在同一天都封了侯,就是所谓"宦官五侯"。单超又对汉桓帝说,小黄门刘普、赵忠等也有功劳,应当封赏。汉桓帝慷慨得很,就又封了八个宦官为侯。朝廷上一下子好像有了点新气象,其实打这儿起,宦官专权又成了国家的一大祸害。

尚书令陈蕃还盼望着汉室中兴,向汉桓帝推荐了五个名士:南昌人徐稺(zhì)、广戚人姜肱(gōng)、平陵人韦著、汝南人袁闳(hóng)、阳翟人李昙(tán)。汉桓帝做做样子,派人分头去迎接他们。可这五个人没有一个肯来的，都宁愿留在家乡教书种地。

陈蕃还不死心，又请汉桓帝去接安阳名士魏桓。魏桓跟徐稺他们一样，也不肯动身。朋友们劝他说："就是到京师里去走一趟也好嘛。"魏桓说："读书人出去做官，总得对得起百姓，对得起国家。现在后宫里多到几千人，请问能减少吗？供玩儿的马多到一万匹，请问能减少吗？皇上左右的那一大批宦官，请问去得了吗？"大伙儿听了都叹气说："恐怕都少不到。"魏桓说："对呀！那你们干吗还要劝我去呐？要是我活着去，死了回来，对大伙儿有什么好处呐？"大伙儿这才没有话说。

名士们一个也不来，汉桓帝并不稀罕他们，他身边有一大批封了侯的宦官呐。中常侍侯览并没参与除灭梁冀的事，可他献了五千匹绢，汉桓帝也封他为侯，列在功臣里面。白马（在今河南省滑县）县令李云上了道奏章，批评汉桓帝不该滥封宦官。他说："这么多的宦官，没有什么了不起的功劳，都封了万户侯，这怎么能叫在边塞上的将士们服气呐？皇上乱给爵位，宠用小人，贿赂公行，不理朝政，这样下去怎么得了！"

汉桓帝看了李云的奏章，气得眼珠发直。他立刻下一道命令，把李云下了监狱，叫中常侍管霸严刑拷打。大臣杜众上书说愿意和李云一同死。汉桓帝更火儿了，把杜众也下了监狱。陈蕃等几个大臣联名上书，替李云和杜众求情。汉桓帝要让他们瞧瞧他才是治理天下的主子，就把陈蕃他们都革了职，传令把李云、杜众都杀了。你说他宠用宦官，他觉得还没宠用够呐，干脆把单超拜为车骑将军，叫他掌握全国的兵权。宦官的势力这就顶破了天。

单超做了车骑将军没多久就死了。其余四个，徐璜、具瑗、左悺、唐衡可越来越骄横。宦官的义子也能继承爵位和俸禄，这是汉顺帝开的先例。就有不少没皮没脸的人赶着叫宦官爸爸。这样，四个宦官的义子、兄弟和侄儿都做了官，有不少做了太守，做县令的那就更多了。这些大官、小官只知道贪污勒索，老百姓受了冤屈，也没有地方可以告发。

徐璜的侄儿徐宣做了下邳令。已经死了的汝南太守李嵩，家就在下邳，他的女儿被徐宣看上了。徐宣派人到李家去，要小姑娘做他的姨太太。李家不答应，徐宣就派人把她抢了来。小姑娘一死儿不依。徐宣火冒三丈，叫人把她绑在柱子上，毒打了一顿，再问她依不依。小姑娘骂他是畜生。徐宣龇着牙一笑。他拿出一张弓，拣了十几支箭，一边喝酒，一边把她当作箭靶子，就这么喝一口酒，射一支箭，把小姑娘活活射死了。

李家到处鸣冤告状，可有谁敢碰徐宣一根汗毛呐？最后告到东海相黄浮那儿。黄浮是个不怕死的硬汉，下邳又是属东海管的，他决定还李家人个公道，就把徐宣传来当面审问。徐宣仗着他叔叔徐璜腰杆子硬，把嘴角使劲往下一拉，说："你敢把我怎么样？"黄浮吩咐手下的人剥去他的衣帽，把他反绑了。徐宣嚷着说："你反了吗？你不怕死吗？你真敢碰我？"黄浮大喝一声说："推出去砍了！"徐宣这才打着哆嗦，跪在地下喊"饶命"。黄浮的手下都慌了，拦住黄浮说："这可使不得，万万使不得！杀了徐宣，祸事不小啊！"黄浮说："今天我把这个贼子宰了，明天我就是死也甘心！"他亲自监斩，砍下了徐宣的脑袋。全城的人没有一个不痛快的。

痛快固然痛快，可是徐璜怎么可能放过黄浮呐？徐璜哭哭啼啼地对汉桓帝说："黄浮受了李嵩家的贿赂，害死我的侄儿。请皇上给我做主。"汉桓帝长着耳朵，就为了听宦官的话，马上把黄浮革职论罪。这样的冤案何止十桩八桩。

宦官为非作歹，闹得老百姓都活不下去了。那些太学生们再也忍不住，纷纷议论起朝政来。

禁锢党人

汉桓帝尝过秀才造反的滋味,听说太学生们又在议论纷纷,就顺着他们,让李膺做了司隶校尉,陈蕃做了太尉,王畅做了尚书。这三个人都是太学生们推崇的。太学生说,李膺是天下模范,陈蕃不怕豪强,王畅也是优秀人物,都称得上君子。

这么一议论起来,大伙儿都把当时的人物评论开了,说谁谁谁是君子,谁谁谁是小人。宦官们一听就明白,这是冲着他们来的。他们就倒打一耙:谁把他们分在小人这一伙里,他们就把谁称作"党人"。因为孔夫子说过:"君子群而不党。"既然是党人,就不是君子了。不是君子是什么人呐？当然就是小人。就这么着，宦官和党人成了死对头。

李膺一当上司隶校尉，就有人告发野王（在今河南省沁阳市）县令张朔贪污、勒索钱财，无恶不作。张朔是宦官张让的弟弟，他知道李膺的厉害，就逃到京师，躲在他哥哥张让家里。李膺听到风声，亲自带人到张让家去搜，把张朔像小鸡儿似的从里面提溜了出来，押在监牢里。张让急忙派人去说情，没想到他弟弟的脑袋早被砍下来了。张让气得要发疯，马上到汉桓帝跟前哭诉，可张朔已经供认了自己的罪过，汉桓帝也不好难为李膺，可心里直责怪李膺不该跟宦官作对。

一波未平，一波又起。有个方士叫张成，素来结交宦官，吹牛说他能看风向，测吉凶。这一天，中常侍侯览从宫里透出消息来：日内就要大赦。张成马上装腔作势地当着大伙儿看了看风向，就说皇上快要下诏书大赦天下了。别人不信，他就跟人家打赌，叫他儿子去杀了人。李膺把凶手抓了起来。第二天，大赦的诏书果然下来了。张成得意扬扬地对大伙儿说："你们看我是不是未卜先知？诏书下来了，不怕司隶校尉不把我的儿子放出来。"

这话传到李膺耳朵里，李膺更加火大，说："预先知道大赦就故意去杀人，大赦也不该赦到他的身上。"他就把张成的儿子逮起来杀了。张成怎么肯甘休，去请侯览、张让给他报仇。侯览他们就替张成出了个主意，叫他向朝廷上书，控告李膺跟太学生、名士们结成一党，诽谤朝廷，败坏风俗。他们还附上一份所谓"党人"的名单，把跟他们作对的人全列在上面。

汉桓帝本来就恨那些爱批评朝廷的读书人，这会儿看了控告书，就命令太尉陈蕃逮捕党人。陈蕃一看名单，上面写着的都是天下名流，就不肯照办。汉桓帝动了气，当时就把李膺下了监狱。很快，大臣杜密、陈翔，连同名单上的，一共二百多人，全被逮起来了。其余的人听到风声，逃的逃，躲的躲，连个影儿都没有了。有个名士叫陈寔（shí），被划在党人里头。有人劝他逃走，他叹了一口气，说："我逃了，别人怎么办呐？我去，也可以壮壮大伙儿的胆量。"他自己来到京师，进了党人的监狱。

太尉陈蕃上了一份奏章，替党人辩护。汉桓帝就把陈蕃革了职。李膺在监狱里想了个办法，要治治这些宦官。他传出话来，说不少宦官的子弟都是他的同党。宦官们果然吓坏了。没法儿了，他们只好对汉桓帝说："现在天时不正，应当大赦天下。"汉桓帝反正只听宦官的，就把两百多名党人都放了，可禁锢他们终身，就是永远不准他们做官。

就在这年冬天，汉桓帝害病死了。他在位二十二年，把国家弄得乱糟糟的，亡国的兆头已经出来了。他一死，窦皇后（汉桓帝立过三个皇后，窦皇后是第三个）慌了手脚，连忙召她父亲窦武进宫，跟几个大臣商议了一下，立河间王刘开的曾孙刘宏为皇帝，就是汉灵帝。汉灵帝也是个孩子，才十二岁，懂得什么呐？当然由窦太后临朝。窦武为大将军，他很佩服那些敢说话的党人，就让陈蕃为太尉，把李膺、杜密他们又重新请回来，参与朝政。朝廷上又气象一新了。

窦太后也挺尊重陈蕃。可她住在宫里，天天接触的还是宦官曹节、王甫他们。她经不起这些人的奉承，把他们当作了亲信。他们请求什么，她就答应什么；他们要封谁，她就封谁。陈蕃私底下对窦武说："不除掉宦官，就没法治理天下。将军得早想个办法才好。我已经快八十了，还贪图什么呐？留在这儿，就为帮助将军为朝廷除害。"窦武完全理会陈蕃的心思。他马上进宫，要求窦太后除了曹节他们。窦太后心软，怎么下得了这样的决心呐？她说："汉朝哪一代没有宦官？"

陈蕃真的拼老命了，上书列举宦官侯览、曹节、王甫他们的罪恶，请太后立刻把他们杀了，免得造成祸害。接着又有别的大臣上书，都要求罢免宦官。这么打草惊蛇地干，哪有不给蛇咬的呐？宦官们一听风声不好，倒先下手了。他们吓唬汉灵帝，说窦武、陈蕃要更换皇帝，然后就拿着皇帝的节杖，说陈蕃、窦武要谋反，要把两个人都抓起来，接着逼窦太后交出玉玺，把她关在南宫。窦武忙召集手下士兵与抓他的官兵对抗，可人太少了，最后只好自杀。陈蕃决心以死相拼，带着八十几个学生，冲进皇宫，要跟宦官理论。可这有什么用呐？陈蕃当场被杀。

这一来，陈蕃和窦武两家的人和他们的亲戚、门人都遭了殃，连带被害的还有好几家。李膺、杜密他们也被削职为民，赶出了京城。

不想这些人回到家乡，名声反而更大了。读书人都把他们当作领袖，批评朝政的劲头一点儿没减。宦官们怀恨在心，更把他们当成了死对头。

山阳高平（在今山东省微山县西北）有一个人叫张俭。他上书告发宦官侯览。侯览就让手下反过来告发张俭，说他和同乡二十多人结成一党，诽谤朝廷，企图谋反。曹节他们乘机让几个心腹一起上奏章，请求再一次逮捕党人，把李膺、杜密这些人都抓起来。

汉灵帝才十四岁，哪儿懂得是怎么一回事？他就问曹节："什么叫党人？为什么要抓他们？"曹节顺口就编了一通，说党人怎么怎么可怕。汉灵帝吓得缩短了脖子，连忙叫他们下诏书逮捕党人。

逮捕党人的诏书一下，各地又都骚动起来。有人得到了消息，慌忙跑到李膺家里，催他赶快逃走。李膺说："我一逃，反倒害了别人。再说我已经六十了，还逃到哪儿去呐？"他就自己进了监狱。后来，他和杜密都被害死了。他的门生和他推荐的官吏都被禁锢。别的党人被杀的、被禁的一共有六七百人，太学生被逮捕的也有一千多人。

宦官镇压了这么多的党人，当然是称心如意了。可是侯览还挺不高兴,他的死对头张俭还没拿到。他请汉灵帝通令全国,一定要捉拿张俭到案。谁窝藏张俭,跟张俭同样办罪。张俭不像李膺、杜密他们那样情愿自己找死,他各处躲藏,还想活命。好几家人因为收留过他遭了祸,轻则下了监狱,重则处了死刑。有一家姓孔的,也因为收留过张俭倒了霉。

那个姓孔的叫孔褒(bāo),鲁郡(在今山东省)人,跟张俭挺要好。张俭逃到鲁郡去投奔孔褒,刚巧他不在家。他的弟弟孔融才十六岁,自作主张把张俭留下了。张俭住了几天,不免露了风声。赶到官府派人来抓,张俭已经走了。鲁郡的官吏就把孔褒、孔融哥儿俩都逮了去。孔融说:"张俭是我招待的,应当办我的罪。"孔褒说:"他是来投奔我的,应当办我的罪,跟我兄弟无关。"官吏问他们的母亲孔老太太。孔老太太说:"我是一家之主,应当办我的罪。"娘儿三个这么争着,弄得郡县没法判决,只好上书请示。诏书下来,只把孔褒定了罪。孔融愿意代哥哥受罪,因此出了名。

张俭这么躲来躲去,有人觉得不是个办法。陈留(在今河南省开封市东南)人夏馥(fù)也在党人名单中,他没有跑,对家人说:"自己东躲西藏的,还连累别人,何苦呐?"他就把头发和胡子全都铰(jiǎo)了,到林虑山(在今河南省林州市)里,更名换姓,给人家做了用人。因为天天干活儿,手和脸都变得又粗糙又黑,谁也看不出他是个读书人了。

官逼民反

公元 178 年，皇宫里有一只母鸡，鸡冠越长越高，有一天忽然打起鸣来了。母鸡变成公鸡，本来是生理上的一种变态，并不奇怪。古人不知道，把它看成了不祥之兆。汉灵帝着慌了，问大臣们怎样才可以消灾免祸。议郎蔡邕（yōng）就上了一份秘密的奏章，说国家的祸害就在朝廷，皇上应该重用君子，远离小人。他还把朝廷上谁是君子，谁是小人，都写在奏章上。

汉灵帝这时候已经长大了，懂得了一点儿道理。他看了蔡邕的奏章，着实地叹息了一番。没防着曹节趁他更衣的时候，把秘密奏章偷看了一遍。这么一来，蔡邕说了些什么，全给宦官们知道了,原来那上面都是冲着他们来的。中常侍程璜立刻派人告发蔡邕,说他诽谤朝廷,谋害大臣;又在汉灵帝面前添油加醋地说蔡邕大逆不道,应当处死。汉灵帝到了儿还是听了宦官的,把蔡邕下了监狱,定了死罪。

想不到宦官当中也有个替蔡邕抱不平的人,名字叫吕强。他尽力在汉灵帝面前替蔡邕说情作保。汉灵帝这才叫吕强传出命令,免了蔡邕的死罪,罚他和他全家充军到朔方(在今内蒙古自治区杭锦旗北)去。

汉朝经过这么几代外戚和宦官的胡折腾,国库里的钱早就花得差不多了。汉灵帝只知道吃喝玩乐,可钱从哪儿来呢?宦官们就给汉灵帝出了个主意,开一个挺特别的铺子,让有钱的人来买官职和爵位:四百石的官职定价四百万钱,两千石的官职定价两千万钱;没有钱的也可以买官做,等他上任之后再加倍付款。买官做的人图个什么呐?还不是到了任上去搜刮民脂民膏。本来就连年灾荒,粮食歉收,这么一来,老百姓更苦了。实在没法子活下去,各地农民就造起反来了。

最先起义的是会稽人许生,他在句章(在今浙江省余姚市东南)举兵,没有几天工夫,参加的贫苦农民就有一万多人。他们攻破县城,杀了官吏,打退了前来围剿的官兵,许生就自称为阳明皇帝。这支农民军后来被镇压了下去,许生也被官兵杀了。

过了不久，巨鹿郡（在今河北省南部）张家三兄弟又领着老百姓起来造反。这弟兄三个叫张角、张宝、张梁，都挺有本领。张角曾读过书，懂得医道，给人治病挺有效，给穷人看病还不要钱。他看到农民们都盼望能安心生产、过太平日子，就创立了一个教门，叫"太平道"，还收了一些弟子，跟他一块儿传教，治病。每逢发生瘟疫，张角把药煎好，配成现成的药水，盛在瓶子里，随时给人治病。他叫病人跪在坛前，自己念了符咒，再给病人喝药水，救活了不少人。这样一来，张角就出了名，远远近近来求医的，每天总有一百多人。张角就自称为"太平道人"。人们都尊他为"太平真人"。咱们中国的道教起源在后汉，张角的太平道算是其中的一支。还有一支叫"五斗米道"，创立的人是张道陵，人称张天师。

相信太平道的人越来越多。张角就派他的兄弟和弟子周游四方，一面治病，一面传道。大约过了十年光景，太平道传遍青州、徐州、幽州、冀州、荆州、扬州、兖州、豫州，教徒发展到几十万。这八个州的老百姓不论信不信，没有不知道太平真人的。各地的官吏也认为太平道是劝人为善、给人治病的教门，没把张角他们放在心里。

张角看着时机成熟了，就暗地里发动道徒们起来反抗朝廷。他用四句话作为暗号，就是"苍天已死，黄天当立；岁在甲子，天下大吉"。"苍天"就是指汉朝，"黄天"指太平道。

他们约定在甲子年（公元184年）一块儿起义，到那时候就"天下大吉"了。

张角让他的弟子们秘密地到各地，用白土写上"甲子"两个字，大街小巷、住家店铺都写上了，连京城的城门上都写有这两个字。可就在这紧要的时候，张角弟子马元义的助手唐周，出卖了要起义的弟兄，上书向朝廷告密了。马元义没防着这一手，就被逮了起来。他受了各种残酷的刑罚，到了儿没服软，还拒绝了高官厚禄的诱降。最后，这位不屈服的好汉被杀害了。同时被杀的有一千多人。汉灵帝得到报告，急忙下令捉拿张角兄弟。

张角到这时候只好通知各地提前起义。他自称为"天公将军"，张宝为"地公将军"，张梁为"人公将军"。没多少天的工夫，全国就有几十万农民起义了。他们头上都裹着黄巾当作标记，起义军就叫"黄巾军"。

黄巾军一齐攻打各地郡县，火烧官府，没收官家的财物，开仓放粮。各地的郡守、刺史急得连忙向汉灵帝告急。汉灵帝也是没辙，急得坐也不是，站也不是。他连忙让国舅何进做大将军，保卫京师；又派大臣卢植和皇甫嵩、朱儁（jùn）各带兵马，分两路去攻打黄巾军。何进还请汉灵帝下令要各州郡加紧防备，对付黄巾军。这么一来，各地的郡守、刺史和地主、豪强都趁着打黄巾军的机会，招兵买马，扩大自己的地盘和势力。要是碰巧打败了黄巾军，还可以升官发财，封王封侯呐！到了这个时候，他们都拼力来打黄巾军了。

  黄巾军一上来气势很猛，接连打下了好些郡县，杀了许多贪官污吏。可后来各地的官兵都打过来了，黄巾军的粮草、武器到底不如官兵，准备又不足，慢慢地退了下来。没想到这时候，天公将军张角因为劳累过度，病倒了。到八月的一天，他知道自己不行了，就对站在眼前的弟弟张梁和另外几个弟子说："苍天是死了，可狼还活着。"过了一会儿，他又提高了嗓门儿叫着："苍天已死，黄巾不灭；万众一心，天下大吉！"说完，这位为民治百病，希望天下大吉的贤师良医，就死去了。

  张角一死，黄巾军失去了主心骨。接着张宝、张梁也都死在战场上，这支农民起义军最后还是被镇压下去了。可从这以后，天下已经被那地主豪强们闹得四分五裂，后来就形成了割据的局面。到了公元 220 年，东汉亡于魏。魏、蜀、吴各有皇帝，各立朝廷，正式分成了三国。

林汉达中国历史故事.两汉

作者_林汉达

产品经理_谢云蔚　　装帧设计_杨杨　　产品总监_韩栋娟　　技术编辑_丁占旭
责任印制_刘淼　　出品人_李静

果麦
www.guomai.cn

以微小的力量推动文明

图书在版编目（CIP）数据

林汉达中国历史故事. 两汉 / 林汉达著. — 济南：山东画报出版社，2024.5
 ISBN 978-7-5474-4862-5

Ⅰ.①林… Ⅱ.①林… Ⅲ.①历史故事–作品集–中国–当代 Ⅳ.①I247.8

中国国家版本馆CIP数据核字(2024)第067335号

LINHANDA ZHONGGUO LISHI GUSHI LIANGHAN
林汉达中国历史故事．两汉
林汉达 著

责任编辑	刘 丛
装帧设计	杨 杨

主管单位	山东出版传媒股份有限公司
出版发行	山东画报出版社
社　　址	济南市市中区舜耕路517号　邮编 250003
电　　话	总编室（0531）82098472
	市场部（0531）82098479
网　　址	http://www.hbcbs.com.cn
电子信箱	hbcb@sdpress.com.cn
印　　刷	北京盛通印刷股份有限公司
规　　格	145毫米×210毫米　32开
	9.25印张　11幅图　180千字
版　　次	2024年5月第1版
印　　次	2024年5月第1次印刷
印　　数	1—5 000
书　　号	ISBN 978-7-5474-4862-5
定　　价	59.00元